Noble de corazón

books4pocket

Julianne McLean

Noble de corazón

Traducción de Amelia Brito

EDICIONES URANO

Argentina - Chile - Colombia - España
Estados Unidos - México - Uruguay - Venezuela

Título original: *To Marry the Duke*
Copyright © 2003 by Julianne MacLean

© de la traducción: Amelia Brito
© 2005 by Ediciones Urano
        Aribau, 142, pral. – 08036 Barcelona
        www.edicionesurano.com
        www.books4pocket.com

1ª edición en books4pocket noviembre 2009

Diseño de la colección: Opalworks
Imagen de portada: Fort Ross
Diseño de portada: Alejandro Colucci

Impreso por Novoprint, S.A.
Energía 53
Sant Andreu de la Barca (Barcelona)

Fotocomposición: books4pocket

ISBN: 978-84-92516-97-1
Depósito legal: B-34.746-2009

Impreso en España – *Printed in Spain*

Como siempre, esta es para ti, Stephen,
por ser mi héroe día a día.
Y gracias especiales a mi nueva
y fabulosa correctora Kelly Harms,
mi magnífica agente Paige Wheeler
y mi querida prima Michelle,
sin cuya amistad no podría vivir.

1

La Temporada de Londres de 1881

Sin poder hacer otra cosa que suspirar resignada, Sophia Wilson comprendió que, sin darse cuenta, no sólo se había arrojado desde el otro lado del océano a Londres sino también desde una sartén con aceite hirviendo a una hoguera de rugientes llamas. Estaba a punto de entrar en el Mercado del Matrimonio.

Entró con su madre en el atestado y elegante salón londinense revestido por tapices de seda, engalanado con ramilletes de rosas atados con cintas y por otras innumerables chucherías inútiles muy diestramente dispuestas para hacer de la ociosidad perfecta la única opción. Apretando con fuerza su abanico en la mano enguantada, se preparó, terminado ya el curso intensivo de un mes en etiqueta inglesa, para ser presentada al conde y la condesa de Nosecuántos, y sumisamente se puso su mejor sonrisa en la cara.

—No fue tan terrible, ¿verdad? —le dijo en voz baja su madre después de la presentación, paseando la vista por el salón con ojos evaluadores.

Sophia casi oía discurrir los pensamientos de su madre al formular en su cabeza la estrategia para esa noche: «Un conde ahí, un marqués allá...».

Entonces sintió sobre ella el peso de la responsabilidad como una inmensa lámpara de hierro colgada de un solo tornillo, lista para caerse en cualquier momento. Era una heredera americana, y estaba en Londres para asegurarle a su familia la aceptación en la alta sociedad de su país y, en último término, cambiarles la vida para siempre. Estaba allí para casarse con un noble inglés.

Al menos eso fue lo que le prometió a su madre cuando escapar se le convirtió en su única esperanza. Porque ese año había rechazado cuatro proposiciones de matrimonio, y excelentes, en opinión de su madre, que no cesaba de repetirlo, con lo que la pobre mujer empezó a darse de golpes en la cabeza contra la pared. El último caballero rechazado había sido nada menos que un Peabody, y, santo cielo, la boda de una Wilson con un Peabody habría sido un «éxito» sin igual. Habría asegurado una invitación a los bailes del Patriarca. La señora Astor, «la» señora Astor, podría incluso haberles hecho una visita a los burgueses Wilson, cosa que lógicamente habría detestado dicha matriarca de la alta sociedad.

Y toda esa desesperación por un buen matrimonio se debía a que su familia era una de las muchas que trataban de introducirse en la impenetrable sociedad neoyorquina. «Arribistas», las llamaban; los «nuevos ricos». Esas familias sabían lo que eran, y todas querían entrar en esa sociedad.

Abatida, contempló la muchedumbre de personas desconocidas reunidas en el salón, escuchando distraídamente las flemáticas y reservadas risas inglesas, si es que a eso se le podía llamar risa. Sus hermanas ciertamente no las considerarían risas.

Suspirando, se dijo que era importantísimo que encontrara un hombre al que pudiera amar, antes que acabara la Temporada. Había hecho un trato con su madre para que la pobre mujer no volviera a caer enferma. Lo único con lo que consiguió que su madre aceptara su rechazo de la proposición de Peabody, sin tener otro «ataque» que hiciera necesario llamar al médico, fue la promesa de conseguir un pez más gordo. Y puesto que los peces más gordos sólo se encontraban en Londres, peces gordos con títulos, nada menos, allí estaban ellas.

—Permitidme presentarles a mi hija, la señorita Sophia Wilson —dijo su madre al presentarla a un grupo de señoras, cada una con hijas a sus lados.

Las mujeres la miraron en silencio un momento, evaluando su apariencia, su vestido diseñado por Worth, su colgante de diamante esmeralda, sus pendientes de diamantes. Ninguna de las chicas inglesas llevaba joyas tan caras, y la miraron con caras de envidia. De pronto Sophia se sintió un pez gordo, muy lejos de aguas conocidas.

—¿Sois de Estados Unidos? —preguntó finalmente una de las mujeres, abriendo su abanico y agitándolo delante de su cara, esperando con cierta impaciencia la respuesta de Sophia.

—Sí, de Nueva York. Somos huéspedes de la condesa de Lansdowne.

Daba la casualidad de que la condesa también era estadounidense, y en Nueva York ya gozaba de la fama de ser una de las muy buenas «madrinas sociales». Casada desde hacía tres años con el conde de Lansdowne, se las había arreglado para encajar en la sociedad de Londres como si hubiera nacido y se hubiera criado en ella. Los Wilson conocían a Florence desde antes que se casara con el conde. También ella había sido de las que miraba desde la barrera a la alta sociedad, le habían vuelto la espalda infinidad de veces, y ahora se complacía muchísimo en mirar por encima del hombro a esos mismos altivos neoyorquinos. Se vengaba ayudando a las «advenedizas», como Sophia y su madre, a trepar por la larga y muchas veces resbaladiza escalera social, y enviar a las familias de vuelta a Nueva York con impresionantes títulos ingleses en sus abultados ridículos enjoyados.

—Sí, conocemos a la condesa —contestó la taciturna inglesa, intercambiando un gesto de maliciosa complicidad con sus acompañantes.

La conversación no continuó, y Sophia hizo todo lo posible por continuar sonriendo; repentinamente vio extenderse la velada ante ella como un larguísimo y monótono camino lleno de coches detenidos en una caravana de kilómetros.

En ese instante se hizo un súbito silencio en el salón, seguido por unos pocos murmullos aquí y allá: «Es el duque». «¿Es el duque?». «Caramba, pues sí que es el duque». Todas las cabezas se giraron hacia la puerta.

La retumbante voz del mayordomo anunció:

—Su excelencia, el duque de Wentworth.

Mientras Sophia esperaba la aparición del duque, pasaron por su cabeza sus opiniones americanas acerca de la igualdad. «Duque o pocero, sigue siendo sólo un hombre».

Se puso en puntillas para ver por encima de las cabezas y tener un atisbo del noble de más alto rango del salón, pero volvió a apoyar los talones en el suelo cuando una de las jovencitas del grupo le susurró al oído:

—Evítelo si puede, a no ser que quiera casarse con una pesadilla.

Desconcertada por el comentario de la chica y más que un poco curiosa, Sophia volvió la atención a la puerta. Había mujeres haciendo reverencias, se veían las faldas ondeando sobre el suelo. Por fin alguien se hizo a un lado y se encontró mirando a un hombre absolutamente impresionante, pasmoso, magnífico.

Vestido con frac negro, camisa y chaleco blancos, saludando con corteses e impasibles inclinaciones de la cabeza a todas las personas que se inclinaban y hacían reverencias a su paso, el hombre entró en el salón como una pantera hambrienta.

Observando su rostro, llamativo, impresionante, sintió revolotear el corazón en el pecho. Era como si estuviera mirando una fabulosa obra de arte, un objeto de belleza tan inconcebible que le quitaba el aliento. Parecía imposible que alguien hubiera creado esa cara; y sin embargo, alguien tenía que haberla creado. Una mujer, una madre que años atrás había dado a luz una perfección divina.

Siguió observándolo, tratando de captar todos los detalles, su porte seguro, su prestancia tranquila, distante.

Sus cabellos eran negrísimos, abundantes y ondulados, y le caían sueltos sobre los hombros, largos y desordenados, claramente pasados de moda. Sophia arqueó una delicada ceja. En Nueva York nadie se atrevería a presentarse en público en un estado tan salvaje, pensó, pero ese hombre era un duque y sin duda hacía lo que fuera que se le antojara. Nadie se atrevería a contradecirlo ni a volverle la espalda.

Eso era lo que diferenciaba a Londres de Nueva York, razonó. Una persona podía ser excéntrica si tenía sangre azul, y nada le quitaba su posición social.

La gente se mantuvo en silencio, reverente al parecer, mientras el imponente hombre hacía su primer recorrido por el salón. Después se reanudaron los murmullos de conversación.

Pero Sophia todavía no estaba dispuesta a quitarle los ojos de encima a ese hombre alto e irresistible. No podía dejar de observar su modo de caminar, con tanta seguridad y garbo, como un felino.

Sus ojos verdes también eran felinos, observó: inteligentes y perspicaces, cínicos y peligrosos. Se estremeció con una mezcla de excitación y miedo. El instinto le dijo que no le convenía fastidiar a ese hombre.

Cuando él se dirigió hacia el otro lado del salón acompañado por un caballero rubio, Sophia se volvió a mirar a la joven que tenía al lado.

—¿Que quiso decir con eso de la pesadilla? —le preguntó en un susurro.

La joven miró hacia el duque por encima del hombro.

—No debería haber dicho nada. Simplemente son cotilleos de salón.

—¿Quería hacerme una broma?

El pecho de la joven subió y bajó, en evidente frustración porque ella no abandonaba el interrogatorio.

—No, quise advertirla. —Se le acercó un poco más y susurró—: Hay quienes lo llaman el Duque Peligroso. Dicen que tiene el corazón negro.

—¿Quiénes lo dicen?

La joven frunció el ceño, más frustrada aún.

—Todo el mundo. Dicen que su familia está maldecida. Crueles, todos ellos. Simplemente mírelo. ¿No estaría de acuerdo?

Sophia se volvió a mirar en su dirección otra vez. Él pestañeaba lentamente, mirando con desdén a todos los que pasaban por delante.

—No lo sé.

Pero sus instintos le decían que, efectivamente, era un hombre peligroso. No había luz en sus ojos, sólo oscuridad, y un algo que parecía un desprecio profundamente arraigado, hirviente, por el mundo.

No deseaba conocerlo, decidió. A juzgar por la intensidad de su curiosidad, más importante aún, por los juveniles y locos revoloteos que sentía en sus entrañas, sería un error. Simplemente no se sentía segura de ser lo bastante fuerte para impedir que esos revoloteos dominaran su intelecto. Necesitaba elegir a un hombre con la cabeza, no con sus emociones, porque siempre había creído que uno no se puede fiar de las emociones.

Volvió a mirarlo y lo vió inclinarse cortésmente ante una dama que pasó por delante de él, y sintió hormiguear la piel.

Sí, sin duda sería muy peligroso para ella.

Recuperando su serenidad, decidida a volver a la conversación que tenía entre manos, miró inquieta a su madre.

Rayos, esta también estaba mirando al duque por encima del hombro de alguien.

Sintió discurrir por ella una oleada de terror. Su madre estaba que se le caía la baba.

James Nicholas Langdon, noveno duque de Wentworth, marqués de Rosslyn, conde de Wimborne, vizconde Stafford, salió de detrás de un gigantesco helecho en maceta y paseó la vista por el salón, muy serio. El abanico de marfil con plumas de lady Seamore le ocultaba una buena parte del panorama; con cierta irritación, ladeó la cabeza para ver por el lado del abanico.

Porque algo le había captado la atención.

—¿Quién es esa mujer? —preguntó al conde de Whitby, que estaba a su lado, girando distraídamente un anillo de esmeralda en su dedo.

—Es la americana —contestó Whitby—. La que llaman «la joya de Nueva York», con una dote suficiente para mantener el Palacio de Buckingham. O eso me han dicho.

James miró fijamente esos cautivadores ojos azules, esa boca absolutamente impertinente.

—¿Esa es la heredera?

—Pareces sorprendido. Te dije que era hermosa. ¿No me creíste?

Sin contestar el comentario, James observó a la beldad de pelo dorado avanzar por el salón en dirección a lord Bradley, el dueño de la casa. Se hicieron algunas presentaciones y los ojos de la joven americana relampagueaban al sonreír. Llevaba un vestido de brocado de seda de colores plata y tostado, que captaba la luz, y en el cuello un collar de perlas con un diamante escandalosamente grande que le caía sobre la hendedura de sus atractivos pechos.

Exhaló un suspiro de hastío.

—¿Otra americana aquí para la temporada de caza de nobles? ¿Cuántas van ya? ¿Tres, cuatro? ¿Qué hacen? ¿Les escriben a todas sus amigas del otro lado diciéndoles que vengan corriendo, que aquí hay títulos para las que los puedan pagar?

Whitby fue a ponerse a su lado.

—Sabes tan bien como yo que a Bertie le gusta ver una novedad, sobre todo una que posea inteligencia y belleza, y lo que el príncipe desea, el príncipe lo obtiene.

—Y los aristócratas están muy contentos de complacerlo.

En ese momento la heredera se rió, dejando ver unos dientes perfectos, parejos y blancos.

Whitby adelantó el mentón en dirección a ella.

—Ella y su madre están alojadas con la condesa de Lansdowne para toda la temporada.

—La condesa de Lansdowne, nada menos —comentó James, sarcástico—. Otra cazadora americana, una que ya se embolsó su título. Va a entrenar a la nueva recluta, me imagino.

James conocía muy bien a la condesa, y sabía que la sutileza no era su punto fuerte.

Acompañado por Whitby, dio un paseo por el salón. Ni siquiera sabía por qué había decidido acudir a esa fiesta esa noche. Detestaba el Mercado de Matrimonio de Londres, porque no buscaba esposa ni tenía el menor deseo de buscarse una. Odiaba la persecución de las codiciosas madres de hijas solteras, que eran capaces de casar a sus retoños con un supuesto monstruo sólo por el placer de saber que su sangre correría por las venas de un futuro duque.

Sin embargo esa noche algo lo había tentado a acudir a una reunión social.

Se detuvo junto a la repisa de mármol del hogar, cubierta por una cenefa con ribetes dorados y coronada por un jarrón lleno de plumas blancas primorosamente dispuestas. No pudo evitar volver a mirar a la norteamericana, toda replandor.

—¿Te la han presentado? —preguntó.

Whitby también la miró.

—Sí, en una reunión social hace tres noches.

—¿Y el príncipe?

—La conoció la semana pasada en el baile de Wilkshire. Bailó con ella dos veces, dos bailes seguidos podría añadir, y por lo que he oído, desde entonces su bandeja de plata ha estado a rebosar de tarjetas color marfil.

James apoyó un codo en la repisa y la observó conversar tranquilamente con su anfitrión.

—¿No irás a declarar un interés, verdad? —le preguntó Whitby, en tono sorprendido.

—No, claro que no. Rara vez declaro algo.

Pero tal vez esa noche, pensó, había un cierto elemento de «interés» girando en el interior de su cabeza, removiendo cosas. Ciertamente la joven era una visión excepcional.

Dejó vagar a gusto su mirada por el largo de su vestido, por las suaves curvas de su cuerpo. Qué brazos más esbeltos tenía, bajo esos largos y ceñidos guantes blancos.

Sus ojos experimentados subieron desde su graciosa mano, que sostenía una copa de champaña, de la que muy rara vez bebía un sorbo, hacia el delicado codo y a sus tersos y bien torneados hombros y de allí pasaron a su atractivo cuello y escote. Sus redondeados pechos estaban muy ceñidos por el corpiño del vestido, y se los imaginó libres de restricciones cayendo en sus ardientes manos que esperaban.

—¿Tu madre sigue mordiéndote los talones para que tomes esposa? —le preguntó Whitby, interrumpiendo sus observaciones particulares.

James volvió la atención a la realidad.

—Cada día. Aunque dudo que me haga contestar preguntas acerca de alguna americana. A madre le gusta demasiado gobernar la casa. Espera que me case con alguna muchachita insignificante, británica, por supuesto, una que se contente con permanecer en la sombra.

Saludó con una amable inclinación de cabeza a lady Seamore, que pasó por delante de camino hacia la galería, donde estaba expuesto un Rembrand adquirido recientemente. En las mejores casas de Londres era bien sabido que el cuadro procedía del marqués de Stokes, que se vio obligado a vender un carretón lleno de obras de arte para evitar el desmoronamiento de su propiedad (y en todos los salones se rumoreaba indulgentemente que desde entonces su mujer no le dirigía la palabra).

—Una americana, sobre todo una tan relumbrona como ella —añadió, tratando de no pensar más en el marqués de Stokes ni en sus problemas monetarios, porque le pinchaba muy cerca de la llaga—, sería la peor pesadilla para mi madre. Y mi peor pesadilla también, supongo. Si alguna vez decidiera casarme, elegiría a una mujer que se fundiera con el papel de la pared y me permitiera olvidar que estoy casado.

Un grupo de caballeros reunidos en un rincón rieron celebrando un chiste entre ellos, y luego se reanudaron los suaves murmullos de conversación en el salón.

—Eres el único noble que conozco que dice «si alguna vez me casara» —comentó Whitby—. Qué rebelde eres, Wentworth. Siempre lo has sido.

—No soy un rebelde. Simplemente no está en mí ser un marido amoroso. Deseo aplazar el matrimonio el mayor tiempo posible, o tal vez incluso evitarlo del todo.

—Ah, ¿y qué difícil podría ser? Vives en una casa tan grande que podrías no verla nunca, a no ser cuando lo desearas.

James se burló con un bufido de la simplicidad de las opiniones de su amigo.

—Las mujeres son algo más complicadas, amigo mío. A la mayoría no les gusta que no les hagan caso, en especial si, Dios no lo permita, se creen enamoradas de ti.

Whitby saludó a un caballero que iba pasando y luego se acercó otro poco más a James.

—Una esposa puede ser un asunto de negocios, si lo llevas bien.

—Tal vez, pero tengo la suerte de tener un hermano menor para recurrir a eso, si yo quiero, en lo que se refiere a un heredero. Martin se casará, sin duda. No es como yo ni como mi padre. Es bondadoso, y le encanta enamorarse.

Porque, por algún motivo, Martin no había heredado lo que heredara él: esa naturaleza apasionada que arrastró a sus antepasados a un infierno negro e inhumano sobre la Tierra. No podía dejar de esperar y desear que la naturaleza más tranquila de su hermano menor pusiera fin a ese ciclo de violencia. A veces se sentía como si estuviera simplemente sosteniendo el fortín, por así decirlo, gobernando el ducado hasta que Martin tuviera la edad y la prudencia para comprender que él era la mayor esperanza de la familia, el eslabón más prometedor en la cadena hereditaria.

Whitby concedió el punto y James comprendió que había logrado distraerlo de hacerle más preguntas intrusas.

En ese instante la heredera giró la cabeza para mirar en su dirección y se encontró encerrado en un estimulante momento de reconocimiento.

Se miraron. Dios, tenía unos ojos enormes. Notando que se le arrugaba la frente con una especie de desconcertada impresión, observó la paradoja de sus labios llenos y húmedos; eran dulcemente inocentes, pero al mismo tiempo rebosaban de una seductora e irresistible sexualidad. Se sorprendió imaginándose todas las cosas que le gustaría hacer en la oscuridad con esos seductores labios húmedos.

Un bajo impulso masculino de dar los pasos necesarios para complacerse con ella lo sacudió de dentro hacia fuera y lo acobardó tremendamente. No había sentido una atracción tan fuerte desde hacía años, desde que era un desafiante adolescente, para ser exactos. Actualmente jamás jugaba esos juegos con jovencitas casaderas. Llevaba sus aventuras con discreción y respeto, limitándose exclusivamente a amantes que ya estaban casadas.

Pasado un momento, la heredera inclinó cordialmente la cabeza hacia él; él le correspondió con una inclinación, y entonces ella reanudó tranquilamente la conversación con lord Bradley.

Y eso fue todo.

Ella le tocó el antebrazo a su anfitrión, en reacción a algo que él había dicho. Lord Bradley bajó la vista hacia el antebrazo, visiblemente escandalizado por esa informalidad; pero se recuperó al instante, con un encendido rubor en las mejillas y una nueva chispa en sus ojos que lo hizo parecer diez años más joven.

James sintió que se le levantaba ligeramente la comisura de la boca. En efecto. No lograba recordar la última vez que una mujer hubiera encendido las brasas por tanto tiempo enterradas de su vulnerabilidad.

Por un fugaz y temerario momento, desoyó su voz interior cargada de fuertes principios, la voz que le decía que desviara la vista, y pensó que podría gustarle conocerla después de todo. Es decir, serle presentado correctamente y ver adónde llevaba un conocimiento intrascendente. Últimamente se había estado quejando de aburrimiento.

Pero ¿era aburrimiento en realidad?, pensó con cierta inquietud. No estaba seguro del todo. Había adquirido tal pericia en reprimir sus deseos que ya no lograba recordar cómo era sentirlos.

Mejor eso que la alternativa, reflexionó, volviéndose a repetir que seguía siendo el hijo de un animal irascible y el nieto de un asesino paranoico, y que soltar sus pasiones, pasiones de cualquier tipo, sería peligroso.

Diciéndose eso, se apresuró a aplastar el impulso de ir a conocer a la heredera y fue prudentemente a reunirse con un grupo de caballeros que estaban en la galería hablando de política.

Desde el otro lado del atiborrado salón, la señora Beatrice Wilson observó impotente salir de allí al apuesto duque de Wentworth. Miró hacia su hija Sophia, que estaba conversando con una anciana marquesa, dichosamente inconsciente de lo que ocurría a su alrededor, inconsciente, en particular, de la salida del soltero más prestigioso y difícil de todo Londres. ¿No se había dado cuenta su hija de que él salía del salón?

Cuando la marquesa se disculpó y continuó su camino, Beatrice llevó a Sophia hacia un rincón tranquilo.

—Cariño, vamos a buscar a la condesa. Tienes que ser presentada al duque. ¿Qué te pasa? ¿Por qué me miras así?

Sophia se puso la mano en la frente.

—Madre, no me siento muy bien.

—¿Que no te sientes muy bien? Pero el duque de Wentworth está aquí, y por lo que he oído rara vez acude a los salones. No podemos dejar pasar esta oportunidad.

Ese había sido un largo año de contiendas para Beatrice Wilson, que ya se estaba cansando y agotando por los esfuerzos. En su inocencia, Sophia no entendía la importancia de su matrimonio, lo esencial que era que se casara «bien». No sabía que el romance y la pasión no durarían a lo largo de los años. Seguía creyendo que debía casarse por amor y sólo por amor, y que ninguna otra cosa importaba.

Beatrice amaba demasiado a sus hijas para permitirles elegir mal y que luego tuvieran que vivir infelices por una mala elección. Deseaba seguridad para sus hijas; sabía con qué facilidad el dinero puede llegar y desaparecer, y lo fácil que es ser expulsada de la buena sociedad cuando el dinero se acaba.

Los títulos británicos, en cambio, eso era algo que duraba. En la aristocracia inglesa lo único que tenía que hacer una mujer era dar a luz a sus bebés y su posición social estaba asegurada.

—¿Estás enferma? —le preguntó, tocándole la frente.

—Podría estarlo. No creo que esta sea una buena noche para conocer al duque. ¿No podemos irnos a casa?

Ahí estaba otra vez, esa inflexible resistencia. Sophia siempre había sido obstinada, de voluntad fuerte.

Pero esa noche notaba algo más, algo diferente en la disposición de su hija. Si ella lograra ver qué era.

—¿No te gustó la apariencia del duque? Yo lo encontré guapísimo.

Sophia consideró la pregunta.

—Para ser sincera, madre, no me gustó. No es el tipo de hombre que busco.

—¿Cómo puedes hacer ese juicio sin siquiera haber hablado con él? No te hará ningún daño que te presenten a él. Entonces podrás decidir si te gusta o no.

—No quiero que me presenten.

—Sophia, tienes que darle una oportunidad al hombre. No puedes permitirte ser tan selectiva. La temporada no va a durar eternamente, y tu padre ha invertido muchísimo para...

—Madre, me prometiste que me dejarías elegir a mí.

A Beatrice se le oprimió dolorosamente el corazón. Sí, se lo había prometido.

Agotada y sin ánimo para la batalla, ahuecó la mano en la mejilla de su hija. Si no se sentía bien, pues no se sentía bien. ¿Qué se podía hacer?

—Vamos a buscar nuestras capas, entonces.

Salió del salón con su hija, pensando si no tendría que haberse mantenido firme e insistido en una presentación al duque. Nuevamente sintió el desagradable peso de sus defectos. Su marido siempre decía que era demasiado blanda con sus hijas, que las malcriaba. Pero ¿cómo podría evitarlo, si las quería tantísimo?

A la mañana siguiente, James entró pensativo en su estudio para leer el *Morning Post* y ocuparse de su correspondencia. Mientras se sentaba y acomodaba en el sillón, su mirada cayó en la pared revestida de paneles de roble y, sin saber por qué, pensó en la heredera americana.

¿Qué lograría ella durante su estancia allí? ¿A qué noble regordete y de poca monta lograrían dar caza entre ella y su madre? Sin duda no tendrían ningún problema en hechizar a los que quisieran. Últimamente las jóvenes americanas estaban dejando en vergüenza a las hijas de terratenientes. Después de todo, las americanas recorrían mundo, aprendían ciencias, arte e idiomas de los mejores preceptores que podía comprar el dinero, y contemplaban personalmente la belleza del Tempietto y de la Capilla Sixtina, mientras que las chicas inglesas eran educadas por una o dos institutrices en una ventosa aula de la segunda planta de casas señoriales sitas en despobladas zonas rurales del interior.

De pronto sintió ira consigo mismo. Lo más probable era que fuera uno de los muchos caballeros sentados en sus estudios esa mañana mirando la pared y pensando en «ella».

Basta.

Eficientemente leyó y contestó la primera carta del enorme montón y cogió la siguiente. Esta era de uno de los instructores de Martin en Eton, del director, en realidad.

Leyó la misiva. Martin se había vuelto a meter en dificultades. Lo habían sorprendido con una botella de ron y una de las lavanderas en su habitación. El director quería expulsarlo temporalmente como castigo y deseaba saber adónde debía enviarlo.

Ay, Martin no.

Apoyando la cabeza en el respaldo, reflexionó sobre la manera de llevar eso. Martin siempre había sido el niño tranquilo, de buen comportamiento. ¿De qué iba eso?

Tal vez era simplemente la imprudencia natural de la juventud. «Los niños son niños», dijo alguien.

Él, que siempre había mantenido su distancia de la familia y no tenía la menor intención de cambiar esa costumbre, sabía que no era la persona indicada para orientar a Martin. Durante toda su juventud había sido la víctima de una dura disciplina, y de ninguna manera se pondría en el lado del castigador. Tampoco sabía de ningún otro método alternativo, porque sólo conocía el ejemplo dado por su padre.

Después de pensarlo un rato, decidió enviar a Martin a la casa de su tía Caroline, la hermana de su madre, que vivía en Exeter; ella estaría equipada para tratar ese tipo de cosas. Después de escribir las cartas necesarias para tal fin, apartó firmemente ese problema de su mente y cogió el diario doblado sobre el escritorio, todavía caliente por la plancha del mayordomo.

Acababa de echarle una mirada a la primera página cuando un lacayo golpeó la puerta y entró, llevando la pequeña bandeja de plata con ribetes de oro. Se la puso delante.

—Esto acaba de llegar, excelencia.

James cogió la carta y al instante reconoció la letra. Era de su agente, el señor Wells. El lacayo salió y él rompió el sello:

Mi señor Duque:
Lamento informarle que se han producido ciertos desperfectos en el techo del salón de recepciones. Hace unos días apareció una gotera, que fue causa de feas manchas en la alfombra y algunos muebles. El carpintero que hice llamar era un hombre bastante corpulento y el techo se desmoronó con su peso. Ahora sabemos que esa parte del techo estaba absolutamente podrida, lo que me lleva a preguntarme cómo resistirá el resto al próximo invierno.

Puesto que está al corriente del estado de las finanzas, me abstengo de repetirle lo grave que está la situación. Sólo espero que tome una decisión respecto a la venta de los tapices franceses del ala izquierda, como también la de las obras de arte de la galería, de las que hablamos.

James cerró los ojos y se apretó el puente de la nariz, para combatir la tensión que empezaba a hacerle doler la cabeza. ¿Por qué se le acumulaban todos esos problemas en ese momento?, pensó, ¿sería una especie de prueba?

Cerró la mano izquierda en un puño para aliviar el dolor de una fractura que se hiciera en la infancia y que todavía le dolía, después de veinte años. Se miró atentamente la palma, y giró la mano, recordando el increíble peso de la tapa del arcón. Después, como hacía siempre, desechó ese recuerdo.

¿Debía vender los tapices franceses? Probablemente le darían el dinero suficiente para cubrir los gastos de la reparación de ese techo.

Su madre no soportaría bien los cotilleos, eso sí.

Y aun en el caso de que los vendiera, ¿después qué? Era necesario dragar el lago, y la asignación para gastos menores de su madre y de Lily se había reducido tanto que ya no era casi nada. Por otro lado, estaban endeudándose cada vez más con cada año que pasaba. Aumentaban los gastos y disminuían los ingresos. La tierra ya no producía los beneficios de antes, gracias a la peor depresión agrícola del siglo.

Ya había subido los alquileres; no volvería a hacerlo.

Hizo una honda inspiración y permitió que sus pensamientos volvieran a la heredera americana. Recordó el ostentoso diamante que colgaba entre sus deliciosos pechos. Ese diamante solo resolvería todo el déficit del año anterior.

Contempló sin ver la ventana con cortinas de encaje del lado de su escritorio, y pensó en lo que dijo Whitby acerca de tomar esposa, que podía ser un asunto de negocios si se llevaba bien.

¿No sería sensato, entonces, casarse con una mujer que estaba tan resuelta como él a casarse por algo distinto al amor? ¿Por un título, por ejemplo?

Señor, eso era lo que siempre había despreciado, esa mirada ávida de mujeres que lo deseaban porque era un duque.

Eso era lo que deseaba su madre cuando se casó con su padre. Estaba ciega por la pompa y ceremonia que lo acompañaba a todas partes, y fíjate adónde la llevó eso. Al infierno, de ida y vuelta.

Se inclinó hacia el escritorio. Lo más probable era que la vivaz heredera americana no se pareciera en nada a su madre. Sospechaba que la chica sabía cuidar de sí misma. Notaba en ella un cierto aire de independencia.

¿Sería bueno o malo eso en un matrimonio?, pensó. Siempre había deseado que su madre fuera más fuerte para oponerse a su padre.

Tal vez podría ir al baile en la casa Weldon esa noche, después de todo. Seguro que la americana estaría allí. Y no era que hubiera tomado ninguna decisión firme, lógicamente, ni era porque ella le gustara. No se enamoraba con tanta facilidad, ni pensaba enamorarse nunca. Eso no se lo permitiría jamás. Se había pasado toda la vida entrenándose para evitar la pasión y la pérdida de los sentidos que la acompañaban. Estaba tan firme e inflexible como una roca.

¿De qué tenía que preocuparse, entonces? No era capaz de sentir ningún tipo de amor verdadero y profundo por una mujer. Eso era imposible, dada su crianza.

Decidió entonces que su asistencia al baile sería una misión de reconocimiento, de exploración. Un asunto de negocios, porque quedaba en pie el hecho de que tenía que salvar de la ruina financiera su propiedad y el ducado, ya que si no lo hacía, ni siquiera Martin podría resolver los problemas más antiguos y profundos de la familia.

Tal vez si él lograba solucionar lo que iba mal últimamente, la siguiente generación podría dar el heredero que pusiera fin a la locura. Tal vez un matrimonio sin amor con una heredera rica, ambiciosa de un puesto en la sociedad sería una manera de mantenerse a flote. Si no perdía la cabeza, como hicieran su padre y sus otros antepasados, le haría un gran servicio a su familia. Algo que podría resultar ser la gracia salvadora que todos necesitaban tan angustiosamente.

Decidido, entonces. Volvería a verla y cerraría los ojos a su belleza y encanto. Ni su apariencia ni su comportamiento formarían parte de su criterio. Por el bien de todos, incluido el de la heredera, sus motivos continuarían siendo mercenarios.

2

A Sophia le daba vuelcos el estómago de nerviosa expectación cuando el coche se iba aproximando a la casa Weldon. Aquella noche estaban iluminadas todas las ventanas de la mansión de piedra, y caballeros con sombreros de copa acompañados por damas cogidas de sus brazos iban caminando por la larga alfombra roja que conducía hasta la puerta principal.

Frente a ella, en el coche tenuemente iluminado, iban sentadas su madre, estrenando otro vestido diseñado por Worth, de satén rosa y encajes dorados, y Florence Kent, la condesa de Lansdowne, que llevaba un vestido de seda azul oscuro, ribeteado por trencillas de hilos de plata y perlas de cristal y adornado por un llamativo sol con sus rayos bordado en la falda.

—Ten presente —dijo Florence poniéndose los guantes—, que esta noche estará el marqués de Blackburn, como también el conde de Whitby y el conde de Manderlin, los tres solteros y en busca de esposa. Ellos son tu principal prioridad esta noche, Sophia. También estará un barón... mmm... de Norfolk. Nunca recuerdo su apellido.

—¿Y el duque? —terció Beatrice—. ¿Estará aquí?

Florence la miró sorprendida.

—Rara vez asiste a bailes. Y yo no debería poneros la mira tan alta. Estoy empezando a creer que está hecho de piedra. Nadie ha logrado conmoverlo. Ah, mirad, nos toca a nosotras.

Aliviada porque la condesa había descartado al duque como posible novio, Sophia recordó lo que le dijera la chica inglesa: «Evítelo si puede, a no ser que quiera casarse con una pesadilla. Dicen que su familia está maldita.»

¿Maldecida en qué sentido?, pensó.

El coche se detuvo delante de la casa y se abrió la portezuela. Un lacayo de librea ayudó a las señoras a bajar, y juntas emprendieron el camino por la larga alfombra roja hacia la puerta que estaba coronada por una marquesina a rayas.

En el umbral tuvieron que detenerse detrás de otra pareja, esperando el momento de entrar en el vestíbulo y saludar a los dueños de la casa. La dama que estaba delante giró la cabeza, sonrió y luego se acercó más a su acompañante a susurrarle: «Es la americana».

Sophia sintió una repentina oleada de ansiedad, como si estuviera debatiéndose en aguas profundas peligrosas. Por un fugaz instante deseó darse media vuelta y echar a correr hasta el coche y decirle al cochero que la llevara a casa. No sólo a la casa de Florence, sino a Estados Unidos. De vuelta a sus hermanas, al trato llano que había entre ellas, a su manera de reírse y de mimar generosamente a su madre. ¿Qué estarían haciendo en ese momento? ¿Estarían en sus camas durmiendo? ¿O estarían despiertas contando historias junto al hogar de la sala de estar?

Avanzó finalmente la cola, Sophia saludó a los anfitriones al pie de la escalera curva y luego subió a la sala tocador para quitarse la capa, alisarse el vestido y arreglarse el pelo.

Su madre le tironeó el brazo y ella se inclinó a escucharla; era mucho más alta que su bajita madre.

—No lo olvides, si ves que ha venido el duque, dímelo enseguida. No escatimaré nada para lograr que te presenten a él y conseguirte un baile con él. Sólo un baile, Sophia, me debes eso como mínimo.

Sophia tragó saliva, tratando de dominar el desagrado que le producía la idea de que su madre no escatimaría «nada».

—Madre, si pudieras dejarlo todo en mis manos, mantenerte al margen y dejar que las cosas ocurran naturalmente...

—¿Mantenerme al margen? —susurró Beatrice—. ¿Cómo puedo mantenerme al margen cuando soy tu madre y deseo lo mejor para ti? Sé que deseas el cuento de hadas, Sophia, pero a veces los cuentos de hadas en la vida real...

Dejó ahí la frase, de lo cual Sophia se alegró, porque la idea de su madre intentando «pescar» a ese diabólico duque esa noche la hacía desear esfumarse por las grietas del suelo y no salir hasta la mañana siguiente.

Entonces decidió que no se dejaría presentar a él como un pastel de frambuesas en una fuente, para que él la oliera y la catara para ver si le gustaba su sabor. Esa noche estaría ella al mando, y si decidía que deseaba conocer al duque, lo conocería cuando le pareciera y le apeteciera, con la cabeza bien puesta sobre los hombros y los pies bien firmes en el suelo.

· · ·

Como era de esperar en un duque, James llegó tarde a la fiesta y entró en el salón con sus guantes de baile puestos. Paseó su serena mirada por el salón que resplandecía con sus inmensas lámparas de araña de bronce, y el brillo de encajes dorados sobre los vestidos de vivos colores. El suelo estaba bien encerado y brillaba como un espejo de agua. Las parejas se deslizaban por la pista, girando y girando al magnífico ritmo de un vals de Strauss.

Notó cómo lo seguían las miradas mientras se abría paso por en medio del gentío, pasando junto a damitas con sus tarjetas de baile y lápices cortos colgando de las muñecas, agitando lánguidamente sus abanicos ante sus caras sonrosadas. Whitby lo divisó desde el otro lado del salón y levantó su copa de champaña con gesto triunfal, saludándolo. Un momento después, el conde ya iba orillando el salón pasando por entre los frondosos helechos y palmeras que adornaban el perímetro.

—Viniste después de todo —comentó al llegar a su lado—. Esto es todo un cambio en ti, dos noches fuera seguidas. Me recuerda los viejos tiempos.

James conocía a Whitby desde hacía muchísimo tiempo; su amistad se remontaba a sus épocas en Eton, y estaba en su apogeo cuando a los dos los expulsaron por haber construido una honda gigantesca con la que arrojaron una piedra que rompió los cristales de la gran ventana de la oficina del director.

Recordó esa época. Tenía muchísima rabia en él entonces, y también Whitby. Eso era lo que los había unido, suponía.

—Has venido a verla otra vez —dijo el conde.

—¿A quién?

—A la americana, lógicamente.

Por lo menos tuvo la discreción de decir eso en voz baja.

—Está haciendo la ronda otra vez esta noche, ¿verdad? —contestó James, en tono desinteresado, pensando si debería solicitarle un lugar en su tarjeta de baile.

—Naturalmente —repuso Whitby, haciendo un gesto con la copa hacia la pista de baile—. Ahí está. De color borgoña, bailando con el barón de Norfolk... eh... ¿cómo se llama? Jamás recuerdo su nombre.

El nombre del hombre era lord Hatfield, pero James guardó silencio, porque su atención estaba total y absolutamente fija en la visión que avanzaba hacia él, girando, moviéndose, sonriendo y brillando.

Ella se acercó otro poco y entonces él oyó el frufrú de su falda, olió su perfume y, justo en el momento en que ella giraba delante de él, se encontraron sus ojos. Ahí estaba nuevamente esa expresión, esa sonrisita altiva, indiferente.

Pardiez, sí que era una criatura magnífica.

Entonces consideró la posibilidad de hacerla su esposa. De ninguna manera ella se iba a fundir con ningún papel de pared que él hubiera visto, y a juzgar por la reacción de su cuerpo en ese momento ante ella, cobrando vida como una lámpara eléctrica recién estrenada, comprendió que cualquier esperanza de que ese pudiera ser un asunto de negocios era absolutamente ridícula.

Condenación, a él no le interesaba ningún tipo de matrimonio que le encendiera las pasiones, fueran cuales fueren sus beneficios. De hecho, siempre había estado absolutamente resuelto a evitar a toda costa cualquier cosa semejante a eso. Sin duda habría otras maneras de arreglar sus finanzas.

—Barón afortunado —comentó Whitby, cuando ella ya había pasado.

—¿Por qué no bailas con ella, pues? ¿O ya bailaste?

—Todavía no. Pero lo haré pronto. Ocupé el último lugar de su carné.

O sea, que tenía el carné lleno. No habría baile con la heredera esa noche. Probablemente para mejor, pensó. Si sabía lo que le convenía, bailaría con unas cuantas jovencitas feas y se marcharía.

Terminó el vals y los dos dieron una vuelta por el salón, deteniéndose a charlar con los Wiley, los Carswell y los Norton. Llegaron al otro rincón y cogieron copas de champaña de la bandeja que llevaba un lacayo.

En ese momento los dos vieron que la heredera dejaba de conversar con lord Bradley, y echaba a caminar en línea recta hacia ellos, seguida a toda prisa por su madre.

—Cielo santo, ¿viene hacia aquí? —exclamó Whitby, algo alarmado.

Era un hecho bien sabido que una dama jamás se acercaba a abordar a un caballero en un salón de baile; esperaba calladamente a que él le hablara.

«Americanas», se dijo James para sus adentros, moviendo la cabeza, divertido.

Whitby se enderezó visiblemente cuando ella llegó a su lado.

—Buenas noches, lord Whitby —dijo ella. Su voz era profunda y seductora, como terciopelo, tal como se la había imaginado James—. Me alegra volver a verle.

La orquesta comenzó a tocar nuevamente, un minué.

Whitby sonrió y James percibió el intenso interés de su amigo por la mujer que tenían delante. Entonces llegó hasta ellos su madre, con expresión agitada.

—Wentworth —dijo entonces Whitby—, permíteme que te presente a la señorita Sophia Wilson y a la señora Beatrice Wilson, de Estados Unidos. Su excelencia, el duque de Wentworth.

La señorita Wilson le tendió la mano enguantada.

¿Es que no sabía que con eso faltaba a otra regla? ¿Que las damas solteras no ofrecían la mano a un duque, y mucho menos en un salón de baile?

—Excelencia, es un honor —dijo ella, sin hacerle la debida reverencia.

James le estrechó brevemente la mano. Sabía que un error como ese pulverizaría las perspectivas sociales de una joven en un santiamén.

Pero ¿le importaba a ella?

Casi seguro que no, porque tenía que saber que esa era justamente la cualidad de sus paisanas en Londres, la de elevar al máximo su calidad de «únicas» rompiendo todas las reglas, lo que divertía al príncipe de Gales y había convertido a esas hermosas herederas norteamericanas en curiosidades.

—El honor es todo mío, señorita Wilson —dijo, besándole la mano.

—Creo que le vi en la fiesta de Bradley anoche —dijo ella.

James hizo una ligera venia.

—Efectivamente, estuve ahí un rato. Pero usted se marchó temprano.

—Me halaga que haya notado mi presencia.

Era atrevida, sin duda, pensó James, y delante de su madre, además. Miró a la mujer bajita con las enormes joyas alrededor del cuello, sus ojos redondos e interrogantes, como si estuviera tratando de entender lo que estaba ocurriendo. No supo qué pensar de ella.

—¿Está disfrutando de su visita a Londres, señora Wilson? —le preguntó.

—Sí, excelencia, gracias —contestó la mujer, al parecer halagada por la pregunta.

Su voz tenía un filo agudo, espinoso.

La joven heredera tenía una expresión agradable al mirar a su madre. Después, con absoluto desinterés, volvió la atención a él, y él supuso que lo hacía para complacer a su madre, para satisfacer el deseo de la mujer de que presentaran a su hija a un duque.

—¿Y dónde está su casa, excelencia? —le preguntó—. ¿En qué parte del país?

—En Yorkshire —repuso él.

—He oído decir que el norte es muy hermoso.

Él no añadió ningún comentario y se hizo un incómodo silencio.

—¿Tiene hermanos allí? —preguntó ella.

—Sí.

—¿Hermanos o hermanas?

—De los dos.

—Qué fantástico. ¿Y está muy unido a ellos? ¿Le acompañan a Londres cuando viene?

Whitby se aclaró la garganta como para decir algo, y James comprendió que iba a amonestar a la heredera por su comportamiento, porque había cometido otro error. Aunque sospechaba que para ella este sería tan poco importante como el anterior.

—Señorita Wilson —dijo Whitby en voz baja—, tal vez alguien debería informarla de que esas preguntas personales podrían ser aceptables en su país, pero aquí en Inglaterra se consideran groseramente intrusas. Sólo se lo digo como un amigo, para ahorrarle azoramiento. ¿Nadie se lo ha dicho?

Lo dijo amablemente, con la mayor suavidad posible, pero de todos modos la madre pareció horrorizada por la situación. Sin embargo su hija no reveló nada por el estilo.

—Sí, me lo han dicho. —Abrió el abanico y lo agitó perezosamente ante su cara—. Pero se lo agradezco, de todos modos.

Whitby hizo una inclinación de la cabeza como diciendo «De nada», mientras James se esforzaba por no reírse y decirle «¡Bravo!» a la joven. Tal vez Whitby tenía razón. Tal vez él era más rebelde de lo que se creía, porque ¿por qué, si no, lo impresionaba tan agradablemente ese comportamiento? Ella se había reído del código social inglés y no parecía importarle un rábano. Por eso Bertie estaba tan encantado con ella, por su osado inconformismo. Lo divertía. Eso era algo bueno también, porque si no fuera por el respaldo del príncipe ella estaría acabada.

Miró a la abatida madre, que había palidecido y parecía pensar que todo estaba perdido. Sencillamente tenía que calmar la mente de la pobre mujer.

—Me desilusionó saber que su carné de baile está lleno —dijo a la señorita Wilson—. Tal vez la próxima vez llegaré a tiempo para...

Pasó una expresión de pánico por la cara de la madre.

—¡Ah, no, excelencia! Su carné no está lleno. He dejado un baile vacante. El último.

Él no supo por qué, pero eso no lo sorprendió. Sonrió.

—Entonces ¿me permitiría llenar ese lugar?

—¡Ah, sí, sí!

La madre cogió torpemente la tarjeta que colgaba de la muñeca de su hija, la afirmó en la mano y se apresuró a escribir su nombre.

Las mejillas de la bajita mujer se encendieron con algo que él sólo podía describir como una mezcla de triunfo y un hambre canina. Ahí estaba otra vez. Nada nuevo, aunque las madres inglesas de hijas casaderas lo disimulaban mejor que esa.

La señorita Wilson sonrió amablemente.

—Me hace mucha ilusión, excelencia.

Él fijó sus ojos en ella. No, está claro que no te hace ilusión pensó.

En ese preciso instante apareció un caballero como salido de ninguna parte, le cogió la mano y la condujo al centro de la pista de baile. James la observó atentamente mientras ella comenzaba a bailar una cuadrilla.

La señora Wilson se excusó y se dirigió hacia un grupo de señoras, dejando a James solo con Whitby.

—¿En qué estaría pensando, para corregirla así?

James se echó a reír.

—Se lo tomó muy bien.

—Ah, pero no me sorprendería que decidiera borrarme de su carné de baile esta noche. Maldita sea mi idiotez. Esperaba causarle una buena impresión. Pero en realidad no me cabe duda de que fue causa de unos cuantos desmayos horrorizados al negarse a hacerte una reverencia. A no ser que desee ser expulsada totalmente de Londres, debería enterarse de nuestros modales y costumbres.

—Yo creo que está enterada, Whitby. Simplemente hace lo que le apetece. —Disponiéndose a alejarse, le dio una palmadita en el brazo al conde y añadió en voz baja—: Buena suerte con esa. La necesitarás.

En ese momento decidió renunciar a la idea de cualquier matrimonio con ella, con o sin dote, porque en ese breve espacio de tiempo ella se las había arreglado para volver a remover lo que durante años había estado consciente y agradablemente quieto.

Cerca del final de la velada, James encontró a su madre junto a la puerta donde corría una brisa, abanicándose y con expresión malhumorada.

—Te vi hablando con la americana —le dijo a bocajarro.

—Lord Whitby hizo la presentación.

—No. La vi caminar derecho hacia ti, con una osadía descarada. —Miró hacia otro lado—. Esas americanas siempre se presentan a sí mismas.

Con las manos cogidas a la espalda, James se mantuvo en postura relajada junto a su madre. Ninguno de los dos dijo nada durante un buen rato. Simplemente se limitaban a observar el baile.

—La hija de lord Weatherbee se presenta en sociedad esta temporada —dijo de pronto su madre—. ¿Has hablado con ella esta noche? Es una jovencita encantadora. Una lástima lo de lady Weatherbee. Murió el año pasado.

La duquesa viuda sabía que no debía refregarle jovencitas por la cara. Sabía lo mucho que él detestaba eso, y que hacía más daño que bien. En ese momento intentaba ser sutil, pero él sabía lo que pretendía. No contestó.

—Mira, ahí está Lily —dijo la duquesa—. Bailando con ese barón. Una lástima, ¿verdad?, que sea tan bajo.

James sonrió a su hermana cuando pasó cerca, con su vestido color crema ribeteado con dorado. Daba la impresión de que se lo estaba pasando bien.

Al cabo de unos minutos, comenzó el último baile de la fiesta. Lo había estado esperando, con bastante impaciencia, tuvo que reconocer.

Paseó tranquilamente la mirada por el salón y vio a la heredera en el preciso instante en que ella lo veía a él. Sonrió e inclinó la cabeza; ella le correspondió la sonrisa, y él dio un paso para ir hacia ella. Entonces su madre, de la que se había olvidado completamente, le cogió la manga.

—No irás a bailar con ella, ¿verdad? —le dijo, con las arrugas más marcadas por la preocupación.

—Olvidas tus buenos modales, madre.

Ella lo soltó y retrocedió un paso, su cara pálida por la frustración de no poder impedírselo.

Pero su desagrado no tuvo ningún efecto en James, porque desde que se había hecho hombre los dos sabían que ella no podía dominarlo. Las palizas en la sala de clase ya no eran posibles y, Dios sabía, no sentía ninguna obligación de complacerla ni apaciguarla. No sentía ningún deseo de hacerla feliz ni que se sintiera orgullosa de él.

Dejó rodar rápida y suavemente el altercado por la espalda, se enderezó la corbata y echó a andar por el salón en dirección a la heredera.

3

Después de darle a la señorita Wilson un momento para que se recogiera la cola del vestido, James cerró la mano enguantada sobre la de ella y dio los primeros pasos del *Danubio Azul*, con seguridad y gracia. Le encantaba bailar, y lo sorprendió agradablemente la facilidad con que la heredera se dejaba llevar. Bailando era tan ingrávida como una nube llevada por una fuerte brisa de verano. Olía a flores. Él no sabía a qué tipo de flores, sólo que el aroma le recordaba la primavera cuando era niño, aquellas excepcionales tardes cuando le daban permiso para salir solo a caminar por la hierba verde, los brezales y helechos hasta el lago agradablemente retirado y tranquilo.

Hacía mucho tiempo que no pensaba en esas cosas.

Durante los primeros minutos bailaron sin hablar y sin establecer contacto visual. Él empezó a pensar qué tipo de vida llevaría ella. En qué tipo de casa viviría, qué tipo de educación habría recibido. Ella le había preguntado si tenía hermanos. En ese momento él se hacía esa misma pregunta respecto a ella. Y si tenía hermanos, ¿cuántos? ¿Eran hermanos o hermanas? ¿Sería ella la mayor? ¿Se parecerían entre sí? ¿De dónde había sacado su seguridad en sí misma y su belleza? Su altura ciertamente no le venía de su madre. Tal vez su padre era un hombre alto.

—Baila muy bien —dijo, cuando por fin ella lo miró a los ojos.

—Sólo porque usted es firme para llevarme, excelencia —dijo ella—. Es fácil seguirle.

No dijo nada más y a él le extrañó que no hablara. La había visto conversar con todas sus parejas esa noche. En todo momento la había visto hablar, sonreír y reír.

—¿Por qué no quiere mirarme? —le preguntó, impaciente por dejar de lado las cortesías caballerosas, puesto que él no se consideraba un caballero, e ir directo al grano.

Ella lo miró a los ojos, sorprendida.

—La mayoría de las otras damas no miran a sus parejas.

—Pero usted ha mirado a sus parejas toda la noche. ¿Por qué a mí no? ¿Le caigo mal? Si es así, por lo menos yo debería saber el motivo, aun cuando sea totalmente justificado.

La hizo girar para evitar chocar con otra pareja.

—No me cae mal. Escasamente le conozco. Simplemente me parece un hombre al que no le gusta la conversación superficial. Hermoso giro, excelencia.

—¿Por qué habría de pensar eso? ¿Se cree lo bastante inteligente para poder juzgar a un hombre después de una sola mirada?

—Es usted muy franco, ¿no?

—¿Para qué molestarse con sutilezas cuando hablar claro es mucho más eficaz?

Ella le dirigió una breve mirada que le dijo que la había sorprendido y desafiado. Después dedicó otro momento a considerar su pregunta.

—Bueno, excelencia, puesto que vamos a ser sinceros, le haré saber que he oído los cotilleos de Londres, que a usted le llaman el Duque Peligroso, y que por lo tanto me siento impulsada a ejercer cierta prudencia con usted. Por otro lado, tengo una mente muy mía, me gusta formarme mi propia opinión, y siempre me he resistido a creerme todas las habladurías ociosas que llegan a mis oídos. Quería decidir por mí misma qué tipo de hombre es usted, así que le he observado esta noche. He comprobado que no ha sonreído ni una sola vez en toda la noche, aparte de su sonrisa a esa hermosa joven de pelo moreno hace unos minutos, aquella del vestido color crema y dorado. Da la impresión de que no disfruta de la vida social, y por lo que me han dado a entender rara vez asiste a bailes y reuniones sociales. De eso deduzco que no tiene mucho de qué hablar ni mucho interés en lo que tienen para decir los demás.

Santo Dios, qué respuesta.

Pero había más.

—Y en cuanto a ser tan inteligente para juzgar a un hombre después de una sola mirada, ha de saber, excelencia, que le he mirado más de una vez. Tanto esta noche como la pasada.

Más de una mirada. ¿Era eso coqueteo o simplemente quería apoyar su refutación soberbiamente categórica? Casi seguro que lo último, pensó, recordando todo lo que había dicho. De todos modos, había un fino límite entre la sinceridad y la seducción, una vez que se derribaban las barreras del comportamiento educado.

La acercó un poco más.

—Aparte de todos los cotilleos acerca de mí, ¿ha oído el viejo dicho de cuidado con las aguas mansas?

Ella lo pensó un momento. Siempre parecía pensar antes de hablar.

—¿Y usted cree que se parece a esas aguas mansas, excelencia? ¿Ocultas e inexploradas? —Entrecerró los ojos, traviesa—. ¿O tal vez oscuras y profundas?

Pasaron girando junto a una estatua de Cupido arrojando agua en un pequeño estanque. James no pudo dejar de sonreír. Deseaba reír. Ninguna mujer lo había entretenido así jamás.

—Eso depende. ¿Cuáles prefiere?

Ella estuvo un buen rato en silencio, y luego se echó a reír. Una risa contagiosa, alegre, americana. Lo había conseguido, al menos. La guió en otro giro, y ella lo siguió impecablemente.

Tratando de recuperar el aliento, Sophia miró a la cara al guapísimo hombre que la llevaba girando por la pista. Se sentía como si volara. Sentía acelerado el ritmo cardiaco y no sabía si atribuir eso al ejercicio de bailar y girar por el salón a esa maravillosa velocidad, o a ese absurdo tema de conversación, con un hombre al que la buena sociedad llamaba «peligroso».

Estaba muy consciente de lo grande, fuerte y magníficamente masculino que era. Sentía la anchura de sus hombros bajo la mano enguantada; incluso olía viril, un aroma almizclado y limpio. Y qué pericia en la pista de baile. Ese era con mucho su mejor baile de la noche.

El duque le sonrió. Brilló en sus ojos algo seductor y perverso. Eso la excitó y sembró en ella un exótico deseo de coquetear y actuar temerariamente. Tal vez por eso lo llamaban peligroso. Tenía el poder de llevar a una perdición irreversible a una mujer como ella.

—Ah —dijo él—, veo un destello en sus ojos. Está reconsiderando su primera impresión de mí, y está comenzando a encontrarme moderadamente encantador.

Ella no pudo dejar de sonreír.

—Sólo moderadamente, excelencia, no más que eso.

Al sentir subir un pelín la mano de él por su espalda le ordenó a su cerebro que se comportara. No había ninguna necesidad de fijarse dónde estaba la mano de él de un segundo al siguiente. Ni en cómo le hacía hormiguear la piel poniéndole carne de gallina.

—Bueno, eso es un comienzo, por lo menos —dijo él, haciéndola girar otra vez.

Sophia trató de cambiar el tema, porque empezaba a sentirse mareada, y no por los movimientos del baile.

—Como dije antes, he oído decir que no suele asistir a bailes. No esperaba verle esta noche. —Ni lo deseaba, pensó, porque temía que fuera exactamente así.

Él sonrió de oreja a oreja.

—¿Qué fue lo que me dijo antes? Ah, sí. «Me halaga que haya notado mi presencia».

Sophia exhaló un suspiro.

—Es usted un hombre muy único, excelencia.

James la acercó otro poco, lo más que permitían las reglas del comportamiento educado. De todos modos estaba sobrepasando los límites y ella sintió discurrir una chispa caliente por las venas. Jamás había sentido nada semejante. Era algo que lo abarcaba todo; emocionantemente perverso.

Él le apretó suavemente la mano en la suya. Dios, eran enormes sus manos. Cálidas, sentía su calor a través de los guantes. Jamás se había imaginado que bailar con un hombre pudiera producirle una impresión tan increíble, tan electrizante para sus sentidos.

—¿Soy único? Es usted muy amable. Qué halagüeño.

Ella le dirigió otra sonrisa.

El vals estaba llegando a su fin, y la desilusión le embrolló los pensamientos a James. Se sintió totalmente incapaz de aceptar que esa sería la última vez que hablaría con la señorita Wilson, y lo sorprendió que eso le importara. No se había imaginado que disfrutaría tanto conversando con ella.

Siempre podría asistir a otro baile, supuso, pero la gente se fijaría y discerniría a quién deseaba ver. Y no era que le importara lo que pensaba la gente. Eso sólo le importaría a su madre.

Y eso tampoco le importaba. De hecho, había algo en eso que más bien lo tentaba.

Hizo otro giro por la pista y la señorita Wilson lo siguió expertamente. La comisura de su boca llena, exuberante, se curvó en una deliciosa sonrisa, y al instante él sintió encenderse y arder en sus venas un bajo impulso masculino.

La deseaba. La deseaba toda entera, pulgada a pulgada. De eso no le cabía la menor duda. Y ser el noble de más alto rango del salón lo ponía, muy probablemente, en el primer lugar de su lista de compra de título.

Una pequeña parte de él se estremeció de satisfacción ante eso, al saber que si deseaba tenerla, a ella y todas sus bolsas de dinero, era probable que ella lo prefiriera a los demás.

De repente cayó en la cuenta de que era muy, muy impropio de él disfrutar de ser el objeto de la ambición de las mujeres. Estaba considerando la posibilidad de matrimonio, supuso. Con todo su dinero, ella era tan objeto de ambición como él.

La música llegó a su fin y se acabó el baile. James se apartó de la heredera. Ella dejó caer al suelo la cola de su vestido. Continuaron un buen rato en el centro de la pista de baile, mirándose, mientras las otras parejas pasaban por su lado como el agua rodea una roca. Debía despedirse, darle las buenas noches. Devolverla a su madre...

—Me gustaría hacerle una visita a la condesa de Lansdowne mañana por la tarde —se oyó decir—, si va a estar en casa.

Serenamente, la señorita Wilson bajó la cabeza.

—Estoy segura que la condesa se sentirá honrada, excelencia.

Pasaron otros segundos, hasta que de pronto la señorita Wilson hizo un gesto hacia la orilla de la pista, donde ya casi no quedaban invitados.

—Veo a mi madre.

Su madre... sí. James le ofreció el brazo y la acompañó hasta la orilla de la pista.

—Gracias, excelencia —dijo la madre, sonriendo alegremente.

James le hizo una inclinación de la cabeza.

—Ha sido un placer, señora Wilson. Que disfruten del resto de la velada.

Acto seguido, se dio media vuelta y se marchó.

Durante el trayecto en coche de vuelta a casa, Sophia se sentía absolutamente aturdida. Su madre y la condesa iban sentadas en el asiento de enfrente, sonriendo jactanciosas y haciendo planes, fascinadas porque ella había bailado con el duque, por no decir que él la había retenido en la pista tanto rato, mirándola.

Prácticamente no escuchaba nada de lo que decían. Iba mirando por la ventanilla, sintiéndose débil, emocionada y aterrada por el día siguiente, porque él había dicho que iría a hacer una visita.

¡Dios! Qué magnífico bailarín era. Cómo la había sostenido por la cintura, con qué firmeza, con qué pericia. No le había resultado ningún esfuerzo flotar con él, dejándose llevar por sus fuertes brazos, sus pasos seguros. Era como si hubiera tenido alas.

Entonces recordó la sensación, desconcertantemente erótica, de tener su pequeña mano dentro de la mano fuerte de él, y la sobresaltó sentir una violenta agitación dentro del vientre. Era la misma sensación que sintiera antes, cuando notó el calor húmedo de su mano y eso le produjo un tumultuoso placer.

Jamás en su vida había sentido nada parecido a esos revoloteos. Eran sensaciones físicas y etéreas, porque sentía acelerado el pulso y le hormigueaba la piel, mientras su mente flotaba en un mar de emotiva fascinación.

Pero se esforzó en recordar que su cabeza debía gobernar sus emociones, y trajo a la mente lo que le dijera esa joven la noche anterior: «Son crueles, todos ellos».

No había olvidado eso ni había olvidado la importancia de ser prudente. Agitó la cabeza para quitarse un mechón de pelo que le había caído sobre los ojos, y volvió a repetírselo: «Elige con la cabeza, Sophia. Sé prudente. No sólo vas a elegir un novio, vas a elegir también los aspectos prácticos del resto de tu vida».

Pero el corazón continuó retumbándole en el pecho.

—Me gustaría saber cuándo volverás a verlo, Sophia —dijo Florence.

Sophia miró atontada a su madre y a la condesa. Veía el triunfo en sus ojos. Veía sus aspiraciones. Oía rebotar las palabras «¡Es un duque!» en las paredes del coche, aun cuando nadie las decía. Trató de hablar con indiferencia:

—No lo sé. Tal vez vaya a la reunión en casa de los Berkley.

La alegró haber mentido, decidió, cuando ellas reanudaron la conversación sobre sus planes y la dejaron en paz para continuar mirando por la oscura ventanilla. Si no, al día siguiente no pararían de hacer preguntas sobre a qué hora llegaría él. La harían cambiarse de vestido diez veces y le darían sermón tras sermón sobre la etiqueta apropiada; su madre se pasaría todo el día recordándole que no debía inclinarse para levantarse de un asiento. Lo más probable era que ella quedaría atrapada también en la excitación y se sentiría aún más tentada por un hombre al que apenas conocía, un hombre que al parecer albergaba una oscuridad misteriosa y peligrosa en sus profundidades.

Y, uy, el alboroto que se armaría si él no venía. Se harían preguntas, harían conjeturas, habría reproches.

No, no se pondría en esa situación. Ellas se sorprenderían cuando él viniera, si venía, y ella también. Porque, de ninguna manera, en ninguna circunstancia, iba a pasar otro minuto más pensando en él.

A la mañana siguiente, mientras desayunaban, Sophia le preguntó a su madre:

—¿Es de conocimiento público aquí cuánto valgo?

Su madre dejó la taza de té en el platillo, y la fina porcelana hizo un delicado clic. Entre ella y la condesa pasó una mirada de preocupación.

—¿Por qué lo preguntas, cariño?

Sophia se secó los labios con la servilleta de lino.

—Tengo curiosidad por saber si hay alguna cifra exacta flotando por ahí. No soy ninguna ingenua, sé que tiene que haber elucubraciones, pero ¿saben exactamente cuánto está dispuesto a pagar mi padre?

La señora Wilson se aclaró la garganta.

—Ciertamente no se lo he dicho a nadie, aparte de a Florence, claro.

La condesa no levantó la vista de su plato, y Sophia sintió una oleada de moderada rabia.

—¿Florence lo sabe y yo no?

Levantó la vista y miró al lacayo que estaba detrás de la condesa. Como un soldado de guardia, él mantenía los ojos bajos y la cara impasible, sin dar ni un solo indicio de que estuviera oyendo la conversación, ni siquiera de que por su cabeza estuviera pasando algo en ese momento. Sophia sabía que sí pasaba algo por su cabeza. Los criados trataban de actuar como si fueran invisibles, pero no lo eran. Para ella no. Eran seres humanos como todo el mundo, y lo más probable era que se lo pasaran en grande observando las actividades de los de sangre azul cada día, como una larga y continuada ópera, con los trajes rutilantes, el brillo y la luz.

Su madre cogió un panecillo y comenzó a untarlo enérgicamente con mantequilla.

—No hay ninguna cantidad exacta, Sophia.

—Tiene que haber una escala, un mínimo, un máximo. —Miró nuevamente al lacayo—: ¿Nos disculpa, por favor? Es sólo un momento.

El lacayo salió.

—¿Y bien? ¿Te dio alguna indicación mi padre? —insistió, mirando a su madre.

—Ay, Sophia, ¿por qué tienes que hacer esas preguntas?

—Porque tengo derecho a saber cómo funciona el mundo, madre. Y naturalmente el derecho a saber cuáles son mis posibilidades de encontrar a un hombre que se case conmigo no sólo por mi dinero.

—Nadie se casará contigo sólo por tu dinero, Sophia —dijo Florence—. Eres una mujer muy bella. Eso jugará una parte muy importante en esto.

—O sea, que es mi apariencia y mi dinero. No quiero parecer una ingrata, pero ¿mi corazón y mi alma no tienen ninguna importancia en esto?

Las dos mujeres se apresuraron a tranquilizarla.

—Pero ¡claro que sí, cariño! Eso no es necesario ni decirlo.

Sophia tomó otros cuantos bocados de su desayuno.

—Aún no me has dicho cuánto está dispuesto a pagar mi padre.

Después de titubear un momento, insegura, su madre contestó:

—Me parece que pensó que quinientas mil libras era el precio actual, cariño, pero sin duda eso está abierto a negociación, dependerá de quién haga la proposición.

—Eso es muy normal —añadió Florence.

El precio actual. Sophia estuvo un buen rato en silencio, sintiendo que la abandonaba el apetito.

—Gracias por decírmelo.

No dijo nada más y Florence tocó su campanilla para que volviera el lacayo y trajera más té. Cuando él salió a buscarlo, Sophia aprovechó para hacer una rápida petición:

—¿Me haréis el favor de no decírselo a nadie, ni siquiera a un caballero que manifieste interés? Sé que se da por supuesto que yo llegaré al matrimonio con dinero, pero preferiría que no fuera una certeza. Que si un hombre desea proponerme matrimonio por lo menos esté dispuesto a correr el riesgo de que mi dote no sea lo que cree o espera.

Las dos mujeres estuvieron en silencio un rato, mirándose por encima de la mesa.

—Si eso te va a hacer feliz, Sophia, entonces sí, por supuesto. Nuestros labios estarán sellados hasta que encuentres a un hombre al que puedas amar.

La palabra «amar» salida de los labios de su madre fue una sorpresa, una que le hizo relajar todos los músculos de la espalda y los hombros. Dejó salir el aire retenido.

—Gracias, madre —dijo, y se levantó de la silla a besarle la mejilla.

James bajó de su coche, miró la fachada de la casa Lansdowne y pensó, incómodo, si iba a hacer lo correcto. La noche anterior había sido un impulso decir que haría esa visita, y no estaba acostumbrado a tener impulsos. Normalmente sabía sus motivos para hacer las cosas, pero ese día se sentía inseguro. ¿Estaba ahí debido al dinero? ¿Esa era la chispa que le había encendido ese fuego interior? ¿O era lo única que era la señorita Wilson? Era un poco de ambas cosas, supuso, aunque jamás había encontrado que ser única fuera una cualidad deseable en una mujer. Todo lo contrario, en realidad.

Entonces consideró la posibilidad de volver a subir a su coche y marcharse. Algo dentro de él lo impulsaba a marcharse, pero fuera lo que fuera, él lo rechazó. Decidió dejar que se desarrollara esa aventura para ver adónde lo llevaba; probablemente no lo llevaría a ninguna parte. Estaría sentado participando en una aburrida conversación acerca del tiempo, tal vez alguno que otro cotilleo acerca del baile de la noche pasada, pero nada más importante que eso. Con esa suposición, se dirigió a la puerta y golpeó.

Al cabo de unos minutos, lo condujeron escalera arriba hasta el salón. El mayordomo lo anunció y él cruzó el umbral. Su mirada fue atraída inmediatamente hacia la señorita Wilson, que estaba sentada en el otro extremo de la sala, sosteniendo una taza de té en sus delicadas manos. Llevaba un vestido de tul color marfil que le sentaba muy bien al color de su tez y le daba un aire de dulzura, como a nata batida. Al verla sintió una oleada de avidez, de hambre predador.

Era su desafío, pensó. No le había caído bien a ella a primera vista.

Las otras mujeres, la condesa y la madre de la señorita Wilson, estuvieron un instante en pasmado silencio, y luego se lanzaron a un frenesí de saludos. James entró y avanzó por el salón, pero se detuvo al ver por el rabillo del ojo la imagen oscura de otro hombre a su izquierda, sentado delante del hogar. Miró en esa dirección y vio a Whitby.

—Whitby, qué alegría verte —dijo, tratando de sacar un tono tranquilo, sereno, al tiempo que cambiaba de mano su bastón.

El conde se levantó a saludarlo.

—Lo mismo digo.

A eso siguió un incómodo silencio, hasta que Whitby finalmente cedió a las reglas de la etiqueta y alargó la mano para coger su sombrero y su bastón. Era lo correcto que él, habiendo tenido ya su oportunidad de hacer la visita, se despidiera cortésmente de su anfitriona. Se inclinó ante las damas.

—Gracias por su compañía esta tarde, lady Lansdowne. Ha sido un placer. Señora Wilson, señorita Wilson. Muy buen día.

Entregó su tarjeta a la condesa y pasó junto a James en dirección a la puerta.

—Wentworth —dijo, en tono frío, apresurado.

James tragó el amargo sabor de que ahora Whitby lo considerara un rival en el Mercado del Matrimonio. Rayos y truenos, igual aparecía en el *Post* al día siguiente.

—¿No va a entrar, excelencia? —dijo lady Lansdowne.

James asintió, tratando de olvidarse de Whitby y centrar la atención en la señorita Wilson, pero eso no era muy fácil tampoco, teniendo en cuenta su pasado con la condesa. Jamás se habría imaginado que visitaría a lady Lansdowne, después de las desagradables circunstancias que tuvieron lugar tres años atrás, cuando ella llegó a Londres a pasar su primera temporada y dirigió sus ambiciones hacia él. Gracias a Dios, el conde de Lansdowne le propuso matrimonio y lo salvó de humillarla públicamente.

—Póngase cómodo, por favor —dijo ella.

Bueno, tal vez ella ni lo recordaba.

Alejándose decididamente del sillón contiguo al de la condesa, fue a sentarse al lado de la señora Wilson. Una doncella le sirvió una taza de té.

—El día está precioso, ¿verdad, excelencia? —comentó lady Lansdowne—. No recuerdo otro mes de mayo tan lleno de luz y de sol.

Ah, la previsible conversación acerca del tiempo.

—En efecto, es un agradable cambio de la húmeda primavera que tuvimos en marzo —contestó.

—¿Normalmente es así de caluroso este tiempo? —preguntó la señora Wilson.

El reloj continuaba su tic tac mientras ellos conversaban de naderías; al final de los quince minutos obligatorios, James ya se preguntaba para qué se había molestado en venir. La señorita Wilson no había dicho ni una sola palabra.

Mientras su madre hablaba y hablaba sobre la temporada en Nueva York, él aprovechó la oportunidad para observar atentamente a la callada jovencita que tenía enfrente, bebiendo té sin aportar nada a la conversación. ¿Dónde estaba el fuego que había visto en ella la noche pasada?

—Así que como ve —estaba diciendo la señora Wilson—, en Estados Unidos es totalmente a la inversa. La gente tiende a marcharse de Nueva York en verano, cuando hace calor, y se retira a sus casas de verano; en cambio aquí todo el mundo abandona el campo para venir a la ciudad.

—Es un contraste fascinante, en efecto —dijo lady Lansdowne.

—No entiendo por qué aquí no prefieren estar en las propiedades del campo en verano —continuó la señora Wilson—, cuando la ciudad puede ser tan calurosa y...

¿Podría ser que la señorita Wilson estuviera decepcionada porque llegó él y acortó la visita de Whitby?

Miró su bastón, reprendiéndose. ¿Qué tenía que importarle si ella se sentía o no decepcionada? Lo único que debía importarle era el sencillo hecho de que ella era tan escandalosamente rica esa mañana como lo era la noche anterior. Más rica tal vez.

Contempló sus grandes e insondables ojos azules. Dios, era la criatura más hermosa, más exquisita, que había visto en toda su vida.

Tal vez debería marcharse.

En ese preciso instante, intervino la señorita Wilson:

—Se debe a las sesiones del Parlamento, madre.

El hecho de que fuera la primera vez que hablaba, no pasó inadvertido a James. Al instante se desvaneció su deseo de marcharse; con cierto interés pensó si no habría sido esa la intención de la señorita Wilson en ese momento, retenerlo un rato más en el salón de la condesa. Notó que se le elevaba ligeramente el ánimo, sintió arder las calientes y brillantes brasas de la atracción. Estaba de vuelta en el juego.

—Bueno, claro que sé eso —contestó la señora Wilson, aunque James sospechó que no lo sabía.

La señorita Wilson volvió su atención hacia él.

—¿Le ocupa mucho de su tiempo el Parlamento, excelencia?

Él agradeció tener la oportunidad de hablarle a ella. Veía chispear sus ojos esperando su respuesta, y con placer se permitió al fin imaginarse cómo sería hacerle el amor. ¿Sería tan briosa en la cama como lo era en público, faltando a las reglas de la etiqueta en los bailes de Londres?

Sintió un claro estremecimiento de deseo al mirar la forma y contorno de sus pechos, y la visualizó desnuda en su cama, sin nada encima aparte de él. Sí, sería un inmenso placer para él hacerle el amor.

Durante los diez minutos siguientes hablaron de asuntos sencillos del Parlamento. La naturaleza inquisitiva y las preguntas inteligentes de ella eran un reto, y por fin él consiguió dejar de pensar en llevársela a la cama. Consideró aspectos más prácticos, por ejemplo el hecho evidente de que ella aprendía rápido, y una mujer tenía que tener esa cualidad para llegar a ser una duquesa competente.

Una duquesa competente. Tal vez se estaba adelantando a sí mismo.

Cuando le pareció el momento oportuno, dejó la taza en la mesilla y sonrió a la condesa:

—Gracias, lady Lansdowne, por la agradable plática de esta tarde. —Se levantó; ella también se levantó y lo acompañó a la puerta. Él le pasó su tarjeta—. Ha sido un placer, verdaderamente.

Se giró a mirar una última vez a la señorita Wilson, que se había puesto de pie.

—Gracias por venir, excelencia —dijo ella.

Lo observaba con cierta intensidad, y nuevamente a él le extrañó que hubiera estado tan callada durante la mayor parte de su visita, porque había pensado que la noche anterior había hecho por lo menos un cierto progreso con ella.

Le hizo una inclinación de cabeza y salió.

No bien había salido el duque del salón, Sophia se giró hacia su madre.

—Te oí hablando con el conde antes que yo entrara. Me prometiste que no le dirías a nadie cuánto está dispuesto a pagar mi padre.

El color abandonó la cara de su madre.

—Lo siento, cariño. No iba a decir nada, pero el conde manifestó un interés en ti, y mi intención fue decirle que sería un error proponerte matrimonio ahora, que tú deseas conocer verdaderamente a un caballero antes de considerar una proposición de matrimonio. Sólo quería hacer lo que tú deseas, pero él insistió en tener más información. No podía mentirle. Traté de cambiar el tema, ¿verdad, Florence? —Miró a la condesa en busca de ayuda.

—Ah, sí, querida. Lo intentó. Fue muy discreta todo el tiempo que pudo. Pero el conde insistió.

Sophia sospechó que eso no era cierto. Trató de hablar en tono sereno:

—O sea, que ahora todo el mundo sabe lo ricos que somos, por no decir el escándalo que provocará que los «groseros americanos» hablen de dinero en los salones.

—Se lo dije en confianza, y es un caballero, después de todo.

Sophia movió la cabeza, incrédula.

—Me voy a mi cuarto.

Ya estaba en la puerta del salón cuando su madre le dijo:

—Pero, cariño, ¿no estás feliz por el duque?

Sophia se detuvo y luego se volvió a darle un beso en la mejilla a su madre; no tenía ningún sentido castigarla más; sabía que había cometido un error y lo más probable era que esa noche no pudiera dormir. Era una mujer buena, amable y una madre amorosa. Simplemente le faltaba disciplina verbal.

Si ese era el peor de los defectos de carácter de su madre, debía pensar en su abuela, la madre de su madre, que vendió a la mitad de sus hijos para comprarse whisky después que la abandonara su marido, y considerarse afortunada.

¿En cuanto a sentirse feliz por el duque?

Ella no llamaría «feliz» a eso. Era otra cosa, algo totalmente distinto. Le valía más tener cuidado.

El lacayo de librea le abrió la puerta del coche y la cerró cuando él estaba cómodamente sentado dentro. Pero antes que los caballos pudieran emprender la marcha, sonó un fuerte golpe en la puerta. La cara de Whitby apareció en la ventanilla, empañando el vidrio con las rápidas bocanadas de aire de su respiración.

—¡Cochero, un momento! —gritó James, inclinándose a abrir el pestillo.

—¿Me llevas a Green Street?

James sintió un insólito deseo de negarse, pero lo desechó e invitó a su amiguete de colegio a subir. Muy pronto iban sentados frente a frente en silencio mientras las ruedas del coche traqueteaban por la calzada adoquinada.

—¿Así que has cambiado de decisión? —le preguntó Whitby.

—¿Respecto a qué? —le preguntó James tranquilamente, aunque sabía exactamente a qué se refería.

—Respecto a la heredera. Dijiste que no estabas interesado.

James captó la animosidad en la voz de su amigo, la vio en las mandíbulas apretadas, pero continuó con su voz tranquila e indiferente:

—No recuerdo haber decidido nada.

—Dijiste que no ibas a declarar nada.

—Exactamente. ¿Qué quieres decir, entonces, Whitby?

El coche pegó un salto y Whitby cambió de posición en el asiento.

—Quiero que sepas que le he declarado a la señora Wilson cierto interés en su hija, y que ella me ha dado un pequeño aliento.

James apretó la empuñadura de marfil de su bastón.

—¿Quién te ha dado aliento? ¿La señora Wilson o su hija?

—La señora Wilson, por supuesto. Aunque la joven señorita se ha mostrado singularmente atrevida y amistosa, y toda sonrisas en todos nuestros encuentros durante la semana pasada.

—Creo que esa es una disposición natural de estas chicas americanas —dijo James, mordazmente. Santo cielo, hablaba como si estuviera celoso. Se apresuró a recuperar la calma—. ¿Le has propuesto matrimonio?

—Bueno, no exactamente. La señora Wilson me informó que una proposición en esta fase sería un error, que la señorita Wilson está resuelta a que se la corteje adecuadamente antes de recibir ninguna declaración de afecto.

James arqueó una ceja.

—¿Que se la corteje apropiadamente? ¡Qué absolutamente americano!

Whitby enderezó los hombros y los dejó caer, frustrado. James comprendió que estaba haciendo denodados esfuerzos para dominar el rencor.

—Creí que no querías casarte —dijo su amigo.

Bueno, ahora el tono era de desesperación. James detestó eso. Debería tranquilizarlo diciéndole que no tenía ninguna intención de proponerle matrimonio a la chica y acabar el asunto ahí.

—¿Te dijo la cantidad? —preguntó Whitby.

¿La cantidad? De pronto fue él el que se sintió agitado.

—No entiendo a qué te refieres, Whitby.

—A cuánto asciende su dote. ¿Fue por eso que cambiaste de decisión?

—No he cambiado de decisión respecto a nada.

—Pero ¿te lo dijo la señora Whitby?

James hizo una inspiración profunda.

—¿Decirme lo de la dote de su hija? ¡Buen Dios! —rió—. La visita no fue tan comprometedora como para eso. De lo único que hablamos fue del maldito tiempo.

—Ah, bueno. Estupendo entonces.

Whitby estuvo callado un momento, mirando por la ventanilla, con una expresión de absoluto alivio.

James, en cambio, estaba empezando a sentirse nervioso.

—¿De verdad hablaste de eso? ¿Con la señora Wilson? —preguntó, incrédulo—. La hija no estaba presente, ¿verdad?

—Cielo santo, no. Entró en la sala después. Pero supongo que nunca se sabe con estas americanas.

Continuaron en silencio otro rato, y una condenada e irritante curiosidad comenzó a pinchar a James. Se sorprendió inventando disculpas justificadas a por qué la señora Wilson no le había dicho a él lo de la dote. No podía ser que prefiriera a Whitby. Al fin y al cabo andaba a la caza de un noble. Tenía que entender cómo funcionaba la aristocracia y saber que él era el noble de mayor rango. La condesa tenía que saber eso, sin duda.

Por otro lado, tal vez no tenía nada que ver con los deseos de la madre. Tal vez la mujer sabía que a su hija le gustaba más Whitby que él, por muy duque que fuera, y que deseaba un matrimonio por amor.

El grado de fastidio que sintió ante esa perspectiva, que la señorita Wilson prefiriera a Whitby, fue de lo más perturbador.

—Es un asunto raro, en realidad —comentó Whitby mirando hacia el espacio—, que el padre tenga que pagar quinientas mil libras para casar a una hija tan hermosa. Si ella hubiera nacido entre nosotros con esa cara, probablemente no le costaría un maldito cuarto de penique. Ese es el precio de ser americana, supongo, y de desear formar parte del Viejo Mundo. Vivimos tiempos raros, ¿no te parece, James?

¿Quinientas mil libras? James asintió lentamente tratando de digerir esa cantidad.

El coche se detuvo en Green Street, y Whitby esperó a que el lacayo abriera la puerta. En esos breves segundos flotantes, mientras James intentaba imaginarse la suma de quinientas mil libras en un solo paquete, Whitby lo miró fijamente:

—James, espero que no intentes interponerte entre mí y lo que «yo» vi primero —dijo, su rostro endurecido por la rabia—. Si lo haces, te aseguro que vivirás para lamentarlo.

James sintió que empezaba a hervirle la sangre.

—Justamente tú, Whitby, deberías saber que no reacciono bien a las amenazas.

Whitby le agradeció secamente el trayecto y bajó del coche.

Un momento después, el coche iba nuevamente en marcha, traqueteando por Green Street, y James iba haciendo ímprobos esfuerzos por controlar su furia, porque no aceptaba la intimidación como táctica. Ni de un amigo ni de nadie.

Se le tensaron los músculos de la mandíbula mientras intentaba aclararse lo que acababa de ocurrir. Sólo porque el conde había llegado a visitar a la condesa media hora antes que él no le daba ningún derecho prioritario a nada. Podría haber sido el condenado tráfico lo que le permitió llegar a él primero. Whitby sabía que de él se esperaba que tomara esposa, incluso había tratado de convencerlo, y a la heredera de momento no la había solicitado nadie.

¡Quinientas mil libras! Dado el estado en que se encontraban sus finanzas, pensó de pronto, hacer caso omiso de una suma así podría rayar en la negligencia. ¿No sería un mal servicio a su familia resistirse a la heredera simplemente porque existía una «posibilidad» de que él se volviera como su padre? Sin duda él era más fuerte. Era capaz de combatir cualquier instinto vil que pudiera tener en el futuro; era lo bastante sensato para verlo venir y frustrarlo. ¿O no? Por el amor de Dios, si se había pasado toda su vida ejercitándose en dominar sus emociones.

Decidió considerar la situación desde un punto de vista lógico y racional a partir de ese momento. Esa oportunidad se le presentaba de una manera casi descarada. Incluso se podía considerar ridícula. El destino le ponía a la heredera colgando ante sus narices como una zanahoria de oro, un cebo, tentándolo con su belleza y su dinero. Sí, era hora de que él alargara la mano y diera un mordisco a esa zanahoria. Estaba preparado para eso. Había aprendido a autodominarse. Estaba disciplinado. Sabía ser frío cuando lo necesitaba.

Tal vez había un motivo para todo ese entrenamiento, después de todo. Ahora sería puesto a prueba por la hermosa y encantadora heredera americana. Porque si quería asegurarse esa dote, iba a tener que seducirla.

4

Pero claro que su motivo era el dinero, se dijo James mientras su ayuda de cámara lo vestía para la reunión en la casa Berkley. Enterarse de que la heredera valía quinientas mil libras lo había cambiado todo. Ahora tenía que pensar en la propiedad ducal, en sus inquilinos y en Martin, que debía estudiar en Oxford cuando llegara el momento, y en Lily, que ese año se presentaba en sociedad y algún día necesitaría una dote. En esos momentos, gracias a la vida disipada de su padre, no había nada para ofrecer a un pretendiente, ni un solo cuarto de penique, y él sabía que tenía que convertir la desagradable idea de una esposa en una decisión de negocios, si no, se arriesgaba a perder mucho más que los tapices franceses.

También tenía que dejar de lado su preferencia por la idea de una esposa inglesa fea y callada, porque normalmente esta no venía con quinientas mil libras en su ajuar.

El ayuda de cámara le presentó el frac negro y él metió los brazos en las mangas. Tal vez era mejor así, pensó. Saber que la tarea era una simple transacción mercantil lo tranquilizaba. No tenía que inquietarse pensando que asistiría a la reunión de esa noche porque estaba encaprichado, que no lo estaba, y no deseaba estarlo jamás. Sí, encontraba atractiva a la señorita Wilson, ¿qué hombre no la encontraría atractiva?, pero antes de tener esa desagradable conversación con Whitby no había tenido la más mínima intención de llegar a hacer una proposición de matrimonio, ni a ella, ni a ninguna otra, si era por eso. Por ese motivo, podía estar tranquilo, seguro de que seguía siendo tan juicioso como siempre.

Una hora después iba entrando en la casa Berkley. Entró en el atiborrado salón y estuvo charlando con el anciano marqués de Bretford. Tal vez esa búsqueda de dote resultaba ser una buena aventura, pensó. La vida se le había hecho monótona últimamente, sin tener nada en qué pensar que no fueran cuentas, facturas, más y más gastos y largas listas de reparaciones.

No le llevó mucho tiempo comprobar que ella estaba ahí. Ella, su madre y la condesa. Las tres haciendo la ronda por el salón, luciendo sus joyas, hechizando a los caballeros, cotejando los rangos de dichos caballeros y sembrando las semillas femeninas de su éxito. Qué juego más transparente era ese. Pero ¿quién era él para criticarlo cuando estaba a punto de entrar en el juego y ganarles a todos?

Sophia vio al duque en el instante exacto en que él entró por la puerta, vestido con el atuendo formal correcto, negro y blanco, igual que todos los otros hombres, pero con un aspecto diez veces más imponente.

El frac de seda negra realzaba la anchura de sus hombros y la estrechez de su cintura, y el contraste entre su camisa y chaleco blancos y sus negrísimos cabellos le produjo un febril revuelo en el estómago. No había esperado que viniera. Durante el trayecto la condesa las había informado de que él jamás asistía a fiestas dos noches seguidas, y mucho menos tres. Sin duda, esa aparición anormal arrojaría a Florence y a su madre en un loco frenesí de esperanzas y elucubraciones antes que acabara la noche.

Para ser franca, ya la había arrojado a ella en un pequeño frenesí de esperanza. La esperanza de hablar con él esa noche, aunque sólo fuera para asegurarse de que continuaba estando al mando de sus sentidos. Cualquier cosa que pudiera haber sentido por él esas veinticuatro horas pasadas era principalmente curiosidad, se dijo, porque jamás en su vida se había encontrado con nadie que se pareciera al duque.

¿Sería imprudencia eso?, pensó, con cierta preocupación. ¿Dejar que su curiosidad la afectara así? No se dejaría arrastrar por ese hechizo, ¿verdad? Muchas veces había oído decir que el amor es ciego, y ya suponía que era así como comenzaba.

Observó al duque saludar a otros invitados y pasearse por el salón. Se detenía a conversar, se reía, todo con elegancia y seguridad. Unas cuantas veces él miró en dirección a ella, y cada vez que se encontraban sus ojos a ella se le aceleraba el corazón en reacción a su ardiente mirada, a su hermoso y moreno rostro. Él le hacía una breve sonrisa y desviaba la vista. Ella hacía lo mismo, pensando, con cierta inquietud, si él se habría enterado de su valor exacto, el que sin duda ya se había propagado por todo el mundo elegante de Londres.

—Señorita Wilson, qué placer verla aquí esta noche —dijo el conde de Whitby apareciendo a su lado.

Ella se volvió a mirarlo.

—Hola, lord Whitby. Se le ve muy bien.

—Creo que es el fresco aire primaveral. Hace maravillas en el ánimo.

Hablaron de otras cosas unos minutos, nada de gran importancia, y de pronto el conde juntó las manos a la espalda y la miró intensamente a los ojos.

—¿Tal vez le apetecería dar un paseo conmigo por Hyde Park algún día de esta semana? Sería un placer para mí si su encantadora madre y la condesa nos acompañaran, por supuesto.

—Me encantaría, milord —repuso ella, sonriendo.

—¿El miércoles?

—El miércoles sería agradable. Ah, veo a la señorita Hunt, de los Hunt de Connecticut. ¿Me disculpa, por favor?

Haciendo una ligera inclinación de la cabeza, él se apartó y Sophia fue conversar con una mujer a la que conociera en una fiesta anterior esa semana. Después de un breve diálogo con la conocida americana, los ojos de Sophia se encontraron con los del duque y, como movidos por el objetivo común de conversar, los dos fueron a encontrarse en el centro del salón.

—Excelencia, qué placer.

La seductora sonrisa de él, como para parar el corazón, iba dirigida a ella, y sólo a ella. Sophia tuvo que hacer un esfuerzo para recordar la necesidad de prudencia.

—Está encantadora esta noche, señorita Wilson. Exquisita, en realidad.

Osadamente paseó la mirada a todo lo largo de su vestido. Ella debería haberse sentido insultada por esa audacia, pero lo que sintió fue un estremecimiento de emoción. Emoción por esa vil picardía.

—Gracias. Es muy amable al decir eso. ¿Ha disfrutado de la velada?

—Más y más con cada minuto que pasa. ¿Y usted?

Ahí estaba el revoloteo en la boca del estómago.

—Sí, cada vez más.

La forma como la miraba con esa intensidad sexual, era casi aterradora. Aterradora porque la hacía sentir débil, torpe y falta de sensatez. Habían vuelto esos inquietantes revoloteos. Cómo deseaba poder controlarlos.

—¿Ha tenido el placer de oír a madame Dutetre durante su estancia en Londres? —le preguntó él.

—No, no la he oído actuar. Me hace mucha ilusión oírla. ¿Se quedará?

—Desde luego. Por eso he venido. Bueno, ese es «uno» de los motivos de que haya venido.

La cautivadora mirada con que acompañó esas palabras le dejó claro a ella lo que quería decir, que había venido para verla a «ella».

Se iba sintiendo más y más viva por minutos.

—¿Le apetecería echar una mirada a las obras de arte de la galería? —le preguntó él—. Creo que ha habido un constante desfile de admiradores toda la noche.

Le ofreció el brazo y ella lo aceptó. Juntos pasaron por el salón contiguo y entraron en la inmensa y larga galería donde las parejas avanzaban lentamente a lo largo de las paredes admirando las obras de arte. Dado que la sala era enorme, había más espacio entre los invitados y, en consecuencia, mayor intimidad. La situación era respetable, desde luego, pero los dejaba íntimamente apartados al mismo tiempo.

Avanzaron lentamente a lo largo de la pared, mirando los enormes retratos de familia y admirando los bustos situados a intervalos entre sillones y las palmeras de las macetas. Más allá llegaron a grandes obras de arte: un Ticiano, un Giorgione, un

Corregio. Su excelencia sabía muchísimo de arte y estaba muy bien informado, por lo que en ningún momento decayó la conversación ni se hizo forzada ni tediosa. Él era realmente un hombre inteligente, debajo de esa montaña de atractivo físico.

—¿Me permite preguntarle qué opinión le merece Londres hasta el momento? —preguntó el duque, deteniéndose delante de otro retrato de familia.

—Estoy impresionadísima. Para ser franca, casi no puedo creer que estoy aquí. Miro alrededor y veo siglos de vida, de amor, de guerra y de arte. Hay mucha historia aquí, y se le da un hermoso valor. Me gustaría saber más, verla desde dentro, desde su mismo corazón.

—Eso se podría arreglar.

Ella lo miró a los ojos, buscando ese destello diabólico del que había recelado tanto. Curiosamente, en ese momento no vio otra cosa que un verdadero interés en ella y un sincero deseo de que ella disfrutara de Londres mientras estaba allí.

¿Era una ingenua al permitirse sentirse más cómoda con él porque le estaba haciendo preguntas corteses? ¿O lo había juzgado mal antes, dando demasiado crédito a chismorreos de salón?

Caminaron hasta otro cuadro.

—¿Y en cuanto a la sociedad? —le preguntó él, mirándola atentamente a los ojos, como si buscara algo—. Debe de parecerle un enorme laberinto.

Ella miró la parte superior del cuadro, la corona que adornaba la cabeza del noble.

—Tenga la seguridad, excelencia, que la sociedad americana es igualmente desconcertante. Nos llamamos una sociedad sin clases, pero distamos mucho de serlo. En un país sin títulos nobiliarios, las personas son ambiciosas. Desean mejorar su situación y elevarse a la cima, y rara vez sus modales están a la altura de su riqueza. A veces creo que ciertas reglas de etiqueta se inventaron con la única finalidad de hacer más visibles las barreras y más difíciles de salvar, porque no tenemos rangos aristocráticos que hagan claros los límites.

—Mis disculpas —dijo él, mirando también la corona del noble—. De ninguna manera fue mi intención insinuar que la sociedad de su país es sencilla. Sólo quería decir que a mí, personalmente, en ciertas ocasiones la sociedad de Londres me parece un laberinto, y eso que tuve la ventaja de nacer y criarme aquí.

Ella comprendió lo que hacía él. Trataba de asegurarle que ella no era una imbécil, que si cometía el ocasional error social era muy comprensible. Sintió pasar por ella un hormigueo de gratitud.

Pasaron a la siguiente obra de arte.

—No me ha ofendido —contestó—. Y le pido disculpas por haber hablado sin haber entendido bien. Le agradezco su franqueza conmigo, excelencia. Eso es lo que encuentro más difícil aquí.

—¿La franqueza?

—Sí, o mejor dicho su falta. No he logrado hablar realmente con nadie ni llegar a conocer a nadie. La conversación es siempre muy superficial, y se me reprende por hacer preguntas personales.

—Como Whitby la otra noche. Le pido disculpas por eso.

Ella se lo agradeció con una sonrisa y continuó:

—Tengo dos hermanas. —Sabía que se estaba lanzando justamente al tema de conversación que le habían ordenado evitar, pero no le importó. Deseaba mostrar algo de sí misma al duque; un poco de la verdadera Sophia Wilson—. Las echo muchísimo de menos. Añoro nuestras conversaciones despreocupadas, nuestras risas. Nos lo decimos todo.

—¿Y qué les diría si estuvieran aquí ahora?

La miró con un atractivo destello en los ojos, y ella pensó qué esperaría que dijera ella. ¿Qué desearía que dijera?

Se tomó su tiempo para contestar, analizando lo que sentía. ¿Era satisfacción, contento? ¿Sensación de aventura? Sorprendida, llegó a la conclusión de que era ambas cosas. Sus sentimientos por ese hombre estaban cambiando, pese a su resolución de ser cautelosa.

Ocurrió que en el momento siguiente, la cautela se tomó vacaciones. Le salió la respuesta rápida, antes de tener la oportunidad de hacer caso a la prudencia:

—Les diría que he prejuzgado a alguien a quien no debía prejuzgar, y que me gustaría comenzar de nuevo con esa persona.

Se quedaron detenidos, cara a cara, mirándose. La expresión de él revelaba muy poco, pero lo suficiente para decirle que había hecho bien con su respuesta.

—Soy muy partidario de los nuevos comienzos —dijo. Continuó caminando, y ella lo siguió, sintiéndose ilusionada—. Yo también tengo una hermana en la que me agrada confiar, pero no creo que vaya a decirle algo así a ella. Tiene dieciocho años, es una romántica y lo diría, y mañana a la hora del té todo Londres estaría comentando que he encontrado el amor de mi vida. —Le sonrió de oreja a oreja—. Y no me gusta ser tema de cotilleo. Ni aunque sea cierto.

Sophia casi se tragó la lengua. ¿Acababa de insinuarle que tenía sentimientos por ella? ¿O había sido un simple comentario hipotético? Se apresuró a llenar el silencio mientras recuperaba la ecuanimidad:

—¿Tiene una hermana menor?

—Tres, en realidad. Dos están casadas. Una vive en Escocia y la otra en Gales. Unas jóvenes maravillosas, todas. Incluso he sido bendecido con dos deliciosas sobrinas y un sobrino.

Sophia notó que se le iban agrandando más los ojos con cada palabra que decía él. No era diabólico en absoluto, al menos no en ese momento.

—¿Le gustan los niños, excelencia?

—Los adoro. Toda casa de campo debería estar a rebosar de risas y de las pataditas de pies pequeños, para usar una vieja frase.

Si lo que pretendía era impresionarla, estaba haciendo un excelente trabajo.

Reanudaron la conversación sobre arte, comentando las últimas tendencias y lo que se exhibía en las galerías públicas. Llegaron a un Rembrandt, la *Mujer en el baño*, y el duque levantó la mano, como si quisiera tocar el óleo, pero tuvo que contentarse con acariciar el aire delante de él. Se quedaron un momento admirando el cuadro juntos.

—Fíjese en esas anchas pinceladas cremosas ahí en la camisola —dijo él en voz baja, casi un susurro, sólo para los oídos de ella—. Y el brillo mate de la superficie lisa del estanque. Qué perfección en el reflejo. Y aquí, la forma de la continuación de las piernas bajo el agua.

Las grandes manos del duque se movían como acariciando la piel desnuda de la mujer.

De pronto un estremecimiento discurrió por las venas de Sophia al imaginarse cómo sería sentir esos largos dedos subiendo por debajo de sus faldas sobre sus muslos desnudos...

Supuso que la mayoría de las mujeres se sentirían escandalizadas por lo que ella estaba pensando y lo que él estaba diciendo, y por el seductor movimiento de su mano. Ella estaba algo escandalizada. Sin embargo, sentía más caliente y relajado el cuerpo. Se imaginó cómo sería estar libre para fundirse en sus brazos ahí en la galería; ser llevada por sus brazos hasta el sofá del rincón tenuemente iluminado y ser depositada ahí.

—Es un verdadero maestro —dijo, tratando de que no le saliera la voz en un resuello.

¿Le hablaba así el duque a todo el mundo?, pensó. ¿O quería seducirla? Si era esa su intención, estaba muy segura de que él, con su estilo personal de hacer las pinceladas, era el verdadero maestro esa noche, porque sabía exactamente lo que hacía. La estaba convirtiendo en miel caliente.

Continuaron avanzando por la larga sala y comenzaron el recorrido por la otra pared.

—¿Le gustaría hacer una caminata por Hyde Park un día de esta semana? —le preguntó él—. El tiempo ha estado espléndido últimamente. ¿El miércoles, tal vez?

Entonces ella se acordó de lord Whitby, y lamentó que este le hubiera hablado primero esa noche, porque no podía aceptar la invitación del duque teniendo ya un compromiso anterior. Empezó a sentir una ligera sensación de pánico, como si fuera muchísimo lo que dependía del resultado de ese singular momento.

—¿El miércoles, señorita Wilson? —insistió él—. ¿O tal vez no es oportuno el momento?

Ah, se estaba echando atrás.

—No, no. No es eso, o mejor dicho, sí, eso es justamente. Ese día no me va bien. ¿Otro día, quizá?

—¿El jueves?

—El jueves sería espléndido. —Su corazón exhaló un suspiro de alivio.

—Excelente. ¿Volvemos al salón? Sin duda su madre estará pensando qué ha sido de usted.

Sophia entró con él en el salón y se encontró con su madre. El duque conversó un momento con ella, de trivialidades, y después fue a reunirse con un grupo de caballeros en el otro lado del salón. Sophia lo observó con una extraña sensación de aprensión, al comprender que con su inesperada y fuerte atracción por ese hombre, su primeras impresiones superficiales iban formando cada vez menos parte de su idea de él. Eso la inquietaba infinitamente, porque por lo general no permitía que un fuego en su sangre se apoderara de su intelecto.

Pasados unos días, al oír los ruidos de platos abajo en el comedor, Sophia miró la hora y vio lo tarde que era. Su madre y Florence estaban tomando el desayuno sin ella. Con la ayuda de su doncella, se puso rápidamente un vestido para mediodía de lana merino azul, se enrolló el pelo en un elegante moño y bajó a reunirse con su madre en la sala de estar para tomar un té.

Se detuvo justo en el umbral. Sobre la mesa del centro de la sala había un enorme ramo de rosas rojas. Miró a su madre.

—Cielos, ¿de dónde salieron estas rosas?

Avanzó lentamente hasta el ramo, se acercó una flor a la nariz y aspiró el hechizador aroma.

—Lee la tarjeta y entérate tú misma —contestó su madre, en tono alegre, la voz ligeramente engreída.

Sophia dio la vuelta hacia el otro lado, donde estaba la tarjeta sobre la superficie de mármol. Si era del duque, no se le doblarían las rodillas ni soltaría risitas como una boba enamorada. Sería juiciosa y cautelosa. Él tendría que saber que ella era una joven sensata y equilibrada y que, a diferencia de esas flores, no le podían arrancar los pétalos tan fácilmente.

Leyó la tarjeta en silencio: «Rosas delicadas para una delicada rosa de mujer. Whitby».

Volvió a leerla y lentamente alzó la vista hacia su madre. Trató de ocultar la trizadura en su orgullo y no parecer decepcionada porque no eran del duque.

—Son del conde de Whitby.

Agitó la tarjeta y se la pasó a su madre, que tenía el brazo estirado y movía los dedos impaciente.

Su madre la leyó.

—¡Mira lo que dice! —chilló, pasándosela a Florence.

La condesa la leyó a su vez y luego se levantó a darle un abrazo a Sophia.

—Rosas rojas. Qué deliciosamente agresivo de su parte. El mensaje es muy claro en realidad. Felicitaciones, querida mía. Has pescado a un conde. Aunque, ¿había alguna duda de tu éxito con él?

Las dos damas se abrazaron.

Sophia trató de forzar una sonrisa. No quería aplastarles las esperanzas todavía, porque no tenía la menor intención de casarse con el conde de Whitby, y tampoco quería que supieran lo que estaba ocurriendo dentro de su corazón: que estaba obsesionada por un hombre del que todavía se sentía muy insegura.

Le pareció mejor mantener sus cartas cerca del pecho por el momento, hasta poder evaluar mejor la situación con el duque. Lo sabría cuando llegara el momento oportuno para hablar de eso. Tal vez si él venía ese día, como había dicho, ella podría llegar a comprenderlo lo suficiente para explicarlo.

—Bueno, ¿qué te parece? —le preguntó Florence—. Es uno de los mejores partidos. Ya heredó su título y es guapo.

Sophia asintió obedientemente.

—Sí que es guapo, Florence, nadie discutiría eso.

Whitby tenía el pelo rubio y una mandíbula fuerte; era esbelto y tenía hermosos dientes blancos, y ni un asomo de las cualidades más misteriosas, más sardónicas del duque. Tal vez cometía un error al descartar a Whitby tan rápidamente.

En ese momento apareció el mayordomo en la puerta.

—Lady Lansdowne. Ha venido un caballero a ver a la señora Wilson.

Florence miró a Beatrice, indecisa.

—No es hora para visitas.

—El caballero asegura que se trata de un asunto de suma importancia, y que no deseaba esperar, milady.

Un inquieto silencio se cernió sobre ellas.

—¿Quién es? —preguntó la condesa.

—El conde de Manderlin, milady.

A eso siguió otro silencio, mientras Florence decidía qué hacer.

—Hazlo pasar. ¿Sophia? Me acompañarás a hablar con el ama de llaves para que le diga a la cocinera que prepare esas rosquillas con crema agria que tanto te gustan.

Sophia y Florence dejaron a su madre en la sala de estar para recibir al conde de Manderlin.

No mucho después, entró el mayordomo en la cocina a llamar a Sophia a la sala de estar. Ella sintió una súbita oleada de desagradable miedo. Siguió al mayordomo por el largo corredor y entró en la sala, donde estaba su madre sentada frente al conde. Él se levantó cuando entró ella.

No era un hombre guapo. Era bajito, esbelto, de apariencia casi frágil. Tampoco era un hombre cálido. No sonreía.

—Señorita Wilson, gracias por aceptar verme esta mañana. Tengo algo muy especial que deseo hablar con usted.

Su madre se levantó.

—Tal vez esperaré en el corredor.

Salió, con la cara algo pálida. Sophia ya empezaba a sentirse algo pálida también.

—Señorita Wilson, deseo pedirle su mano en matrimonio —dijo él categóricamente.

¿Y ya está? ¿Ningún preámbulo? ¿Ni siquiera algo halagüeño que precediera la proposición? Buen Dios, ¿es que no sabían nada estos británicos?

Entró en la sala y fue a detenerse ante él, a unos pocos palmos. De pronto él pareció algo desconcertado, nervioso, cuando antes no había estado nervioso.

—Gracias, lord Manderlin, por su generosa proposición —dijo ella amablemente—. Es una proposición muy tentadora, pero me temo que debo declinarla.

Abrió la boca para explicarle amablemente por qué lo rechazaba, decirle que aún no estaba preparada para aceptar ninguna proposición de matrimonio, pero él la detuvo con una inclinación de la cabeza.

—Le agradezco su tiempo en esta hermosa mañana, señorita Wilson. Ha sido muy amable al oír mi proposición.

Dicho eso, salió por la puerta.

Sophia se quedó en el medio de la sala, absolutamente pasmada. Entonces entró su madre.

—¿Qué le dijiste? —le preguntó, casi aterrada.

—Que no, por supuesto.

—Ocurrió tan rápido. ¿Qué dijo?

En eso entró Florence a toda prisa para oír también. Sophia lo repitió, le llevó dos segundos decirlo todo, y las tres se sentaron en los sillones de la sala.

—Le dije que sería un error —explicó su madre—. De verdad, traté de disuadirlo, pero no quiso saber nada de eso. Vino aquí a proponerte matrimonio y no se iba a marchar de aquí mientras no lo hubiera hecho.

Se aligeró el peso de la sorpresa y Sophia comenzó a sentir que le caía el corazón al suelo.

—Esta ha sido la proposición menos romántica que he oído en mi vida —comentó—. Tiene que saber a cuánto asciende mi dote.

Su madre y Florence guardaron silencio. Entró la criada con una gran bandeja con una tetera de plata, tazas y una fuente de panecillos dulces.

—Bueno, por lo menos tienes al conde de Whitby —dijo Florence, sirviendo té en una taza, tratando de cambiar de tema—. Un hombre mucho más guapo. Y yo diría, si las flores son un indicio, uno más romántico. ¿No estás de acuerdo, Beatrice?

Sophia aceptó la taza que le pasaba Florence, sintiéndose algo incómoda por el recordatorio.

—No olvidemos al duque —repuso su madre—. Yo no he renunciado a él todavía. Tal vez sólo necesita unas cuantas oportunidades más de ver a Sophia. Entonces él también enviará rosas rojas.

Curiosamente, Florence estuvo un momento callada.

—Yo no pondría mis esperanzas en el duque —dijo al fin, y bebió un poco de té.

Sophia se inclinó hacia ella.

—¿Qué quieres decir, Florence? ¿Qué sabes de él?

—Oh, nada en realidad —repuso la condesa encogiéndose de hombros—. Sólo que no creo que sea el tipo de hombre que se casa, y no tiene sentido desperdiciar nuestros esfuerzos en él cuando estarían mejor invertidos en otra parte, en terrenos con más posibilidades, por así decirlo.

—¿Qué te hace pensar eso? —preguntó Beatrice—. Pasó un tiempo a solas con Sophia en la reunión de la otra noche y bailó con ella en el baile. Me pareció un caballero perfecto, y se mostró muy atento con ella.

—Sí, pero se sabe que hace eso de tanto en tanto —dijo Florence, hablando en voz más baja—, con algunas de las damas más atractivas de la alta sociedad. Pero nunca resulta en nada. Es bastante escandaloso hablar de esto —continuó, en voz aún más baja—, pero también se sabe que ha tenido breves aventuras, discretamente, por supuesto, con mujeres casadas. Ha roto unos cuantos corazones, os lo aseguro. Y sin compasión, dicen. Sólo le interesa una cosa, y nada más aparte de eso. Se dice que tiene un corazón negro.

Sophia se sintió enferma.

—Pero ¿quién puede decir que esta vez no ha decidido buscar esposa? —rebatió Beatrice—. Después de todo es un duque, con la responsabilidad de continuar su linaje. Seguro que debe de pensar en eso.

—Su linaje. Eso es otra cosa. Por lo que he oído, el Corazón Negro Wentworth viene de familia. Su padre se mató bebiendo y el duque anterior a él, después de varios escándalos horrorosos, que en cierto modo tuvieron que ver con la muerte de su esposa, se suicidó. Se pegó un tiro en la cabeza.

—Ay, Dios mío —exclamó Beatrice.

—Sí, lo sé. Es horroroso, ¿verdad?

Beatrice trató de agarrarse a un clavo ardiendo:

—Pero podría ser que el duque todavía no hubiera conocido a la mujer que lo cautivara.

Le sonrió a Sophia, que guardó silencio simplemente porque no se sentía capaz de mover la boca.

Florence se sirvió más té.

—De todos modos, yo no pondría mis esperanzas en él, Beatrice. Incluso su madre, la duquesa, tiene miedo de hablarle de posibles novias.

—¿Miedo? —preguntó Sophia, sacando la voz, por fin.

—Bueno, sí. Tienes que haber observado que el duque a veces puede ser, ¿cómo lo diría?, «amedrentador». Por lo que me han dicho, él y su madre escasamente se hablan. Él la detesta, y ella se las arregla lo mejor que puede para esquivarlo. Todo esto es cotilleo de salón, eso sí.

Sophia estuvo un momento en silencio, mirando el vacío. ¿El duque detestaba a su madre?

—Seguro que tiene sus motivos —dijo, intranquila—. No deberíamos tomarnos la libertad de juzgarlo sin conocer todos los hechos, ni de creernos todo lo que oímos.

No sabía por qué lo defendía, cuando todos sus instintos le decían que esos rumores podían muy bien ser ciertos.

—Tienes razón, querida. Claro que no deberíamos juzgar jamás las motivaciones de un hombre. Vete a saber qué secretos viven en ese inmenso castillo suyo en el campo. Apostaría que unos cuantos. —Cogió una galleta y alegró el tono—: Uy, cielos, yo propagando cotilleos estúpidos. Probablemente todo es sólo un montón de historias tontas. ¿Me vais a creer que una vez oí que su castillo está embrujado? ¿Que por las noches se oye aullar a los fantasmas? ¡Imaginaos!

Beatrice y Florence se rieron un momento y luego pasaron a hablar de temas más alegres, pero Sophia prácticamente no las oía, ensordecida por la sangre que le rugía como una fiera en los oídos. Lo único que pudo hacer fue continuar sentada inmóvil en su sillón, bebiendo té y pensando en todo lo que acababa de decir Florence. Y esperar inquieta la llegada del duque.

5

El coche Wentworth, de un brillante negro y provisto de lacayos de librea y postillones, llegó con tintineante y distingui-
da grandeza a Hyde Park, poco después de las tres de la tarde.
Los caballos relincharon y agitaron las cabezas, mientras los
curiosos, boquiabiertos de fascinación, contemplaban a James,
que después de bajar con suma elegancia del coche se volvió a
ofrecer su mano enguantada a las americanas.

—Hermoso día, excelencia —dijo la bajita y maciza señora Wilson al bajar, tratando de dar una entonación británica a
su voz.

—Ah, señora —dijo él, besándole la mano enguantada—,
está mucho más hermoso por virtud de su encantadora compañía esta tarde.

La mujer se sonrojó ante el halago. Él ayudó a bajar a la
condesa, y luego bajó la hermosa hija de la señora Wilson. Él
notó que las miradas de todos los presentes en el parque con-
vergían en ella. Hubo silencio entre la gente un momento y
luego se reanudaron los murmullos.

El coche se alejó y James echó a caminar lentamente junto a la señorita Wilson. Ataviada con un airoso vestido de paseo a rayas azules y blancas con delicados volantes de chifón,
llevaba quitasol y ridículo, y en la cabeza una pamela de paja

prendida al peinado en un atrevido ángulo. Justo cuando él pensaba que no podía estar más hermosa, ella aparecía con otro elegante vestido a la última moda y lo derribaba, haciéndolo caer de rodillas.

Observó, no obstante, que ella estaba más callada que de costumbre.

Caminaron por el sendero del parque, orillando el estanque y pasando junto a numerosos grupos pequeños de damas y caballeros conversando en voz baja. Ellos conversaban de arte, libros y de la ópera que estaban representando en la Royal Opera House de Covent Garden. La señorita Wilson se mostraba educada y amable con él, pero no tan animada como la última noche.

—Cuando hablamos la otra noche en la reunión —dijo, mirando hacia atrás por encima del hombro para asegurarse de que las damas vigilantes no lo podían oír—, tal vez fui muy atrevido al invitarla a dar un paseo hoy.

Entraron en la fresca sombra de unos gigantescos robles cuyas frondosas ramas se extendían sobre el sendero como un toldo. James aspiró el fresco aroma de la tierra y la hierba húmedas y la señorita Wilson bajó su quitasol.

—De ninguna manera, excelencia. Espero no haberle dado la impresión de que no deseaba que me invitara.

—No, claro que no, pero he de reconocer que me ha sorprendido enterarme de que ayer estuvo aquí paseando con lord Whitby. Y que esta mañana lord Manderlin le hizo una importante visita.

Ella lo miró con expresión sorprendida y horrorizada.

—La corriente de rumores de Londres —explicó él—. Está muy activa.

Ella continuó caminando sin decir nada hasta que él se vio obligado a pinchar otro poco.

—Me han dicho que lord Manderlin le propuso matrimonio. ¿Puedo preguntarle cuál fue su respuesta?

Ella lo miró sonriendo y por fin se rió un poco.

—¿Cuál cree que fue?

Él soltó un suspiro de alivio al sentir cómo aflojaba la tensión.

—Supongo que fue rechazado, pero con mucha amabilidad.

—Intenté ser amable, pero no creo que a él le importara eso. No hablaría de esto si creyera que le herí los sentimientos, pero, cielos, parece que creía que yo era un artículo de comercio para comprar.

James se rió, feliz de pasar a una conversación más relajada.

—No es un mal hombre. Simplemente le falta refinamiento social.

—Yo podría vivir con una falta de refinamiento social. Pero no con una falta de romance. Creo que un hombre y una mujer deberían casarse por amor. Creo que no puedo cambiar de opinión en ese punto, aún cuando mi querida madre hace todo lo posible por lograrlo.

¿Casarse por amor? ¿Una heredera en busca de título?

—Pero ¿cómo define el amor, señorita Wilson? ¿Es pasión lo que desea? ¿O simplemente un compañerismo sensato?

—Las dos cosas. Deseo ambas cosas.

—Es ambiciosa.

—Siempre pensé que era mi madre la ambiciosa.

—Ah, pero usted desea alcanzar algo mucho más difícil de obtener que la posición social. Creo que es usted la mujer más ambiciosa que he conocido.

Ella arqueó una delicada ceja.

—¿Cree que el amor es difícil de alcanzar, excelencia?

James volvió a detenerse en el paseo y estuvo quieto un breve momento, explorando su mente en busca de una respuesta.

—Lo que quiero decir es que el verdadero amor es algo excepcional y no se puede forzar. «Si es dulce el amor que se ha conquistado, es mejor el que se ofrece sin haber sido solicitado». Y, por favor, tutéeme, llámeme James.

—Shakespeare. Eso es muy romántico, James —dijo ella, poniendo el acento en su nombre—. ¿Lees mucho de las obras de Shakespeare?

Gracias a Dios cambiaba el tema.

—Leo de todo. —Recordó otra cosa, leída en Platón, que el amor es una grave enfermedad mental. Naturalmente, se abstuvo de citar eso—. Así que ha rechazado a lord Manderlin. Pero ¿y a Whitby? Él no le ha hecho ninguna visita de ese estilo, ¿verdad? Procuro mantenerme al tanto de estas cosas, pero...

—Te aseguro, James, que Whitby y yo sólo somos conocidos.

—Comprendo.

—Aunque sí me envió flores —añadió ella, mirando traviesa la rama de roble que estaba encima de ellos.

Se estaba burlando de él. No podía dejar de seguirle el juego.

—¿Qué tipo de flores? ¿Y cuántas? Debo saberlo.

La señorita Wilson se echó a reír, aunque su risa sonó algo tensa.

—Rosas rojas, y a ojo yo calcularía que había unas tres docenas.

James se llevó la mano al corazón y se tambaleó hacia un lado del sendero.

—Oh, ya he sido superado. Tres docenas, ¿y rojas, dice? ¿Cómo voy a poder igualar eso alguna vez?

Ella volvió a reírse, esta vez un poco más relajada, y le cogió el brazo para hacerlo subir al paseo.

—Me hechizas, James, cuando no me... desconciertas.

—¿Desconcertar?

Ella miró por encima del hombro hacia su madre y la condesa, y luego lo miró con los ojos entornados.

—Sí. Puede que sea una extranjera, pero me tropiezo de tanto en tanto con unos buenos cotilleos estilo inglés, y no tiene ningún sentido bailar en torno a eso. Por lo que he oído, tienes una reputación escandalosa. Se dice, entre otras cosas, que eres un mujeriego.

Sí que era franca. Ese era uno de los rasgos americanos que no podía dejar de admirar.

—Comprendo. —Apretando la empuñadura de su bastón, guardó silencio un momento—. Una vez me dijo que tenía una mente muy suya y se formaba sus propias opiniones, que no creía en todos los cotilleos que llegaban a sus oídos.

—Y ese es justamente el motivo de que te lo pregunte en persona.

James exhaló un largo suspiro. Era encomiablemente lógica.

—¿Puedo hacer una suposición respecto a dónde oyó ese rumor? No sería la condesa, ¿verdad?

La señorita Wilson levantó su quitasol.

—Fue ella.

—Intentó advertirle que se mantuviera alejada de mí, sin duda.

—La condesa es una muy buena amiga de mi madre y mía. No permitiré que la insultes, si es eso lo que estás a punto de hacer.

Él levantó las manos, en señal de rendición.

—No tengo la menor intención de insultar a nadie. Lo que ocurre es que la condesa y yo... bueno, nos conocimos en unas circunstancias algo... incómodas.

—¿Qué tipo de circunstancias?

Él miró hacia otro lado.

—Nos conocimos en un baile, bailé con ella, y creo que deseó convertirse en mi duquesa. Por lo menos eso decían los rumores.

Sophia bajó el quitasol hacia un lado.

—¿Florence? ¿Y tú?

—Sí, aunque no resultó nada de eso, se lo aseguro. Simplemente bailé con ella unas cuantas veces, comprendí lo que buscaba y entonces evité presentarme en reuniones de sociedad hasta que otro le propusiera matrimonio, lo cual estaba seguro de que ocurriría. Ella aceptó convertirse en la esposa de lord Lansdowne.

—A mí no me dijo nada de eso.

—No me extraña. Ahora está muy feliz casada con el conde. —Miró a los ojos de la heredera y habló con convicción—. No soy un mujeriego, señorita Wilson, se lo prometo.

Soy muchas cosas, pero no eso, pensó. Hacía mucho tiempo que había aprendido a identificar a las mujeres que deseaban lo que deseaba él: aventuras breves, superficiales. Jamás jugaba con los corazones de mujeres inocentes, vulnerables. Por eso siempre había evitado a las jovencitas debutantes.

Continuaron caminando en silencio, hasta que Sophia reanudó el tema de los cotilleos de salón. Estaba claro que habían hablado de él con cierto detalle.

—También me dijo que tanto tu padre como tu abuelo se quitaron la vida.

Diantre, cómo detestaba eso, pero tenía que someterse.

—Hay bastante verdad en eso. Mi abuelo, sí, se suicidó, pero eso ocurrió hace mucho tiempo, y yo no lo conocí. Mi padre, por su parte, llevó una vida de libertinaje y vicios que finalmente lo llevó a su muerte. Si fue intencional o no, no lo sabré jamás. No me enorgullece su manera de vivir, señorita Wilson, puede estar segura de eso. He hecho todo lo que está en mi poder para evitar ser como él, y hasta el momento lo he conseguido. Así que, por favor, no me juzgue por las obras de él.

Eso era cierto, todo.

Sophia lo miró afectuosamente y él exhaló otro suspiro de alivio.

—Siempre he creído que a un hombre debe juzgársele por sí mismo —dijo ella—, por la persona que es en su interior, no por su pasado, su clase social ni lo que los demás piensan o dicen. Ten la seguridad, James, que me formaré mi propia opinión de ti basándome en nuestro trato. Como he dicho, tengo una mente muy mía.

Él la miró con sorpresa y admiración, sintiendo una extraña satisfacción por estar con ella. Una parte de él deseaba hacer cualquier cosa por tenerla, porque en esos momentos su cuerpo estaba reaccionando con ardiente fervor, mientras que un algo situado en los recovecos más profundos de su conciencia deseaba advertirla de que se alejara de él; decirle que las verdades negras de su existencia eran mucho peores que todos los rumores que circulaban, porque los rumores sólo eran cuentos.

Entonces se dijo que no debería preocuparse por esas cosas. La señorita Wilson había venido a Londres a «comprar» un título, y él estaba en posesión de uno muy bueno, y en exacta necesidad de lo que ella ofrecía a cambio. Eso era un acuerdo de negocios. Ella lo sabía. Él lo sabía. No debía olvidar eso.

Sin embargo, su atracción por ella iba aumentando a una velocidad impresionante.

—¿Y eso es todo? —preguntó, preparándose para más preguntas personales. Preguntas que no estaba acostumbrado a contestar; la mayoría de las personas no se atrevían a hacérselas.

La señorita Wilson sonrió.

—Bueno, hay otra cosa, y esta es quizá la que más me asusta de todas. Ni siquiera sé si debería decirla.

Él sintió tensarse los músculos de su espalda.

La señorita Wilson le dirigió una sonrisita traviesa.

—Se rumorea que tu castillo está embrujado, y que los fantasmas aúllan durante toda la noche. Por favor, James, tienes que asegurarme que eso no es cierto.

Él soltó una carcajada.

—Porque cuando yo tenía unos siete años —continuó ella, en tono absolutamente serio—, mis padres me convencieron de que los fantasmas no son reales, por lo que descubrir ahora que sí existen y que están vivitos y coleando en Yorkshire..., bueno, simplemente creo que no podría vivir con esa idea.

James no pudo evitar echarse a reír otra vez.

—Le aseguro, querida mía, que sus padres tenían mucha razón. Jamás he oído aullar a un fantasma por la noche, aunque el cocinero a veces solloza por las mañanas cuando se le han chafado sus pasteles de crema.

Los dos se rieron a carcajadas hasta que les brotaron lágrimas de los ojos.

—Santo cielo —dijo James—, no había oído ese determinado chisme.

Sophia sonrió.

—Bueno, ya los has oído todos. Y te ruego que me permitas disculparme por fisgonear en todos tus secretos, cuando no tenía por qué meterme en tus asuntos. Sólo quería oírlo de ti.

Él asintió.

—¿Podemos volver a lo que estábamos hablando antes?

Ella arrugó su bonito entrecejo.

—Lo siento, pero después de todo esto no recuerdo de qué estábamos hablando.

Él puso la expresión seria.

—Me había dicho que yo la hechizo cuando no la desconcierto. Usted también me hechiza. Y mucho, extraordinariamente en realidad.

Y esa era la condenada e incómoda verdad. Ansiaba acariciarla; tanto que le dolía.

Ella se detuvo a mirarlo.

—Por favor, tutéame también. Llámame Sophia. Me haría muy feliz que lo hicieras.

—Sophia —dijo él, cogiéndole la mano enguantada y sosteniéndola entre las dos suyas—. Es un bello nombre. Me encanta su sonido.

Notó el repentino desasosiego de ella. Él ya pasaba de desasosiego. Eso era una locura. Jamás habría permitido que le ocurriera hacía un mes. Ni siquiera veinticuatro horas antes.

—A mí también me gusta su sonido, James, cuando lo dices tú —dijo ella con voz seductoramente trémula, hechicera—. Y me gustaría más aún si lo volvieras a decir.

De repente él se sintió como si fuera cayendo desde un lugar muy alto. Las aprensiones lo perforaron, porque nada de eso estaba resultando como lo había planeado.

—Sophia.

Le miró la mano y se la giró. Con el dedo le trazó un pequeño círculo en la palma. Sintió el estremecimiento en el cuerpo de ella, y ese estímulo lo recorrió también a él en un estremecimiento.

Sophia miró recelosa por encima del hombro a sus acompañantes, que se iban acercando lentamente.

—¿Te preocupa que nos vean?

Ella asintió, de modo que él la tranquilizó dando un solo paso hacia el lado. El cuerpo de ella entonces quedó ocultando de la vista de las mujeres la mano de ella en la de él.

James le desabotonó el guante en la muñeca y lo bajó hasta los dedos. Sophia hizo una inspiración entrecortada, una delicada exclamación de conmoción socialmente adecuada como también de un placer menos decoroso, hormigueante, que lo excitó enormemente.

Él hizo una inspiración profunda y la miró, para asegurarse de que ella aceptaba, y le trazó lentamente una línea desde el centro de la palma desnuda hasta la exquisita muñeca, haciendo pequeños círculos sobre las delicadas venillas azules. No dijo nada, simplemente admiró la suavidad de su piel, y levantó la vista.

Los labios de ella estaban a sólo unos pocos dedos de los de él, deliciosamente llenos, precariamente húmedos.

Tenía agitado el pecho.

A él le retumbaba el corazón.

¡Dios!

—Eso es... —dijo ella en un tembloroso susurro.

—¿Sí?

—Maravilloso.

Él volvió a sonreír, aunque por dentro se sentía como si estuviera girando.

—Hace cosquillas, James. Tengo la piel de gallina.

James miró por encima del hombro a sus acompañantes, las que, curiosamente, venían caminando más lento, manteniendo cierta distancia. Entonces, haciendo acopio de una fuerte dosis de autodominio, le subió el guante, cubriéndole la palma, e hizo un denodado esfuerzo por volver su atención a sus objetivos. No estaba ahí, precisamente, para enamorarse de la señorita Wilson. Estaba ahí por las quinientas mil libras.

Los dos miraron hacia el frente y reanudaron el paseo. James dedicó un momento a respirar, tratando de dominar su vigoroso e inoportuno deseo.

Para ser un hombre de riguroso autodominio tratándose de sus pasiones, estaba atípicamente agitado.

Llegaron al final del sendero y salieron al soleado campo abierto, donde había varios grupos de damas y caballeros sobre la verde hierba. Sophia volvió a abrir su quitasol y la conversación pasó a temas menos serios.

No tardaron en aparecer la señora Wilson y lady Lansdowne, y llegó el momento de irse. James las acompañó hasta su coche y emprendieron la marcha de vuelta a la casa Lansdowne.

Él bajó primero para ayudar a bajar a las damas; después acompañó a Sophia hasta la puerta para despedirse. La señora Wilson y la condesa entraron en la casa y él se quedó solo con Sophia en el imponente pórtico.

Le cogió la mano enguantada, se la llevó a los labios y depositó un suave beso en ella.

—No hay palabras para expresar lo mucho que he disfrutado de tu compañía esta tarde, Sophia.

Le soltó la mano y ella la bajó graciosamente hasta su costado.

—No la olvidaré jamás, James. Fue muy... agradable.

—¿Agradable? —preguntó él riendo—. ¿Eso es todo?

—No, claro que no es todo —repuso ella con voz ronca, seductora.

Después le hizo una encantadora sonrisita coqueta y se dio media vuelta. Entró por las puertas abiertas hasta donde estaba el mayordomo saludando a las otras dos damas.

James se quedó inmóvil, atónito por la habilidad y pericia de Sophia en ese juego amoroso, juego en que había supuesto que dominaría principalmente él. Pero a juzgar por la forma como reaccionaba su cuerpo a ella en ese momento, con un incómodo grado de irritante tirantez, había suficientes pruebas que sugerían que tal vez ella era mejor que él para ese juego. La heredera americana caza-títulos lo había atrapado y seducido, y ni siquiera se había dado cuenta, hasta ese estremecido e irracional momento en que la vio desaparecer dentro de la casa, que estaba enganchado en un inmenso y eficaz anzuelo.

6

James no tenía la costumbre de sentarse a la mesa a almorzar con su madre, por lo tanto ese día, como siempre, se había hecho llevar una bandeja a su estudio para comer sin la intrusión de esos silencios preñados de tensión.

Pero ese día, el silencio natural consecuente a estar solo estaba preñado de una clase de tensión totalmente distinta, una tensión que olía a preocupación y pesar por actos que tal vez no había pensado correctamente.

Había comenzado a cortejar a una dama soltera que sin disimulo buscaba marido, una dama soltera que estaba en Londres con la finalidad de «pescar» a un noble. Le habían visto paseando con ella en Hyde Park y era seguro que en todo Londres se estarían comentando en susurro sus intenciones. Lo más probable era que las madres inglesas estuvieran furiosas con él por dejar vagar su mirada fuera del suelo inglés. Él estaba también un poco furioso consigo mismo por haberse convertido en algo que siempre había despreciado: un cazafortunas. No era mejor que ella ni que Whitby.

No debería ser muy duro consigo mismo, ni con Sophia, reflexionó. Los matrimonios entre aristócratas casi siempre eran uniones basadas en condiciones que de alguna manera fueran ventajosas para las dos partes. Se entraba en el matrimonio por responsabilidad, no por pasión, y él justamente tenía que saber que la pasión no era algo que se debía buscar. No era ni siquiera una opción en su caso. La pasión era demasiado peligrosa. Tenía que encontrar otro motivo para casarse, y el dinero era un motivo tan bueno como cualquier otro. Era la opción más responsable, en realidad, porque iba a hacer eso por su ducado. Lo haría por Lily, por Martin y por los futuros herederos de la propiedad, fueran quienes fueran.

Entonces ¿cuál era el problema? ¿Se debía a que ella era americana? ¿Se sentía desleal?

Un poco, tal vez, pero no lo bastante para volver la cabeza en otra dirección. Ya estaba resuelto.

Cayó en la cuenta entonces de que su preocupación no tenía nada que ver con que ella fuera de otro país. Se debía exclusivamente a que estaba obsesionado por ella, por mucho que intentara quitársela de la cabeza. Ella no le daba tampoco ningún momento de paz en esas cosas que tenían menos que ver con la mente que con el cuerpo. Lo único que deseaba en esos momentos era coger su coche para ir a verla y consolidar su proposición de matrimonio para poder salir de toda esa indecisión y pasar rápidamente, sin tardanza, a los placeres carnales de la noche de bodas.

Entonces pensó en la naturaleza de su padre, cómo el hombre perdía toda razón cuando se apoderaban de él sus pasiones. Él no quería ser como su padre. Tal vez no era posible mantener el matrimonio dentro del círculo cerrado de un convenio de negocios.

En ese momento sonó un golpe en la puerta que lo hizo pegar un salto. Los golpes y portazos inesperados siempre lo sobresaltaban.

Apareció su mayordomo.

—El conde de Manderlin ha venido a verle, excelencia.

Sintió subir la tensión por la columna. ¿Es que el conde se había enterado de que él había salido a pasear con Sophia la tarde anterior y venía a hablarle de la batalla que pensaba darle?

—Hazlo subir, Weldon.

Se levantó del sillón del escritorio y se acercó a la ventana. Apartó la cortina con un dedo para mirar la calle, donde estaba detenido el coche del conde delante de la casa.

Se oyeron pasos en la escalera, y al cabo de un momento entró el conde en su estudio. Weldon lo anunció:

—El conde de Manderlin. —Después se retiró de la sala y cerró la puerta.

—Gracias por recibirme, Wentworth —dijo el conde—. Tengo un asunto de especial importancia que deseo hablar contigo.

—Toma asiento, por favor.

El conde acomodó su menudo y frágil cuerpo en un sillón tapizado en verde oscuro. James no sabía que le diría si el hombre le hablaba de un afecto por Sophia. Sabía que ella jamás consideraría la posibilidad de casarse con un hombre como Manderlin. No debido a su apariencia, eso sí, sino porque el conde no tenía la menor idea sobre cómo estimular su mente ni despertar su interés. Sophia necesitaba un hombre capaz de...

—He venido a pedirte permiso para hablarle a tu hermana, lady Lily, acerca de un posible... —Se atragantó con las palabras, tosió en el puño y se recuperó—. Acerca de una proposición de matrimonio.

* * *

No había pasado mucho rato desde que el conde saliera del estudio de James cuando sonó otro golpe en la puerta. Este fue rápido y nervioso, por lo que supo que no era su mayordomo.

—Adelante —dijo, desde su sillón del escritorio.

Se abrió la puerta, entró su hermana Lily y con un movimiento casi musical se giró a cerrar la puerta. A veces lo hacía pensar en una hoja flotando en direcciones imprevisibles llevada por una brisa invisible.

—Oh, James, ¿cómo podría agradecértelo? —dijo ella, antes que él tuviera la oportunidad de darle los buenos días.

Él se levantó del sillón y ella atravesó la sala a rodearle la cintura con sus esbeltos brazos.

—¿Y esto de qué va?

—Sabes de qué va. Eres el mejor hermano del mundo entero.

—La verdad es que no sé...

—¡Lord Manderlin! ¡Lo despediste!

James sintió un ligero estremecimiento de inquietud.

—Ah, el conde. ¿Lo viste llegar?

—Sí, yo estaba en el salón de la entrada cuando llegó a la puerta, y me fui a esconder en el corredor de los criados. A madre le daría un ataque si lo supiera.

—No tenías por qué esconderte en ningún corredor, Lily. Sólo tienes dieciocho años, y no soy partidario de esposas niñas.

—Pero madre me presionará. No puede evitarlo, y yo no quiero decirle que no tengo por qué hacer lo que ella dice porque lo dices tú. Eso sólo la enfurecerá.

—No importa si se enfurece, Lily. Si tiene algún problema con eso, puede hablar conmigo.

—No lo hará.

—Exactamente. Y aunque lo hiciera, yo le diría que eres demasiado joven.

Lily miró al cielo poniendo los ojos en blanco.

—No soy demasiado joven, James. Simplemente no quiero casarme con un hombre aburrido como lord Manderlin.

—Te hace falta madurar un poco, Lily. Algún día comprenderás que un hombre aburrido suele ser la mejor opción.

Ella lo miró fijamente, horrorizada.

—No, tú también, James. Nunca pensé que te volverías como nuestra madre.

Él caminó hasta la ventana.

—No soy como madre. Sólo deseo tu seguridad. Tú, justamente, deberías entender eso.

Lily exhaló un suspiro.

—No quiero estar segura. Quiero vivir. Deseo pasión.

Él le hizo un gesto de advertencia, para recordarle que el mundo no siempre es un lugar amable para las personas que se dejan llevar por sus pasiones.

—No, no deseas eso.

—Sí. Y la tendré.

Justo en ese momento sonó otro golpe en la puerta.

—Adelante —dijo James.

Rechinaron los goznes y apareció su madre en el umbral, con las manos juntas delante. Los fríos y duros surcos de su cara estaban profundamente marcados.

¿Qué más tendría ese día?, pensó él, sintiéndose repentinamente cansado.

—Hola, madre —saludó Lily, apartándose de él.

La duquesa no contestó. Se limitó a quedarse en el umbral, retorciéndose las manos. James comprendió que no se sentía capaz de callar lo que fuera que tenía en la cabeza. Miró a su hermana.

—Lily, hazme el favor de ir a avisar a la cocina que no cenaré en casa esta tarde. Tengo una reunión con mi abogado.

Lily, desaparecida su sonrisa, asintió y salió lentamente de la sala.

James fue nuevamente a asomarse a la ventana.

—¿Qué pasa, madre?

La mujer cerró la puerta y entró. Miró alrededor como si nada le resultara conocido, comprendiendo tal vez cuánto tiempo hacía que no estaba en ese estudio.

—He venido porque deseo que sepas que no estoy de acuerdo con lo que acaba de ocurrir hace un momento.

—¿No estás de acuerdo? —repitió él, casi divertido por esa forma de decirle que estaba furiosa, y mucho, porque él había rechazado la petición del conde de Manderlin.

De todos modos, pensó, ya era algo que hubiera ido allí a dar su opinión, cuando detestaba cualquier tipo de franco enfrentamiento. Normalmente obtenía lo que quería mediante su actitud amedrentadora, que jamás era tan amedrentadora como cuando no decía nada. Era como si poseyera una mano invisible capaz de cogerle el cuello a uno y apretarlo hasta disuadirlo de la resolución, sin dar la impresión de haber tomado parte en la decisión.

La miró a los ojos francamente.

—No sabes lo que acaba de ocurrir.

Ella movió los hombros como los movía siempre cuando encontraba oposición.

—Sé que vino a declararse a Lily y tú no se lo permitiste. Estuvieron un momento mirándose.

—No se lo prohibí. Simplemente se lo desaconsejé.

—El conde de Manderlin sería un excelente marido para Lily —dijo ella—. Su propiedad es muy auspiciosa y su apellido es muy respetado en la corte. Puede que no esté en el grupo de tus amigos disolutos, pero la reina le tiene mucha consideración.

James se apartó de la ventana.

—Lily es prácticamente una niña. No está preparada para el matrimonio.

—La preparación que tiene una jovencita, o lo que desea, no es siempre lo mejor para ella. A ti te corresponde, como cabeza de esta familia, ocuparte de que se tomen las mejores decisiones para ella.

—¿Como las que se tomaron para ti?

Su madre frunció los labios.

—Permíteme que te recuerde que soy la duquesa de Wentworth, y que somos una de las familias más grandes de Inglaterra.

Era mucho lo que él podía decir para discutir esa elevada opinión a la que ella siempre se aferraba, pero no veía ninguna necesidad de repetir lo que ya le había dicho hacía años, cuando era joven, estaba lleno de furia y no era capaz de dominar sus impulsos. Su madre sabía muy bien lo que pensaba de la grandeza de su familia.

—La temporada acaba de empezar, madre, y Lily es muy joven. Tiene tiempo para mirar y elegir. Eso es todo lo que tengo que decir sobre este asunto.

La viuda se quedó en silencio un momento y a él le extrañó que no se marchara. Entonces ella dijo:

—Entiendo que ayer saliste a pasear con la americana.

—Ah, la americana. ¿Es eso lo que te molesta en realidad?

Fue hasta su escritorio y cogió una carta al azar. Echó una somera mirada al saludo.

Su madre se le acercó unos pasos. Él levantó la vista y vio en sus ojos una mezcla de frustración y miedo. Miedo a lo inconcebible.

—Eso no va en serio, ¿verdad? De veras no considerarías...

Él no contestó la pregunta. Se limitó a mirarla hasta que ella se vio obligada a continuar lo que había empezado.

—Es americana, James.

—Eso lo sé muy bien.

—Por lo que he oído su abuelo paterno era un zapatero, ¡un botero!, y su abuelo materno, Dios mío, si escasamente puedo decirlo. Trabajaba en un matadero. Mataba cerdos. Esta aparición de la señorita Wilson —hizo un amplio gesto con el brazo—, los vestidos de París, las joyas y la encantadora sonrisa, no cubre lo que verdaderamente hay debajo de todo eso. No es otra cosa que la hija de un indigente, y ella ha venido aquí como, eh, ¿cómo es esa frase vulgar?, una aventurera buscadora de oro.

James tuvo que echarse a reír.

—Olvidas, madre, que es ella la que tiene el oro.

La duquesa viuda volvió a mover los hombros.

—Y su padre no es ningún indigente —continuó James—. Es un hombre emprendedor que ha construido algo de la nada, y lo admiro por eso.

—Me asustas, James.

Él volvió a reírse.

—¿Estás asustada, de veras? Bueno, no esperes que yo te lo ponga mejor.

Fue cruel decir eso, pensó, y por un fugaz instante, deseó retirar las palabras. Entonces vio brillar en los ojos de su madre esa conocida furia glacial, la incredulidad de que alguien pudiera comportarse de ese modo tan rebelde, y dejó de lamentar lo que había dicho.

De pronto sintió pasar olitas por la mente, como cuando se arroja una piedra en aguas calmas. Un vago recuerdo de su madre entrando en el aula, lo vio llorando en el suelo a los pies de su institutriz, captó su mirada suplicante y su respuesta fue retroceder en silencio y cerrar la puerta. Muchos de esos recuerdos eran muy vagos, los veía a través de una niebla.

Se sintió contento, contento de haber sido capaz de distanciarse de ellos.

Su madre deseaba que el mundo y todos sus moradores acataran calladamente sus deberes sin ponerlos en tela de juicio, aun cuando cayera sobre la mano de uno con un sonoro y doloroso golpe.

Ella giró sobre sus talones y salió del estudio. Cuando se cerró la puerta con un golpe, James se sentó calmadamente en su sillón y volvió la atención a su correspondencia.

7

La temporada de Londres, comenzaba a comprender Sophia, era para ella una sola gran reunión, con bailes intercalados para variar. Era una noche tras otra de vestidos formales, joyas, música y conversación; de champaña, cenas tardías y abanicos de plumas; de tarjetas de baile colgando de delgadas muñecas enguantadas y anfitriones con grandiosas tiaras chillonas. Para ella era un cuento de hadas mágico, con príncipe y todo, el apuesto príncipe que en ese mismo momento le estaba cautivando el corazón.

Avanzó con su madre y Florence por la alfombra roja que llevaba a la puerta principal de la casa Stanton, donde la fiesta ya estaba en pleno apogeo. El corazón le hacía nerviosos revoloteos mientras miraba por encima de los invitados que iban subiendo la ancha escalera del interior de la casa. Buscaba la cara del hombre que esperaba estuviera allí esa noche. Su príncipe.

Cielos, ¿en qué momento había cambiado tan drásticamente su opinión de él, y cuál había sido la causa en particular? Era un poco de todo, pensó, y los pocos días pasados lejos de él sólo le habían intensificado el sentimiento. No había hecho otra cosa que soñar con él esos días, y estremecerse con el embriagador recuerdo del roce de su dedo, suave como una pluma, en su muñeca desnuda cuando paseaban por Hyde

Park. Todas las fibras de su ser habían reaccionado con una avidez y unas ansias abrasadoras; había deseado, más de lo que había deseado algo en toda su vida, acariciar a James.

Jamás antes había deseado acariciar a un hombre.

Y era algo más que deseo. Era una necesidad, urgente, clamorosa, de estar junto a él, lo más cerca posible para rozarle la piel con los labios y aspirar su aroma masculino. Eso era lo único que había sido capaz de pensar esos días. Deseaba saborearlo, aferrarse a él. Deseaba estar tendida en una cama con el peso de él sobre su cuerpo, mientras él le besaba la boca abierta y ella bebía su embriagador sabor.

Miró alrededor, cohibida, deseando que sus mejillas no estuvieran sonrojadas, delatando sus escandalosos e indecentes pensamientos.

Entró en la casa, saludó a los anfitriones y volvió a maravillarse de cómo, pese a todos los factores en contra, pese a todos los cotilleos, James había conquistado su estimación.

De todos modos, las dudas seguían asaltándola como una riada. No podía olvidar lo que se decía de él, y no se sentía segura de si debía hacer caso a lo que sus instintos le decían acerca de él y olvidar los rumores, o no fiarse de sus instintos, porque sin duda estos estaban influidos por su atracción por él.

Pero su padre siempre le había dicho que se fiara de sus instintos. «Fíate de lo que te dicen tus instintos», le decía, con su hablar lento y arrastrado del sur.

Cuando iban llegando al salón de la planta principal, Florence le dijo en voz baja:

—Esta es una reunión principalmente política, así que procura no poner cara de aburrida si la conversación pasa a lo que fuera que ocurrió esta mañana en el Parlamento.

—Yo encuentro bastante interesante todo lo concerniente a esas cosas —comentó Sophia—. He estado leyendo los discursos en los diarios.

—Eso está muy bien, Sophia, pero no aparentes saber demasiado de eso.

Sophia iba a decir que ella jamás «aparentaba» nada, pero en ese momento su madre y Florence se distrajeron mirando el vestido que llevaba una tal señorita Weatherbee, muy diferente a los que solía usar dicha señorita, según Florence, con un escote muy atrevido para una joven inglesa que rara vez decía una palabra en esas reuniones, si es que asistía. El vestido se parecía al que llevaba Sophia en el baile de la casa Weldon, cuando bailó por primera vez con James.

Florence le hizo un guiño a Sophia.

—Estás imponiendo tendencias, querida mía. Era seguro que ocurriría eso. Muy pronto la gente va a buscar tu fotografía en los escaparates de moda, junto con las de Lillie Langtry y las otras beldades inglesas.

Entraron en el enorme e imponente salón, muy iluminado y adornado con frondosos helechos y palmeras en macetas. Más o menos durante una hora, Sophia conoció a caballero tras caballero, noble tras noble. Había políticos de la Cámara de los Comunes y de la Cámara de los Lores. Había periodistas, banqueros, esposas, hermanas, madres y tías. Era la reunión más numerosa de las que había asistido hasta el momento. Calculó que fácilmente podían ser unos quinientos los invitados.

En todo caso, no le fue muy fácil encontrar a su príncipe, ya que todos los caballeros vestían igual: frac negro y camisa y chaleco blancos. ¿Estaría allí?

—Mira, ahí está el duque —dijo de pronto su madre, como si estuvieran paseando por Central Park y acabara de divisar una perdiz.

—Ah, sí —repuso Sophia, del modo más despreocupado que pudo.

—¿Ah, sí? —repitió su madre, mirándola con los ojos agrandados—. ¿Eso es todo lo que puedes decir?

—Eso es todo por ahora, madre —contestó ella, con una sonrisita y abriendo su abanico.

Tuvo que esperar otra media hora entera para encontrarse por fin en el mismo lado del salón en que estaba James. De tanto en tanto miraba en su dirección, admirando su figura alta y oscura que hacía parecer pequeños a los otros hombres, y su semblante de rasgos al mismo tiempo marcados y serenamente sombríos. Incluso en medio de una multitud, su presencia era imponente, magnífica.

Él estaba conversando con alguien, pero cuando se llevó la copa de champaña a los labios, la miró por encima del borde. Sus ojos verdes relampaguearon bajo las oscuras pestañas.

Ella se atrevió a sonreírle, y cuando él le correspondió con una inclinación de la cabeza, pensó que las piernas se le iban a doblar. Ansiaba hablar con él esa noche; ansiaba estar cerca de él para ver las profundidades de sus ojos y la tersura de sus labios, para oír el sonido de su voz diciendo su nombre.

Pasados unos momentos, él estaba al lado de ella, alto, afable, saludando a su madre y al banquero con el que estaban hablando. Después de participar un rato adecuado en la amena charla, el duque dijo a Beatrice:

—¿Me permitiría, señora, que le robara a su hija un momento o dos? Quiero presentarla a mi hermana menor, que está aquí esta noche con mi madre, la duquesa. Mi hermana desea conocer a Sophia.

A Beatrice se le encendió la cara como una lámpara de gas a punto de explotar.

—No faltaba más, excelencia. Seguro que a Sophia le encantará conocer a su familia.

Él asintió, ofreció su brazo, Sophia se lo cogió y empezaron a atravesar el atiborrado salón.

—Me alegra que hayas venido —le dijo él en voz baja—. Tenía la esperanza de que vinieras.

—Yo también tenía la esperanza de que vinieras.

Podría haberle dicho mucho más: que había sido incapaz de pensar en nada que no fuera él desde la tarde en que se separaron bajo el pórtico, y que deseaba que la cogiera en sus brazos y la besara ahí mismo, y pusiera fin a esa dolorosa y frustrante sensación de «separación».

Se acercaron a la jovencita a la que él había sonreído en el baile en casa de los Weldon, la hermosa joven de pelo moreno de vestido crema. Esa noche el vestido era de un sentador matiz de azul. Así que era su hermana, pensó Sophia, sintiendo discurrir por toda ella una inmensa oleada de alivio.

James le tocó el brazo a la joven.

—Lily, permíteme que te presente a la señorita Sophia Wilson, de Nueva York. Señorita Wilson, lady Lily Langdon.

Sophia le tendió la mano.

—Es un honor conocerla, lady Langdon.

James se le acercó más y le susurró de modo que nadie más pudiera oírlo.

—La forma correcta de tratarla es lady Lily.

La sensación de su cálido aliento en la oreja le puso la piel de gallina en todo el costado izquierdo.

—Lady Lily —corrigió.

Observó que no se sentía en absoluto humillada y que James no le había hablado en tono de superioridad. Por el contrario, se sintió agradecida, como si él estuviera de su lado y sólo deseara ayudarla.

—Tuteémonos, por favor —dijo la joven—. Llámame Lily.

Las dos sonrieron, y Sophia pensó que si tenía la suerte de conocer mejor a la hermana menor del duque llegaría a gustarle muchísimo.

—Me encanta tu vestido —comentó Lily.

Eso dio pie a una breve conversación entre ellas sobre las nuevas tendencias en la moda, mientras James escuchaba.

—¿Vamos a la mesa de bufé a ver qué hay? —sugirió Lily—. De repente tengo un hambre terrible.

—Yo, encantada —repuso Sophia.

Siguió a Lily, contenta de que James también las acompañara. Se abrieron paso hasta la larga mesa de mantel blanco cubierta por decorativas fuentes con una delicia epicúrea de tapas y canapés, ostras preparadas en sus conchas, empanadillas de hojaldre rellenas con ensalada de langosta, además de coloridas frutas troceadas esmeradamente dispuestas en bandejas de plata y uvas en fruteras de porcelana. Había pasteles, frutas confitadas, galletas en imaginativas figuras bañadas en crema de mantequilla, y en el centro se alzaban gigantescas y blanquísimas esculturas hechas de azúcar.

Los tres dieron la vuelta a la mesa, probando, conversando y riendo. Sophia deseó que esa noche no acabara nunca.

Después entraron en un salón más pequeño en que había menos gente. Lily y Sophia fueron a sentarse en un sofá en el extremo más alejado, cerca de una puerta que salía a un segundo vestíbulo, y James se sentó en un sillón frente a ellas. Por la puerta que daba al vestíbulo se veía la entrada y parte del invernadero, que parecía una selva de hojas verdes, todo iluminado.

Mientras conversaban sentados allí, Sophia notó una cierta tensión entre Lily y James. De tanto en tanto, Lily miraba molesta a James o daba alguna opinión contradiciéndolo. Tuvo la impresión de que habían discutido por algo recientemente.

De pronto entraron dos jovencitas en el salón y Lily las reconoció.

—Ah, mirad, son Evelyn y Mary. Tengo que ir a saludarlas.

Se levantó y atravesó el saloncito para ir a encontrarse con sus amigas.

Sophia se quedó sentada sola con James delante de un enorme hogar, que no estaba encendido ni tenía leña preparada para encenderlo.

—Lily es encantadora —comentó.

—Sí, mucho. Encantadora e irrefrenablemente desafiante.

Viendo a la hermana de James riendo con las dos jovencitas, Sophia no se sintió sorprendida.

—Tuve la impresión de que algo iba mal. Me pareció preocupada.

James también miró a Lily. La luz brillaba en su hermoso perfil clásico.

—Tuvimos una discusión hace poco. Sobre su matrimonio.

—¿Su matrimonio? —preguntó Sophia, tratando de disimular su horrorizada sorpresa—. Pero si es muy joven.

—Exactamente lo que le dije. Nuestra madre la casaría mañana si pudiera, y cuando le dije a Lily que no tenía por qué preocuparse por eso porque es demasiado joven, pareció no comprender que yo estaba de su lado. Me acusó de subvalorar su madurez en cuanto a «pasiones» se refiere.

Sophia sonrió comprensiva.

—Ya se le pasará. Estoy segura de que conocerá a alguien respetable que le irá bien.

James apoyó la sien en un dedo y la miró. Se le suavizaron las arruguitas de los ojos y sonrió perezosamente.

—¿Cómo es posible que hayamos encontrado la manera de estar solos en esta multitud?

—Yo no me quejo —sonrió Sophia.

—Yo tampoco —repuso él, descruzando una larga pierna y cruzando la otra.

Al ver esos potentes y musculosos muslos Sophia sintió pasar un hormigueo de deseo por toda ella y tuvo que desviar la mirada y tratar de concentrar la atención en sus manos enguantadas.

—Recuerdo que estuvimos admirando obras de arte unas noches atrás —continuó él—. También estábamos solos entonces.

—Sí. He estado pensando en esos cuadros que estuvimos mirando. En especial el Rembrandt, el de la *Mujer en el baño*. Fue como contemplar un momento íntimo de una persona. —Miró al espacio—. Me gustaría saber en qué estaría pensando la mujer.

James la miró detenidamente. Ella supuso que estaba contemplando su momento íntimo.

—Creo que hay otro Rembrandt allí fuera. —Indicó con un gesto—. Un autorretrato.

Sophia miró hacia la puerta que salía al vestíbulo y luego miró a Lily, que seguía charlando con sus amigas en el otro extremo de la sala.

¿Podía salir sola con James a otra sala que en esos momentos se veía desierta?

¿No podía?

Incluso ahí, sentada frente a él en ese salón, se sentía demasiado lejos. Volvía a sentir esa «separación», y deseaba, más que cualquier otra cosa, salvar esa distancia. Sólo sabía que ese deseo, ardiente como una llama, tiraba de ella, apartándola de su sentido común.

Se levantó.

—Me gustaría mucho ver ese cuadro. Lily verá adónde vamos.

Y en ese instante, Lily se inclinó un poco para verlos salir del salón al vestíbulo.

Juntos atravesaron el silencioso vestíbulo. Sophia sintió resonar arriba el sonido de sus tacones sobre el suelo de mármol y miró hacia el cielo raso, altísimo, como el de una catedral. Aunque siempre se había considerado una joven liberal, se sentía incómoda por lo que estaban haciendo.

—Ahí —dijo James, llevándola hacia un costado de una ancha escalera.

Sophia se situó delante del cuadro y relajó la mente con respecto a dónde estaba y con quién. Contempló el autorretrato unos cuantos minutos.

—Se ve solemne.

—Sí, seguro de sí mismo.

—Pero triste también. Mírale los ojos. ¿En qué estaría pensando cuando lo pintó?

Ella continuó mirando la obra de arte y notó que James le estaba mirando el perfil a ella.

—Varias veces he notado que te interesa saber qué está pensando la gente.

—Sí, supongo —dijo ella, encogiéndose de hombros—. Las personas son un misterio, ¿no te parece? Nunca sabes qué pasa en la mente o el corazón de una persona, y aún cuando te lo diga, ¿cómo sabes si te lo dice todo?

Él continuó mirándole el perfil.

—Creo que eres la mujer más hermosa que he visto en mi vida.

A Sophia el corazón le dio un vuelco en el pecho. Lo miró a los ojos, tratando de aplastar la urgente necesidad de levantar la mano y acariciarlo. James miró atrás por encima del hombro. Seguían totalmente solos, aunque ella oía el murmullo de conversaciones y las risas de Lily y sus amigas no muy lejos de donde estaban.

Él levantó la mano para acariciarle la mejilla con las yemas de los dedos. Sophia se sintió como si fuera a caer al suelo derretida, convertida en un charco de deseo ahí mismo.

—Deseo besarte, Sophia.

Ella sintió las piernas líquidas. Deseó decirle «No deberíamos estar aquí», pero antes de poder contenerse, soltó otra cosa:

—Y yo deseo que me beses.

Él le cogió la mano. Ella sintió su mano grande, cálida y fuerte cuando él entrelazó los dedos con los de ella. La condujo hasta un esconce en la pared y entró allí con ella.

Ella sabía que estaba haciendo algo inconcebible, pero ese hombre, ese hombre bello, le encendía un fuego alborotado dentro, el tipo de calor que había ansiado sentir en esos aburridos y sofocantes salones de Nueva York, cuando se había resignado a la realidad de que su vida sería una sosa y tediosa fiesta tras otra. Con James, por primera vez en su vida se sentía potente y complaciente. Viva.

Dios me ampare, pensó, cuando él bajó lentamente los labios sobre los de ella.

Ninguna de las experiencias de toda su vida la había preparado para ese momento, para la turbulenta dulzura de su beso y las vertiginosas sensaciones de sólo sentir sus labios húmedos sobre los de ella; para el hormigueo que le producía la caricia de su pulgar en la mejilla; para el atrevido indecoro de besar a un hombre en un rincón apartado durante una reunión social en Londres. Sabía que estaba mal, pero no podía parar, y el avasallador poder de todo eso era más electrizante para ella que todo lo que había visto y hecho antes.

Separó los labios para saborear su lengua, y entonces él dio otro paso y la cogió en sus brazos. Desapareció la separación, y ahí estaba ella, flotando en su abrazo, aferrándose a él con una desesperación que casi la asustaba. Se le escapó un gemido. A él también se le escapó un suave murmullo que pareció salirle de lo profundo de la garganta, y ella comprendió que él estaba tan aturdido como ella, por esa vehemente pasión y ese ansia.

Antes de que se diera cuenta de lo que ocurría, él la llevaba de la mano por el vestíbulo. Miró por encima del hombro para ver si alguien estaba mirando. No había nadie, por lo tanto lo siguió de buena gana hasta el invernadero, lugar que estaba prohibido incondicionalmente para una jovencita con un hombre soltero, pero ya no le quedaba nada de su sensatez, sólo el deseo de volver a sentir las manos de James sobre su cuerpo, sentir su boca en la de ella y estrecharlo fuertemente, apretado contra sus pechos.

Bajaron los peldaños de piedra y él la llevó rodeando una pared de helechos, palmeras, flores y arbustos hasta un rincón de la parte de atrás, donde no podría verlos ninguna persona que pudiera entrar allí. En ese momento Sophia lo habría seguido a cualquier parte. Si él hubiera tomado ese camino, lo habría seguido por la escalera hasta algún dormitorio desconocido y permitido que él cerrara la puerta con llave. Gracias a Dios, él no lo hizo. Allí tenían la posibilidad de salir sin que nadie los viera cuando hubieran acabado lo que fuera que iban a hacer.

Él apoyó la espalda en la pared y la tironeó de la mano atrayéndola hacia su duro cuerpo.

—Sabes a vino —le dijo en un sensual susurro—, sólo que mejor.

—Y tú sabes a nada que yo haya probado antes.

Y entonces ella estaba besándolo otra vez, pasándole las manos por sus hermosos y abundantes cabellos negros, sintiendo las hormigueantes caricias de sus dedos en los hombros y cuello. Era demasiado para saborear, no sabía qué hacer, qué pensar, cómo acariciarlo. Jamás había besado así a un hombre. ¿Había estado dormida toda su vida? ¿Estaba despertando sólo en ese momento?

Sin saber cómo, de pronto estaba con la cabeza echada hacia atrás y él le estaba besando el cuello y los pechos a lo largo del escote del vestido. Dios, cómo deseaba que él pudiera besarla por debajo del vestido, que sus labios penetraran la tela y la firme pared de su corsé.

—Me gustaría que estuviéramos solos —susurró, sin aliento—. Verdaderamente solos.

Él la devoró con los ojos, y su boca la derritió con una sonrisa traviesa, sexy, que obró como magia en ella.

—Eso sería peligroso, querida mía. Puede que yo sea un caballero, pero tengo mis límites, y si te tuviera sola, te saborearía, te llenaría toda entera y, créeme, saldrías sin tu virtud. Así que tal vez sea mejor que estemos aquí, arriesgándonos.

Ella dobló una rodilla para acariciarle el exterior de la pierna con la suya.

—No quiero pensar en eso... en el riesgo.

Aunque sabía que sí tenía que pensar.

Él deslizó la mano alrededor de su muslo y le levantó más la pierna. Ella sintió la firmeza de su miembro bajo los pantalones.

¿Qué demonios estaba haciendo?

Hasta ese mismo momento no tenía idea cómo era sentir el sexo de un hombre, ni sabía que podía crecer así y volverse tan grande y duro. Se sorprendió apretándose contra él, empujando hacia él las caderas, sintiéndolo a través de toda la ropa que los separaba, y entrando en una llama ardiente. No podía apartarse. Sentía aumentar el deseo dentro de ella como la llamarada más caliente, que le nublaba toda la razón.

Entonces sintió su mano levantándole la falda y deslizándola hacia arriba para acariciarle el muslo por encima de la media. Gimió suavemente y él la giró, dejándola apoyada en la pared, y se apretó contra ella, presionando las caderas en las de ella.

—Oh, James —logró susurrar.

Y no supo qué más decir. Era incapaz de pensar.

Entonces se oyó un ruido. Resonaron risas en el vestíbulo, fuera del invernadero.

James apartó la boca y se puso el índice en los labios. Ella miró sus ojos ardientes, a sólo unos dedos de distancia, y sintió su aliento en la cara. El corazón le latía a un ritmo como para romperle el cuello. Se miraron durante un momento, y luego él volvió a besarla, y ella le correspondió con desenfreno, pasando los dedos por entre sus maravillosos cabellos negros.

Volvieron a oír las risas. James volvió a apartar los labios.

—Esto es una locura —susurró.

Lo era.

Era una locura.

¿Qué había estado pensando para comportarse así? Probablemente el duque pensaba que ella hacía eso con todos los caballeros que se lo sugerían. Seguro que ya habría perdido todo el respeto por ella.

Sintió pasar por ella horror y arrepentimiento. ¿Lo había estropeado todo?

—Suéltame, esto está mal —susurró, en un instante de pánico.

Se desprendió de sus brazos y corrió por el frondoso pasillo a mirar hacia el vestíbulo. El grupo de invitados, quienes sea que fueran, estaban fuera de la vista, así que salió a toda prisa del invernadero y logró encontrar el camino que le llevaría hasta la mesa del bufé, sintiéndose resollante, desconcertada y totamente aturdida por la pasión, que aún no se le pasaba.

Se tocó la mejilla ardiendo. ¿Cómo pudo comportarse con tanto desenfreno cuando continuamente se obligaba a actuar de acuerdo a lo que le decía su cabeza, no sus pasiones? ¿Qué le había ocurrido a su lógica y claridad mental?

James cerró los ojos y apoyó la cabeza en la pared. Se la golpeó varias veces, fuerte. Se sentía desmelenado, tembloroso y jadeante, y pensó cómo, en unos singulares minutos de pasión, pudo haber perdido todo el control de sus sentidos. Eso era algo que habría hecho su padre.

Sintiéndose enfermo por esa idea, se cubrió la frente con una mano y trató de recuperar una apariencia de serenidad.

Diantre. No podría haber llevado peor las cosas. Sí, había besado a mujeres en rincones de invernaderos antes, pero la experiencia le había enseñado a no besar jamás a mujeres solteras en busca de maridos. Lo que acababa de ocurrir era prueba de que tenía menos autodominio de lo que había creído, y si le quedara algo de seso en la cabeza reconocería ese defecto y se retiraría del camino que había emprendido.

Pero no podía. Ya no podía hacer eso, porque había echado a rodar una pesada bola, a tanta velocidad que no podría detenerla. Llegaba a su fin lo de pensar las cosas, llegaba a su fin lo de considerar la «posibilidad» de proponerle matrimonio. Después de lo ocurrido esa noche, eso era inevitable. No había manera de dar marcha atrás, no había manera de salir de eso, al menos no de forma honorable. Tendría que pedir la mano de Sophia inmediatamente, antes de que se propagara el rumor de lo ocurrido, porque alguien tenía que haberlos visto. Lily los había visto. Sus amigas eran jóvenes; no sabían la importancia de la discreción.

Dios, la heredera americana. Tal vez lo más extraño de todo era que, a pesar de todas sus vacilaciones y dudas, encontraba maravillosamente fantástico saber que la tendría.

Su madre iba a devolver el almuerzo.

8

A la mañana siguiente, Sophia se despertó temprano, de una noche de sueño inquieto. Después de tomar un ligero desayuno salió a vagar por el jardín. La casa Lansdowne, una de las pocas mansiones particulares de Londres que tenían su propio jardín, estaba envuelta en una densa niebla amarillenta, como el resto de la ciudad. Sentía el frío húmedo del aire en la cara, se imaginaba que el pelo se le estaba poniendo algo blanco de escarcha, pero ¿qué importaba?, pensó, caminando por las piedras lisas que formaban un sendero por en medio de un bosquecillo de gigantescos olmos. Estaba sola, por fin, gracias a Dios, lejos de las miradas interrogantes de Florence y de su madre.

Esa noche se habían marchado temprano de la reunión, porque ella les dijo que no se sentía bien. No se quedaron convencidas.

Ya no sabía qué otra cosa decirles. Se sentía terriblemente avergonzada por su comportamiento, y no soportaba pensar que su madre se enterara. O su padre. Se sentiría tremendamente decepcionado de ella.

Justo en ese momento, el ruido de cascos de caballos le advirtió que llegaba una visita a la casa. Oyó abrirse las puertas de hierro en la distancia, y un enorme coche entró en el patio, con un escudo de armas pintado en las puertas. Se produjo un alboroto de actividad; salieron corriendo los mozos del establo a ocuparse de los caballos y un lacayo con librea bajó la escalinata a recibir a la visita.

Desde su lugar en el jardín, vio a James, con un elegante abrigo negro y sombrero de copa, bajar ágilmente y mirar hacia la casa.

¿Qué hace él aquí?, pensó aterrada. No era una hora apropiada para hacer una visita social. Si estaba ahí era por algún importante asunto de negocios.

Diez minutos después, sentada en un banco bajo un árbol, muy nerviosa, vio a James salir de la casa y ponerse el sombrero en la cabeza.

Entonces él atravesó el patio en dirección al jardín. Sabía exactamente adónde iba, derecho hacia ella.

El corazón empezó a retumbarle en las costillas. Él parecía un ser oscuro, seductor, en medio de todo lo gris que lo rodeaba, la mansión de piedra, el patio de gravilla, la niebla. Ni aunque hubiera querido podría haberse movido del lugar donde estaba sobre el frío banco. Lo único que podía hacer era mirarlo avanzar hacia ella, acercándose, acercándose, con pasos largos y seguros.

Él se detuvo a cierta distancia, a unos cuatro o cinco metros. Se quitó el sombrero y lo sostuvo en la mano a un costado.

—¿No tienes frío aquí, Sophia?

Ella tragó saliva.

—Es bastante refrescante, en realidad.

Cielos, ¿qué le dice una chica a un hermoso duque vestido de negro a la mañana siguiente de haberse portado como una ramera en sus brazos?

Él avanzó unos cuantos pasos.

—Espero que no te estés castigando. —Al no obtener respuesta de ella, se acercó unos pasos más—. Porque si alguien se merece un castigo, ese soy yo.

Se sentó al lado de ella, y su proximidad le convirtió todo el cuerpo en pegajosa miel. No lograba encontrar ni una sola palabra que decir.

—He hablado con tu madre —dijo él, como si eso fuera lo más natural del mundo—. Tuvo la amabilidad de decirme dónde estabas. También me dio permiso para hablarte de algo bastante importante.

Dejó el sombrero en el banco y le cogió las manos, que estaban frías como el hielo. Se las frotó y calentó entre las de él.

Pasado un momento, se las besó. Todos los sentidos de Sophia cobraron vida. Sentir sus cálidos labios en la piel la hizo temblar de anhelo, anhelo de volver a estar en sus brazos, de ser arrebatada por el potente deseo que sentía cada vez que lo miraba.

Él la miró a los ojos.

—Debes saber a qué he venido.

Muda, ella esperó que continuara.

—He venido, Sophia, porque deseo pedirte que seas mi esposa. Que seas mi duquesa.

Bajó la cabeza hacia sus manos y se las volvió a besar, un beso largo, largo.

Sophia no sabía si era capaz de respirar, mucho menos lo sería de hablar. Había soñado con ese momento, pero no exactamente así.

—¿Se debe a lo que ocurrió anoche? —le preguntó—. Porque no quiero ser una esposa con la que te viste obligado a casarte.

Él la miró con una expresión compasiva que le dijo que había esperado esa reacción.

—Mentiría si dijera que lo de anoche no ha tenido nada que ver con esto. Ha tenido muchísimo que ver, pero sólo porque me hizo comprender que no podría soportar ni un solo momento pensando que podrías volver a Estados Unidos, o que podrías casarte con otro hombre, o que yo no volvería a tener nunca la oportunidad de estrecharte en mis brazos. Anoche yo estaba hechizado, Sophia. Hechizado. No podría haber dejado de besarte como no podría dejar de respirar. Eres la mujer más fascinante que he conocido en mi vida, y necesito, más que cualquier otra cosa, saber que me pertenecerás a mí y no a ningún otro.

Ella le miró la cara, sin pestañear. ¿Había oído bien? ¿Dijo que había estado hechizado?

Claro que las dudas llegaron a asaltarla inmediatamente.

—¿Hablaste con mi madre acerca del aspecto monetario?

Él la miró fijamente un momento y luego le ahuecó la mano en la barbilla.

—¿Eso es lo que crees? ¿Que te deseo por tu dinero?

Ella lo miró a los ojos, tratando de ver la verdad. ¿Había sido todo planeado? ¿La había seducido esa noche para asegurarse su aceptación de la proposición? No lo conocía bien. Tal vez era igual que los demás, que simulaban estar interesados en ella cuando lo único que deseaban verdaderamente era su dote. Lo había visto en sus ojos.

Pero James... ¿qué veía en sus ojos? No estaba segura. Creía ver deseo, pero ¿no sería que veía lo que deseaba ver? ¿Su atracción por él la cegaba, y tal vez esa atracción sólo era física?

Ojalá hubiera tenido más experiencia en esas cosas. Jamás antes había sentido ese deseo. No era capaz de juzgar su integridad. ¿Y si se le pasaba dentro de una semana? ¿Y si después descubría que él era tan diabólico como aseguraban los cotilleos, un consumado sinvergüenza que sabía seducir a una joven inocente adinerada?

—No lo sé —contestó al fin—. Seguro que en todo Londres ya se sabe lo que valgo. Whitby lo sabe.

—Ah, Whitby —dijo él. Bajó la mano hacia el costado y desvió la vista hacia la casa—. ¿Estás pensando en él ahora?

—¡No! —exclamó ella—. No es eso. Es simplemente que pensé que puesto que mi madre se lo dijo, todo el mundo debe de saberlo.

A él se le elevó y le bajó el pecho con una respiración profunda.

—Estoy aquí porque no puedo asimilar la idea de no tenerte. —La miró a los ojos—. Y eso es lo más verdadero de todo lo que te he dicho.

Tampoco ella podía asimilar la idea de no tenerlo.

Tener. ¿Qué significaba eso exactamente?

Tener y abrazar...

Qué no daría para que él la abrazara en ese momento.

—James, no estoy segura. Me parece precipitado.

Él volvió a cogerle la mano y se la besó muchas veces.

—Por favor, Sophia, cásate conmigo y hazme el hombre más feliz del mundo. Ven a mi castillo y sé la duquesa más fabulosa que ha conocido mi familia. Una vez me dijiste que te impresionaba Inglaterra por su historia. Ven a formar parte de ella, a vivirla, a convertirte en ella. Querías verla desde dentro, desde su corazón. Puedes, si aceptas ser mi esposa.

Sophia hizo unas cortas inspiraciones con los labios entreabiertos. ¿Era real eso? ¿Podía de verdad entrar en un cuento de hadas y casarse con su príncipe encantador?

Entonces, sin pensarlo más, le salió la respuesta por la boca:

—Sí, James, seré tu esposa.

Por un segundo, desapareció el mundo, y luego volvió con el dichoso conocimiento de que él iba a besarla. Él la cogió en sus brazos y posó los labios sobre los suyos, y ella se sintió como si fuera transportada sobre una nube. ¡Iba a ser su esposa! Se pasarían el resto de sus días amándose, viviendo felices, para siempre.

Miró hacia la casa y sonrió, porque su madre estaba mirando desde una ventana de arriba, saltando de alegría.

9

Ya estaba hecho. Estaba comprometido con una heredera.

Sentado solo en su coche, James iba escuchando el clap clap de los cascos de los caballos sobre la calzada adoquinada, avanzando lentamente por Picadilly, que estaba atascada de tráfico.

¿Por qué no se sentía más satisfecho?, pensó con cierta aprensión. Había resuelto ganar esa carrera, la de adquirir la dote que codiciaban todos los demás hombres de Londres, y esa mañana había triunfado. Se había asegurado el premio. Sin embargo, se sentía disgustado consigo mismo sin tener ningún motivo lógico. ¿Por qué?

Tal vez se debía a que todo lo que le dijo a Sophia esa mañana era cierto. Con toda sinceridad, su proposición no se había debido al dinero. No pensaba en el dinero cuando la miró a los ojos y le dijo que deseaba hacerla su duquesa, que si le decía sí, lo haría el hombre más feliz del mundo.

Para imaginárselo. Él, el hombre más feliz del mundo. Buen Dios, había sido arrastrado por una enorme ola. Había hablado y hablado sobre lo mucho que la adoraba, como un condenado escolar. En ningún momento había tenido la intención de hacerlo tan romántico. Ese tenía que ser un asunto de negocios.

Pero ella era la mujer más hermosa que había conocido en toda su vida y le ocurría exactamente lo que le había dicho, sencillamente tenía que tenerla. Maldición, si la deseaba en ese momento. La deseaba ahí, en el coche, junto a él. En sus brazos.

Tal vez por eso notaba esa insatisfacción. En el fondo sabía que no había triunfado en realidad. La verdad, había perdido la batalla contra su impulsividad, cedido a sus deseos, y ya no podía hacer nada al respecto, aparte de vivir con lo que de pronto se había convertido en su futuro, y sobrevivir a ello sin bajar al infierno.

Qué mañana. Y todavía le quedaba por darle la noticia de su compromiso a su madre.

Apretó fuertemente la empuñadura de marfil de su bastón, mientras el coche seguía traqueteando por las ruidosas calles de Londres.

Media hora después, entraba en su casa de Londres.

Su excelencia, su madre, estaba sentada en el salón de mañana tomando té. Levantó su dura mirada cuando sintió su presencia en la puerta.

—James —dijo, algo sobresaltada.

Él entró en la sala y se sentó en el sofá de cretona, decidiendo que no tenía ningún sentido postergar lo inevitable. Tampoco había ninguna necesidad de cháchara ociosa. Iría al grano.

—Tengo una noticia interesante, y me pareció que debías ser la primera en saberla, antes que la leas en el periódico de mañana.

—En el periódico de mañana. Ay, Dios mío —exclamó su madre, apoyándose en el respaldo y llevándose la mano al cora-

zón, como si hubiera recibido un disparo—. No me digas que...
no será la americana.

James se cruzó de piernas.

—Pues, en realidad, sí. La americana.

Ella miró al cielo, poniendo en blanco los ojos.

—Ay, Dios mío. —Se levantó y caminó hasta el hogar—.
No, no. No lo entiendo. Has sido tan difícil en el asunto del
matrimonio... Espera —se volvió a mirarlo—. ¿Es esto una
pueril rebelión en mi contra? ¿Para herirme? Porque si lo es,
lo has conseguido.

—No es rebelión.

—¿Qué es, entonces? ¿Cómo demonios ha ocurrido esto?
Esa chica, en poco más de dos semanas, te ha apartado de cualquier número de hermosas chicas inglesas de excelentes familias. Tiene que haber una razón. Si no es para herirme... —Lo
miró fijamente—. Ciertamente, James, no lo has reflexionado
lo suficiente.

—Lo he reflexionado más que suficiente, y aún en el caso
de que no lo hubiera hecho, la maquinaria está en marcha. Ya
no hay vuelta atrás. Ya he colocado el anuncio formal en el
diario.

Nunca se imaginó que sentiría un placer tan perverso en
ese momento, pero así fue.

—Cielo santo. —Se dejó caer en un sillón—. No estará
embarazada, ¿verdad?

—Vamos, no seas ridícula, madre.

—Bueno... —dijo ella, haciendo un frívolo movimiento de
la mano, como diciendo «Nunca se sabe con estas americanas»—. Te dije que su abuelo hacía botas, ¿verdad?

—Sí. Me lo dijiste.

—Y que su otro abuelo mataba cerdos.

James se puso de pie.

—Te ruego que me perdones, madre, pero hay algunos asuntos que debo atender esta mañana. Tengo que irme.

Echó a andar hacia la puerta, pero ella lo detuvo con otra pregunta.

—¿Has fijado una fecha?

Él se volvió a mirarla.

—El veinticinco de agosto.

—¿De este año?

—Sí. No tiene ningún sentido prolongar el noviazgo. Los padres de Sophia se vuelven a Nueva York acabada la temporada. En lugar de enviarla con ellos, prefiero que me acompañe a Yorkshire.

Su madre volvió a ponerse la mano en el pecho.

—No soporto imaginar los cotilleos cuando la vean los sirvientes. Se viste como una actriz, James.

—Es elegante, madre, y esta es la última vez que la insultas. Será la próxima duquesa de Wentworth.

Dicho eso, salió del salón.

Subió a su estudio a escribirle a su agente, el señor Wells, para ordenarle que hiciera las gestiones para reparar el techo del salón de recepciones, y que, por fin, hiciera limpiar el lago.

—Cabrón —espetó Whitby, cogiéndole el brazo a mitad de la escalera del edificio del Parlamento.

James se giró a mirar a su viejo amigo del colegio, que estaba un peldaño más abajo, y se soltó el brazo.

—Domínate, hombre.

—¿Que yo me domine? Creo que eres tú el que deberías haberte dominado en algo. Le forzaste la mano, y lo sabes.

James se enderezó la corbata y continuó subiendo la escalera.

—No sé nada de eso.

Whitby subió a su lado.

—¿Dónde estuviste la otra noche durante la reunión? Desapareciste con ella media hora.

—Estábamos con Lily.

—No todo el tiempo. Vi a Lily después y no estabais con ella.

—Devolví a Sophia a su madre. —Se detuvo en lo alto de la escalera y sostuvo la airada mirada de Whitby—. ¿Por qué me molesto siquiera en explicarme ante ti?

—Tal vez porque te imaginas que eres un viejo amigo mío, y te sientes culpable por interponerte entre mí y la mujer a la que yo estaba cortejando francamente.

—No declaraste tu interés —dijo James apuntándolo con un dedo.

—¡Lo declaré! A ti, en privado, claro, pero había pensado que éramos amigos. Pensé que entendiste cuando te pedí que te hicieras a un lado.

James movió la cabeza ante la ridiculez de la conversación. Echó a andar por el largo corredor gótico. Los furiosos pasos de los dos resonaban en el techo abovedado.

—No tenías ningún derecho a pedirme eso.

—Pero en la reunión de los Bradley me aseguraste que no pretendías casarte. Que jamás te casarías. ¿Cómo ha cambiado eso tan drásticamente en sólo unas semanas?

—Simplemente no había encontrado a la mujer adecuada.

—Quieres decir que no habías encontrado a una mujer suficientemente rica.

James se detuvo. Le enterró un dedo en el pecho.

—Te estás pasando de la raya.

—Creo que ahora eres tú el que te has pasado de la raya. No la amas —añadió Whitby en voz más baja—. Jamás has amado a ninguna mujer, ni siquiera a ninguna de las que te has llevado a la cama.

—Te daría el gusto de exponer tus argumentos.

—Eres un hombre cruel, James, si crees que puedes llevarla a Yorkshire y arrojarla al cuidado de tu madre. Esa mujer se la comerá para el desayuno.

—Sophia sabe cuidar de sí misma.

—Y por eso le propusiste matrimonio, supongo. Para que ella cuide de sí y tú puedas olvidarte de que estás casado. Lo dijiste tú mismo. Eso es lo que deseabas.

James reanudó la marcha. Tenía la clara impresión de que Whitby quería una pelea a puñetazos, pero no la obtendría. Ese tiempo ya había pasado, si no para Whitby, al menos para él.

—¡Yo la habría amado! —gritó Whitby detrás de él, con la voz embargada por la furia.

James sintió esas palabras como un cuchillo que volaba por el aire enterrándosele en la espalda.

Nada inferior a un vestido de bodas diseñado por Worth sería digno de la más flamante duquesa de Inglaterra, porque *monsieur* Worth no solamente cosía un vestido para una mujer sino que además creaba todo un nuevo estilo, de modo que Sophia y su madre hicieron sus equipajes y partieron para París. Allí Sophia se encontró con sus hermanas, acompañadas por una tía, porque como iban a ser sus damas de honor, también necesitaban vestidos Worth para la gran ceremonia.

Clara y Adele habían sido lo bastante listas para traer en sus baúles montones de diarios de Nueva York, porque la noticia de las inminentes nupcias había aparecido en los titulares de la prensa en Estados Unidos, y Sophia y su madre estaban deseosas de leerlos.

Los reportajes rebosaban de deliciosos detalles de los primeros encuentros románticos de la pareja en las reuniones sociales y bailes de Londres. El árbol genealógico de la familia Wentworth, ilustrado con blasones y retratos, y complementado con dibujos del castillo en Yorkshire, llenaba columna tras columna de las páginas de sociedad de todos los diarios, como también halagüeña y errónea información acerca del historial familiar de la novia.

En París, los periodistas salían corriendo de detrás de los setos, arbustos y coches aparcados delante del hotel en que estaba alojada Sophia, con la esperanza de tener la oportunidad de hacerle preguntas y lograr que posara para una fotografía. De la noche a la mañana se había convertido en una sensación periodística, y todavía casi no podía creer que le estuviera ocurriendo eso. Lo encontraba tremendamente molesto, y trataba de repetirse que una vez se celebrara la boda se reanudaría la vida normal, y ella y James se retirarían a su propiedad en el campo a pasar el invierno, y podrían por fin estar solos, unidos como marido y mujer.

Una noche, ya tarde, Sophia estaba sentada en la cama de la habitación de su hotel, con su camisón blanco, leyendo uno de los diarios de Nueva York a la luz de la lámpara de gas. Pero se bajó de la cama cuando llegó a un perturbador artículo.

—Clara, Adele, escuchad esto. —Empezó a leer—: «Es una afrenta a nuestra bandera que tantos dólares arduamente ganados salgan de nuestro país para ir a llenar las cuentas bancarias vacías de nobles británicos, que no saben nada de la correcta ética laboral, ni de moralidad, si es por eso. Nuestras ricas novias norteamericanas son víctimas de la codicia y la pereza; el valor de la chica sólo se evalúa considerando en cuánto puede hacer para restaurar los ruinosos castillos de una ruinosa Inglaterra. No es ningún secreto que los nobles ingleses derrochan con despreocupado desenfreno su dinero, procedente del cobro de alquileres, en las casas de juego de Londres, porque jamás han tenido que mover un dedo para ganarlo».

Sintiendo un nudo en el estómago, Sophia bajó el periódico. Miró suplicante a sus hermanas, que habían estado cepillándose mutuamente el pelo, y la estaban mirando sin saber qué decir.

—¿Habéis oído este tipo de comentario antes? —les preguntó—. ¿Es esto lo que dicen en Nueva York?

Clara se levantó de su banqueta y fue a cogerle las manos para tranquilizarla. Clara siempre era sensible a los sentimientos de todo el mundo; era una chica emotiva que comprendía el tormento mental. Sinceramente, a veces Sophia pensaba que su hermana disfrutaba con eso. Le encantaba el melodrama, de la forma que fuera.

—No, no, Sophia —le dijo Clara—. Todos están fascinados contigo. Es como un cuento de hadas. Has leído los titulares.

—Sí, pero esta persona parece creer que James es una especie de vulgar canalla, cuando en realidad es un señor responsable de una inmensa propiedad. Es un hombre próspero, muy respetado.

—Claro que sí —dijo Clara—. ¡Es un noble inglés! Este articulista, sea quien sea, simplemente tiene envidia. Hay personas que siempre andan buscando cosas de qué quejarse, y detestan ver a alguien feliz. Tienen que estropearlo de alguna manera. ¿Verdad Adele?

A Sophia eso le pareció una manera simple de animarla, pero agradeció el intento.

Su otra hermana asintió. A diferencia de Clara, Adele detestaba todo lo melodramático, escandaloso, o se saliera un pelín de lo corriente. Clara a veces la llamaba gazmoña, pero Sophia sabía que sólo era una jovencita correcta, que deseaba complacer a sus padres y atenerse a las reglas. No había nada malo en eso. Probablemente, cuando se presentara en sociedad, se casaría con algún señor Peabody; con un hombre aceptable, un hombre que no sorprendería a nadie ni daría pie a fricciones ni cotilleos.

Clara sonrió y volvió al tocador. Cogió su cepillo y lo pasó por sus abudantes cabellos.

—Si hubiéramos visto ese artículo lo habríamos arrancado y quemado antes de darte el diario. Lo que nos hizo hacer mi tía con el otro. —Miró a Sophia sonriendo traviesa.

—¿Qué otro?

—Clara... —advirtió Adele, mansamente, entre dientes.

—¡Dímelo! —exigió Sophia, riendo y quitándole el cepillo.

Clara se giró a mirarla.

—Ah, pues, muy bien —dijo, al parecer contenta por tener algo jugoso que contar.

Las tres saltaron sobre la cama alegremente, en sus camisones.

Clara se echó a reír.

—La pobre tita casi se desmayó en el tren cuando lo leyó.

—¿Leyó qué?

—Venían ilustraciones y todo. No sé donde encontraron esos detalles tan sórdidos.

—¡Dímelo! —exclamó Sophia, cogiéndole el brazo.

Clara guardó silencio un momento, para aumentar el suspenso.

—Había una columna entera explicando todo acerca de tu ropa interior el día de la boda.

—¿Qué?

—La cual, lógicamente —añadió Clara—, sólo la verá el duque en la vida real.

—¡Clara! —la reprendió Adele—. No tienes por qué ser tan vulgar.

—Decían que la cinta de tu camisola procedía del ajuar de la reina Ana, y que los broches de tu corsé eran de oro.

—¿Y había ilustraciones? —preguntó Sophia, consternada.

—¡Sí! —rió Clara, dando un salto sobre la cama—. Tendrías que haberle visto la cara a tita. Estaba horrorosa.

Sophia se bajó de la cama y fue al tocador a mirarse en el espejo.

—Espero que James no se entere de eso. Imagínate. Broches de corsé de oro, desde luego. Como si algo de eso importara.

* * *

Mientras tanto, en Londres, la madre de James, asegurando que se sentía mal, hizo su equipaje a toda prisa y se marchó al campo, mientras su abogado y los abogados de la familia Wilson discutían los detallitos y sutilezas de lo que sería el contrato de matrimonio más extenso de la historia de Inglaterra.

10

No estaba segura de si vendrías.

El sonido de la ronca y seductora voz de su novio, desde atrás, su cálido y húmedo aliento en su oreja, le hizo bajar un hormigueante estremecimiento por el espinazo. Al lado de su madre en un atiborrado y sofocante salón de baile de una propiedad del campo de las cercanías de Londres, sonrió y se volvió a mirarlo.

Dios, estaba magnífico. Era atroz el deseo, con sólo mirarlo. Llevaba su habitual frac negro, camisa, chaleco y corbata de pajarita blancos, y el efecto del contraste del blanco con sus cabellos negrísimos era aniquilador.

James le cogió la mano, la llevó a sus labios y depositó un cálido beso en el dorso, sin apartar su ardiente mirada de su cara.

—¿Un paseo por la terraza, tal vez? —sugirió.

—Eso sería maravilloso.

Él saludó a su madre y a las otras damas del grupo y después le ofreció el brazo. Juntos se dirigieron hacia las grandes puertas abiertas del otro lado del salón.

Todos los miraban, haciendo comentarios, en susurros, curiosos y fascinados. A Sophia no le importó. Se sentía orgullosa de ser la mujer que James había finalmente elegido como esposa. Orgullosa de demostrarles a todos lo gloriosamente enamorados que estaban. Y lo equivocados que estaban los rumores que corrían acerca de él.

—Estás embelesadora esta noche —dijo él—. Le pones difícil a un hombre esperar hasta el día de su boda. Es doloroso, en realidad.

Ella se rió y frotó el hombro contra el de él. Llegaron a la baranda de hormigón y se giraron a mirarse bajo las estrellas. Una suave brisa agitaba el follaje de los frondosos robles y acamaba la hierba de abajo, como un susurro en la noche.

—¿Has disfrutado de toda la atención? —le preguntó James—. Me imagino que tu agenda social se ha llenado considerablemente.

—Sí, es asombroso. No logro entenderlo.

—Todo el mundo desea echarnos una mirada juntos, ser los primeros en felicitarnos. Están impresionados contigo, querida mía.

Sophia bajó los ojos.

—Sabes que no me importa nada de eso, James. Sólo deseo ser tu mujer.

—Eso deseo yo también.

Paseó la vista por las parejas que los rodeaban, como para determinar las reglas sociales que se aplicaban en ese momento, y levantó la mano para acariciarle la mejilla.

Le deslizó suavemente el pulgar por la piel hasta rozarle los labios. La sensación fue embriagadora. Sophia cerró los ojos un momento, le cogió la mano y la apretó contra su boca abierta; osadamene le lamió la palma.

—Me vas a matar, ¿sabes? —dijo él, avanzando un paso hacia ella.

Ella le sostuvo la pícara mirada.

—No es mi intención.

—¿No? Aún faltan casi dos meses para nuestra boda. No creo que pueda resistir a este tipo de cosas hasta entonces.

—Deseo estar a solas contigo, James. Cada minuto del día, es en lo único que soy capaz de pensar. No tenía idea de que esto fuera así.

Con ojo experimentado, él volvió a mirar alrededor. Después le cogió la mano.

—Tal vez un paseo por el jardín.

—Sí —repuso ella, casi jadeante.

Sí a cualquier cosa. Sí a todo.

—Soy un caballero bien educado —le dijo él acercándosele más—, así que te ofreceré el brazo y te acompañaré cortésmente en bajar la escalera, cuando lo que de verdad deseo hacer es cogerte de la mano y correr.

Riendo ella se cogió de su brazo. Bajaron la escalera y echaron a caminar por la blanda y fresca hierba. La luna estaba llena. La dulce fragancia de las rosas se elevaba lánguidamente por el aire limpio de la noche. Era una noche perfecta, perfecta.

—¿Has elegido tu traje de novia? —le preguntó él, cubriéndole la mano con la de él.

—Sí, pero no te diré nada de cómo es, ni tampoco te diré nada sobre las flores que llevaré ni del color de los vestidos de mis hermanas, ni de la tela de sus fajines.

—Parece que disfrutas torturándome con suspenso —dijo él, su voz teñida por un matiz de diversión—. ¿Ni un solo indicio?

—¡Ni uno solo!

—¿Por favor?

—¡No! —exclamó ella, riendo.

—Renuncio. Eres una roca. Serás una excelente duquesa.

Ella apoyó la cabeza en su hombro.

—Eso espero. Deseo que te enorgullezcas de mí.

—Ya me enorgulleces. Todos los hombres de Londres me envidian.

—Sólo quieres halagarme.

—Claro que sí, pero es la pura verdad de Dios.

Dieron la vuelta hasta el otro lado del jardín, donde los árboles se elevaban altos y frondosos.

—Me alegra que hayas escogido un vestido oscuro esta noche —dijo él.

—¿Por qué?

Llevándola de la mano, él empezó a retroceder hacia las delgadas y flexibles ramas de un sauce llorón, que caían como una cortina de cuentas; él pasó por en medio y las apartó para que pasara ella.

—Así nadie te verá cuando te atraiga a las sombras —dijo en voz baja, tentadoramente seductora.

Sophia sonrió y se inclinó para pasar bajo las hojas, y después se enderezó bajo el tupido toldo. Aunque la luna estaba llena, debajo del sauce estaba casi totalmente oscuro.

—¿Qué hacemos aquí? —le preguntó, provocativa.

—Robar intimidad.

—Esto es peligroso, James. Si alguien nos viera...

Él retrocedió hasta apoyarse en el ancho tronco y la atrajo suavemente hacia él.

—No nos verán. Acércate más.

—¿Por qué? —preguntó ella, traviesa.

—Porque deseo tus labios, Sophia.

Ella casi no le veía la cara en la oscuridad, sólo presentía dónde estaba y dónde estaba su boca. La emoción de acariciarlo casi sin verlo le produjo estremecimientos de excitación por todo el cuerpo.

—Entonces tómalos —suspiró, presionando los labios sobre los de él, cediendo al lujurioso deseo que llevaba semanas asaltándola.

El beso fue profundo y ardiente. Sintiendo flaquear las rodillas, como si se hubieran convertido en un jarabe acuoso, ella gimió al sentir la lengua de él en la de ella, el exquisito sabor de él, que le encendía el alma. Se cogió fuertemente de sus anchos y fuertes hombros para no caerse. Apoyó todo el cuerpo en el cuerpo duro de él.

Sintió una necesidad instintiva de apretar las caderas contra la pelvis de él, y cuando lo hizo, él emitió un gemido y le cogió las nalgas, apretándola más. El miembro excitado de él, presionado contra su hueso pelviano le hizo escapar un torrente de mojado calor de su centro femenino.

Él ladeó la cabeza a un lado, luego al otro, devorándole la boca como si se estuviera muriendo de hambre de ella.

Se quitó los guantes largos y los dejó caer al suelo. Desvergonzadamente deslizó las manos por su pecho, las metió bajo la chaqueta del traje, las deslizó por sus caderas y las introdujo por la cinturilla del pantalón. Trató de soltarle un botón, buscándolo, palpándolo, deseando introducir los dedos para acariciarlo ahí, pero él le cogió la mano y negó con la cabeza.

—Vas a entrar en terreno peligroso, cariño. Tal vez todavía no.

En la distancia se oyó ulular a un búho.

—Pero es que la espera... es desesperante, James. He sido incapaz de pensar en otra cosa que en esto. Deseo saber cómo es sentirte.

Él cerró los ojos y se quedó inmóvil un momento.

—Cuando dices esas cosas, tengo que hacer un esfuerzo doloroso para portarme como un caballero.

Él estaba tratando de refrenarse. Sin saber por qué, esa necesidad de él de hacer eso, y el hecho de que le resultara difícil, la excitó más aún. Abrió la boca y volvió a besarlo, encontrando un perverso placer en ese poder que parecía tener sobre él, en saber que lo empujaba a salirse de sus límites.

Él respondió apasionadamente, ahuecando sus grandes manos en su cabeza e introduciéndole la lengua en la boca.

—Debería llevarte de vuelta —le susurró sobre la mejilla, dejándole una estela de besos hasta el cuello.

Sophia echó hacia un lado la cabeza.

—No todavía. Por favor.

—No debes suplicarme, cariño, me vuelves loco.

—Entonces suplicaré. Por favor, James, por favor...

Lo sintió sonreír en su cuello, y luego él le mordisqueó la oreja.

—No tienes piedad, ¿eh?

—No lo sé. Creo que en este momento no me importa nada aparte de la sensación de tus manos en mí en esta deliciosa oscuridad. Todo esto es absolutamente nuevo para mí, James. Jamás había sentido nada igual. Me parecía que todo ocurría demasiado rápido entre nosotros, pero ahora, el tiempo pasa muy lento. Deseo casarme contigo ahora. En este minuto. Deseo ser tu mujer.

Él apartó los labios de su cuello y miró hacia la casa. En el salón de baile estaban tocando un vals de Strauss; los sonidos llegaban débiles pero discernibles.

—Hemos estado ausentes un buen rato.

Él tenía razón, y ella lo sabía, pero eso no le hacía más fácil apartarse ni siquiera un corto paso de él.

—Lo sé —dijo—. Deberíamos volver, pero no quiero.

—Yo tampoco, pero esto es una tortura. Eres una mujer extraordinaria, Sophia.

Ella sonrió por el elogio y se apartó de él. Se agachó a recoger los guantes, y se alisó el vestido.

—De acuerdo, entonces, ya que lo pones así.

—Piedad, al fin.

James se apartó del árbol, se enderezó la corbata y elegantemente le ofreció el brazo. Echaron a andar hacia el salón.

Mientras James bailaba con su futura esposa, reía y coqueteaba públicamente con ella, iba comprendiendo con profunda inquietud que esa noche había renunciado a todo inútil intento de ejercer autodominio. Allí en la oscuridad bajo el sauce se había sentido hechizado por ella, embelesado por la ardiente y húmeda textura de su boca, estremecido por la reacción de su cuerpo a la forma como ella lo acariciaba con esas manos deseosas y exploradoras.

En ese momento ella estaba a su lado conversando con un caballero del grupo. Dios, cómo deseaba cogerle esas manos, quitarle los guantes y meterse cada uno de esos finos dedos en la boca y chuparlos eternamente.

Era como si se hubieran abierto unas compuertas y él hubiera cedido completamente al deseo loco, feroz, que sentía por su prometida.

Miró alrededor en busca de champaña y cogió una copa de la bandeja de un lacayo que iba pasando.

No era así en absoluto como se había imaginado que serían las cosas, pensó, bebiendo el primer trago, asintiendo amablemente como si estuviera escuchando la conversación. Su intención había sido que ese matrimonio fuera un asunto de negocios. Como decía Sophia, una «transacción justa».

Tal vez simplemente era la atracción de lo prohibido y el agotamiento de reprimir sin cesar un condenadamente incómodo número de dolorosas erecciones. Trataba de tranquilizarse diciéndose que después que le hubiera hecho bien el amor a Sophia la noche de bodas, se le aliviaría la urgencia.

Pero ¿qué hacer por el momento? La deseaba, a eso no había vuelta que darle, y ella lo deseaba. Afortunadamente, pronto se tendrían. Se iba acercando el día de la boda, y por fin podría apagar ese fuerte incendio en su núcleo sexual. Sophia satisfaría su curiosidad. Tendrían la luna de miel para él disfrutar de ella y ella de él. Viajarían a Italia, pasarían unas semanas mágicas teniéndose mutuamente. Tal vez sería mejor no reprimir nada durante ese tiempo; tal vez necesitaba liberar esa lujuria reprimida. Se sentía como si hubiera estado frenando eternamente sus pasiones.

Acabada la luna de miel, volverían a Inglaterra y viajarían al norte, a su casa en el campo, donde estaba su madre en esos momentos, donde existía la realidad de su vida. Allí pondría freno a lo que quedara de sus pasiones y se instalaría en una vida más tranquila con una hermosa duquesa a su lado. Engendrarían uno, dos o tres herederos.

Sintiendo los hombros un poco más relajados, bebió lo último que le quedaba de champaña en la copa. Esto se me pasará, se dijo. Por el bien de todos, esa locura, por placentera que fuera, sólo era temporal.

11

Llegó agosto y Londres se despejó. Los señores y señoras, los caballeros y señoritas honorables se marcharon a sus propiedades en el campo, porque todos sabían que era mejor ser vistos en ropa interior que vagar por las calles de Londres en agosto.

A no ser, claro, que estuvieras preparando una boda y te fueras a casar con el duque de Wentworth. O con cualquier duque, si es por eso. Entonces podías imponer tus propias reglas y hacer lo que se te antojara, cualquier cosa que no fuera andar por ahí en ropa interior, eso sí.

Transcurrió agosto, llegó el día de la boda, y esa misma mañana llegó un paquete de Nueva York, un regalo de bodas de «la» señora Astor, la matriarca de la alta sociedad neoyorquina, que antes de ese día se había negado a darse por enterada de la existencia de los Wilson. Enviaba un exquisito collar de perlas a la más flamante duquesa de Inglaterra. La madre de la novia lloró con perfecta alegría mientras abría y rompía el papel de seda.

—Ahora —declaró, entre roncos y sonoros sollozos—, están asegurados los futuros de Clara y Adele.

Poco después llegó un regalo del palacio de Buckingham, un magnífico reloj dorado, y su madre volvió a llorar.

Los caballos que se alquilaron para que llevaran el carruaje de la novia a la iglesia eran bayos, una tradición avalada por el tiempo, y las calles estaban bordeadas por muchedumbres de entusiastas espectadores, que querían echarle una mirada a la famosa heredera norteamericana. Refrenados por una hilera de guardias uniformados de Londres, todos gritaban vivas, agitaban las manos y arrojaban flores. Sophia apretaba la mano de su padre mientras pasaban por las calles en el coche descubierto detrás de otro que llevaba a sus damas de honor: Clara, Adele y Lily. Con la otra mano enguantada saludaba nerviosamente a la multitud.

El coche llegó a la iglesia de St. George, en Hannover Square, y con el corazón palpitante, Sophia se apeó. Siguiendo a sus damas de honor subió la escalinata hasta la puerta de la iglesia. Entonces oyó el sonido del órgano de tubos y vio a los invitados sentados dentro. Había más de mil, de ambos lados del Atlántico.

Las damas de honor, que llevaban vestidos de satén blanco con fajines rosa, emprendieron la marcha por el largo pasillo acompañadas por la música de Mendelssohn, y entonces por fin Sophia llegó al altar.

Con voz profunda y resonante, el obispo preguntó:

—¿Quién da a esta mujer en matrimonio a este hombre?

—Yo —contestó su padre con su fuerte dejo norteamericano.

Entonces el obispo le cogió la mano a Sophia y la colocó en la de James.

Ella lo miró y vio al hombre de todos sus sueños: hermoso, fuerte, inteligente, y supuestamente enamorado de ella.

Él le sonrió, con una sonrisa de aliento, sus ojos verdes cálidos, leales, y dentro de su cuerpo se desvaneció todo el nerviosismo de esa mañana. Allí sólo estaban ella y su elegante novio, para jurarse amor eterno.

Ay, Dios. Esperaba no convertirse en un hombre como su padre.

James y Sophia pronunciaron sus promesas y luego se arrodillaron en los cojines de terciopelo rojo para recibir la bendición. El obispo entonó una oración.

¿Qué ocurriría cuando la novedad de su nueva vida juntos dejara de ser una novedad?, pensó de pronto James, con una sensación de pánico a la que no estaba acostumbrado en absoluto. ¿Cuando el uno o el otro no satisficiera las expectativas? ¿Y si Sophia se echaba un amante, como hiciera su abuela todos esos años atrás? ¿Sería él capaz de refrenarse para no convertirse en el hombre en que se convirtió su abuelo, avasallado por los celos y la rabia?

—Lo que Dios ha unido no lo desuna el hombre.

James y Sophia se incorporaron. Él miró la cara de su esposa y vio la exuberancia en sus ojos. Había nacido para ser una duquesa, de eso no cabía el menor género de duda. Su retrato colgaría en la galería y a nadie se le ocurriría jamás pensar que no encajaba en ese papel. Después de todo, era la vida de una aristócrata la que ella había venido a buscar a Londres.

Una tensión más profunda encontró su camino hacia sus entrañas. Esperaba que ella concibiera durante la luna de miel, así se habría cumplido pronto la obligación inicial. Después cada uno podría establecerse en su respectivo papel individual, como duque y duquesa. Ella haría su hogar en sus aposentos particulares, como habían hecho todas las duquesas antes que ella, y él continuaría como siempre en los suyos. La hora de la cena temprana sería un agradable tiempo para la conversación. Ahí él la oiría hablar de sus actividades del día y ella lo escucharía a él acerca de las suyas.

Le puso el anillo en el hermoso dedo y trató de convencerse de que todo resultaría bien, que no perdería su autodominio.

James y Sophia salieron de la iglesia hasta el carruaje descubierto que les esperaba para llevarlos al desayuno de bodas íntimo en la residencia de él en Londres. Pero primero los pasearía ceremoniosamente por las calles de Londres, bordeadas por muchedumbres de curiosos.

Sophia agitaba la mano saludando a la gente de su lado de la calle y James hacía lo mismo saludando por su lado. Ahí estaban por fin, pensó Sophia, solos por primera vez como marido y mujer, y estaban tan ocupados saludando a mirones desconocidos que ni siquiera podían mirarse entre ellos. Se dijo que debía tener paciencia. La vida se normalizaría muy pronto.

El viento había arreciado un tanto mientras estaban en la iglesia, y aunque era cálido, le agitó con fuerza el velo y le aflojó el moño griego; tuvo que levantar la mano para afirmarse el velo, y ese movimiento atrajo la atención de James. Se volvió a mirarla.

—Estás preciosa.

—Gracias, James —dijo ella mirándolo a los ojos, agradecida.

—Ahora eres una duquesa.

—Es raro —sonrió ella—, no me siento en absoluto distinta.

—Te sentirás. Sólo espera a llegar a Wentworth. La vida allí es muy diferente a lo que es aquí.

Ella no comprendió a qué se refería exactamente, pero sabía una cosa: serían marido y mujer y compartirían una cama. Harían el amor.

Sintió pasar una oleada de expectación por el espinazo, en parte miedo, en parte excitación. Recordó la singular experiencia de esa noche en el invernadero, y se glorió del hecho de que la próxima vez nadie los interrumpiría, pues estarían solos en su dormitorio. Fueran cuales fueren los deseos que experimentaran juntos, estarían libres para explorarlos.

Eran infinitas las cosas que no sabía acerca de esa parte del matrimonio, sobre lo que ocurría en la cama por la noche. Eran muchísimos los momentos maravillosos que la aguardaban.

—¿Partiremos hacia nuestra luna de miel a primera hora de la mañana? —preguntó.

Como un lobo que ha olido un rastro, él pareció captar el sentido de su pregunta. Sonrió.

—¿Estas ansiosa por ver Roma? ¿O estás ansiosa por ser una esposa, querida mía?

Sophia le sostuvo la mirada firmemente, sus ojos centelleantes de pasión y osadía. Allí estaban, desfilando en un coche descubierto por las calles de Londres para que todo el mundo los viera, y deseaba ponerle las manos encima.

Miró al cochero, que iba con la vista fija al frente, tan ocupado en dirigir al grupo de bayos que parecía indiferente a todo lo que ocurría alrededor.

En ese momento iban pasando por una calle ancha; las personas que los vitoreaban agitando las manos estaban a más distancia.

Sophia sintió una oleada de impaciencia por estar a solas con su marido. El corazón le latía a un ritmo loco. La intimidad con ese hombre era lo único que importaba, tan absorta estaba en la mirada de él.

De pronto su mundo le pareció un cuento de hadas, todo magia y magnificencia. La magia le penetraba por el vestido haciéndole hormiguear la piel. Su día de bodas había sido todo lo fascinante que se había imaginado, y deseaba arrojarse con toda el alma y el corazón en ese glorioso matrimonio.

Deslizó los dedos por la piel carmesí del asiento hacia el musculoso muslo de James, al tiempo que sonreía y agitaba la otra mano saludando a la muchedumbre.

—Supongo que podríamos comenzar la luna de miel ahora —dijo él, sin dejar de saludar a la muchedumbre de su lado—, aun cuando salgamos para Roma mañana.

—Tal vez un beso le daría algo de qué hablar a todo el mundo —sugirió ella.

Él se inclinó hacia ella con una sonrisa perezosa.

—Yo estoy impaciente, aunque un tanto escandalizado.

A ella se le estremeció el corazón al sentirlo cerca. Lo deseaba todo entero. No sólo su boca.

El beso no fue tímido ni suave, fue profundo, con las bocas abiertas, y a ella se le aceleró la sangre al sentir sus labios devorándole la boca. La muchedumbre les vitoreó más fuerte, y luego pareció desaparecer. Sophia le deslizó la mano por el muslo hasta meterla en la entrepierna, y le palpó la erección aplastada por los pantalones.

—¿Crees que alguien puede ver esto? —le susurró en la boca.

Él ahuecó la mano en su cabeza.

—Nadie lo creería si lo viera —repuso él, volviéndola a besar apasionadamente, más profundo, mientras ella le acariciaba la firme prueba de su excitación—. Eres una duquesa muy traviesa.

Ella se enorgulleció al detectar la aprobación en su voz y ver el destello de deseo en sus ojos.

—Pero será mejor que tengas prudencia —continuó él—, si no, en un instante te encontrarás tumbada de espaldas, y no creo que a tu madre le haga ninguna gracia ver una fotografía de las piernas de su hija en el aire dentro del coche, en la primera página del *New York Times*.

Sophia se echó a reír y se volvió a mirar a la gente. No veía las horas de que cayera la oscuridad.

—Espero con mucha ilusión pasar los días a solas contigo, James, para que podamos conocernos mejor.

—¿Te parece que no me conoces? —le preguntó él, mirando hacia otro lado.

—Bueno, tanto como una persona puede conocer a otra habiendo pasado tan poco tiempo juntos —repuso ella.

—Buen argumento, muy válido. —Estuvo un buen rato callado, y cuando volvió a hablar lo hizo en tono serio, sin el seductor matiz travieso anterior—. Es natural que a medida que pasan los años haya una mayor sensación de familiaridad.

Ella lo miró extrañada.

—¿Familiaridad?

Algo se tensó dentro de ella. ¿Se había enfriado hacia ella? Un segundo antes estaba ardiendo y ahora ni siquiera la miraba. Lo encontró extraño. Lo observó otro momento y luego desechó esa tonta idea. Sencillamente estaba nerviosa porque era el día de su boda. Se estaba imaginando cosas. Él no se había enfriado. Estaba jugando con ella.

Se rió y dijo en tono divertido:

—James, a veces eres tan británico... Por eso te amo.

Entonces James se giró a mirarla otra vez, justo cuando ella miraba hacia el otro lado para reanudar los saludos a los londinenses. Sus palabras resonaron en su cabeza. «¿Por eso te amo?». ¿Amor?

Sintiéndose repentinamente aturdido, la observó. Buen Dios, era su esposa, ¿no?, y se reía del legado de él, y soltaba despreocupadamente la palabra «amor» como si fuera algo trivial.

Nunca nadie había empleado esa palabra con él. ¿Sería algo americano eso de decirla a la ligera, con esa anodina naturalidad?

—¿Vino tu madre? —preguntó ella sin mirarlo—. Estaba tan nerviosa que no miré los primeros bancos para ver quiénes estaban.

James exploró su mente en busca de una disculpa.

—Sigue enferma. Claro que envió a decir que lo sentía y que espera con impaciencia tu llegada a Wentworth.

—Me hace ilusión conocerla. No le importará, ¿verdad? ¿Pasarme a mí sus deberes y responsabilidades? ¿O tener que desocupar sus aposentos?

—¿Por qué lo preguntas? No estarás nerviosa porque vas a conocerla, ¿verdad?

—No. Es sólo que... siempre supuse que conocería a la familia de mi novio antes de casarme con él. Resulta que sólo hoy voy a conocer a tus hermanos.

—Conoces a Lily.

—Sí, y me gusta muchísimo.

Él le cogió la mano enguantada.

—Entonces, no te preocupes. Ahora eres tú la duquesa de Wentworth, y mi madre sabe muy bien cuál es su deber: hacerse a un lado. No tendrás ningún problema en eso. Créeme, ella sabrá cuáles son sus límites.

Ella lo miró a los ojos.

—Perdona, James, pero no me has entendido. No quería decir que tuviera que haber límites. Simplemente me preocupa que se sienta dejada de lado, como si ya no tuviera finalidad. No será así, por supuesto. Estoy segura de que voy a contar con tu madre para todo; para que me enseñe lo que debo hacer, para contarle mis alegrías y desilusiones, tal como se las cuento a mi madre. Espero que seamos amigas, James. Espero que me ame como a una verdadera hija.

Ahí estaba otra vez la palabra «amor», dicha con tan despreocupada soltura. Bien que se la dijera a él, en la intimidad del coche, pero esperaba que ella supiera ser algo menos sincera y efusiva cuando conociera a su suegra. Él dudaba que su madre supiera qué hacer con esa efusión de sentimientos, en particular considerando lo que sentía por su flamante nuera.

Si Sophia quería ser aceptada por su suegra, tendría que aprender a comportarse con un poco más de... estilo inglés.

—Hoy pensemos en nosotros, Sophia, y no nos preocupemos por el mañana. Todo se resolverá.

—Te ruego que me disculpes, James. Lo que pasa es que ha habido muchos cambios estas últimas semanas. Supongo que estoy abrumada.

—Como lo estaría cualquier recién casada el día de su boda, rodeada por muchedumbres de desconocidos vitoreando y gritando su nombre. —Los dos agitaron simultáneamente la mano hacia el mismo lado—. No te sientas nerviosa, querida mía. Esta noche estaremos solos los dos y lo celebraremos a nuestra manera íntima.

Le acarició la mejilla con un dedo y le bastó un solo beso para saber que había logrado evaporarle las preocupaciones justo a tiempo antes de llegar a la casa Wentworth.

Ya avanzada la tarde, después que Sophia hubiera pasado unos agradables minutos charlando con Martin, el hermano menor de James, un guapo chico de dieciséis años, su padre la cogió del brazo y la llevó a sentarse en un sofá. Ella contempló con cariño su rebelde melena gris, sus patillas y bigotes. Estaba estupendo con su atuendo para la boda.

—Mi queridísima hija —dijo él, con su sonoro dejo sureño—. No he tenido ni un minuto a solas contigo, una novia tan bonita, para felicitarte de verdad. ¿Sabes lo orgulloso que estoy?

Sophia le rodeó los grandes hombros y lo abrazó estrechamente.

—Os voy a echar muchísimo de menos a todos.

—Vamos, vamos, no te pongas triste, sólo estamos a una travesía en vapor, y seguro que tus hermanas vivirán escribiéndote. Después de todo el boato que han visto hoy, seguro que querrán volver dentro de uno o dos años a cazar maridos ingleses para ellas.

Sophia le cogió la nariz y se la movió.

—No digas eso, papá. Yo no he cazado a nadie. James y yo estamos enamorados.

—Sé que lo quieres —dijo él en tono más serio—. Lo veo en tus ojos. Pero, no lo olvides, este es un mundo muy diferente, Sophia, y si alguna vez necesitas que venga a buscarte... sé que a tu madre no le gustaría, pero...

—Estaré muy bien, papá —le aseguró ella, incómoda por la dirección que estaba tomando la conversación—. No tienes por qué preocuparte. Seré la mujer más feliz del mundo.

Él volvió a abrazarla.

—Ay, mis pequeñas. Sois unas románticas sin remedio. —Se desprendió del abrazo y le cogió la mano—. Sé que es el día de tu boda, pero tengo que hablar contigo sobre el contrato de matrimonio. Quiero que sepas cuál es tu situación antes que salgas al mundo como la nueva duquesa de Wentworth.

—Sí, por supuesto —repuso ella, notando que la sonrisa se le iba desvaneciendo.

—La dote quedó establecida en un millón de libras, quinientas mil de pago inmediato y el resto repartido en cuotas durante los dos primeros años de tu matrimonio, además de acciones de ferrocarril por valor de doscientas mil libras, cuyos beneficios se pagarán anualmente. También he aceptado pagar todas las deudas contraídas por la propiedad en el campo, a la fecha de la firma del contrato; si no, tu dote se habría ido en eso antes de que llegaras a Wentworth.

Sophia cerró fuertemente la boca. Unas náuseas tremendas fluyeron como un río por su estómago.

—No tenía idea de que la cantidad ascendería a tanto.

Tampoco sabía que la propiedad de James estuviera tan endeudada.

Su padre pareció notar un cambio en su expresión. Comenzó a darle explicaciones:

—James no estuvo presente en las negociaciones, lógicamente, y tampoco estuve yo. Nuestros abogados lo discutieron entre ellos, y ya sabes lo encarnizada que puede ser esta gente.

Ella asintió, pero por dentro la atenazaba una dolorosa angustia. Era como si hubieran pinchado su burbuja de la boda de cuento de hadas con una gigantesca aguja.

—Además —continuó él, frotándole los dorsos de las manos—, he dispuesto que tengas tu propia cuenta bancaria, con cincuenta mil libras al año, pagables por trimestre.

—Papá, no había ninguna necesidad de eso.

—Bueno, bueno, tal vez para ti no, pero fue más para estar tranquilo yo. Necesito saber que a mi hija no le faltará nunca nada. Las cosas son diferentes aquí, cariño. Según la ley las mujeres casadas no tienen ningún control sobre su dinero. Las dotes pasan a la propiedad del marido, y a las esposas se les da una cantidad de dinero para sus gastos particulares, que depende exclusivamente de la generosidad de sus maridos. No quiero que tengas que recurrir a James cada vez que necesites comprar algo. Ese fue el trato, les dije «esta es la costumbre americana, así que lo aceptáis o lo dejáis»; naturalmente los abogados de Langdon aceptaron. —Luego añadió, como una ocurrencia tardía—. Porque, claro, James no habría permitido que nada le impidiera casarse contigo.

Sophia se tragó el nudo que se le había formado en la garganta y volvió a abrazar a su padre.

—Gracias, papá, por todo lo que has hecho. Me has hecho muy feliz.

Apoyó la mejilla en su ancho hombro y cerró los ojos, para que él no viera la lágrima que le había brotado del ojo.

• • •

—Felicitaciones, duquesa —dijo lord Whitby apareciendo al lado de Sophia cuando el solista alemán había acabado su actuación—. Creo que es la novia más deslumbrante que ha visto Londres en toda su historia. —Levantó su copa de champaña para brindar por ella.

—Gracias, lord Whitby.

—¡Lord Whitby! Por favor, debe llamarme Edward.

—Edward, entonces —dijo Sophia sonriendo—. ¿Lo está pasando bien, espero?

—Inmensamente. Y ya soy un hombre lo bastante mayor para reconocer que le tengo envidia a su marido, el afortunado. —Por encima del borde de la copa miró alrededor, en busca de James—. He aceptado que ganó el mejor. Él es un duque, después de todo. No debo considerarlo un rechazo a mi persona.

A Sophia le habría gustado corregirlo en eso, decirle que sí debía considerarlo así, porque no había otra manera de considerarlo, pero, lógicamente, no lo dijo.

—Así que salen para Roma mañana —dijo él.

Ella se sintió aliviada por el cambio de tema.

—Sí, pasaremos dos semanas allí, y después nos iremos a Yorkshire.

—¿No ha estado ahí todavía?

—No, pero me hace mucha ilusión conocer la casa y el campo. Me han dicho que el norte es muy bello.

—Sí, hay un cierto aire de «antigüedad». Hay muchísima niebla, mucha humedad. —Bebió otro trago de champaña—. Espero que tenga una capa gruesa de abrigo.

—Sí que la tengo, Edward, gracias.

Bebiendo un trago de su copa de champaña, miró hacia el otro extremo del salón, donde estaba James conversando con un hombre al que ella no conocía. «Ven a rescatarme, por favor», pensó.

En ese preciso momento, él miró y se encontraron sus ojos. Entonces él vio al conde a su lado. Sin un segundo de vacilación, dio una palmada al hombre con el que estaba hablando y echó a andar hacia ellos.

Era como si su marido le hubiera leído el pensamiento. Sintió una repentina sensación de eufórico optimismo, porque acababa de confirmarse su creencia de que había una íntima conexión entre ellos.

Lo observó avanzar por la sala, tan gallardo, tan hermoso que temió ser capaz de olvidar el decoro y arrastrarlo escalera arriba en ese mismo instante. La expectación de la noche que los aguardaba le resultaba casi dolorosa.

—Whitby —dijo James al llegar donde estaban ellos—, espero que no estés hechizando a mi mujer para quitármela.

Los dos se rieron, pero Sophia percibió una cierta tensión entre ellos. ¿Su matrimonio habría causado una desavenencia entre los dos amigos?, pensó, porque sabía que lord Whitby la había deseado. Le había enviado esas hermosas rosas.

Después de unos minutos de incómoda conversación, el conde se disculpó cortésmente y se alejó. Sophia se quedó sola con James en el atiborrado salón de recepción. Él le puso la mano bajo la barbilla.

—Parece que me he casado con una rompecorazones —dijo en tono travieso.

Sophia sonrió, como si se sintiera culpable.

—Espero que Edward no se haya formado falsas esperanzas de que podía haber matrimonio entre él y yo.

—¿Cómo podría un hombre no hacerse esperanzas tratándose de ti?

Ella sintió un extraño revoloteo en el vientre, y más abajo. ¿Cómo era posible que se hubiera hecho adulta sin saber que el deseo podía obnubilar la capacidad para pensar racionalmente? ¿Cómo podía hacerla temblar de una necesidad tan intensa que en lo único que podía pensar era en las sensaciones de su cuerpo, sin importarle nada más? Si no hubiera tenido la cabeza bien firme sobre los hombros, lo habría besado allí mismo, delante de todos. Apasionadamente.

—Nunca había conocido a un hombre más encantador y apuesto que tú —le dijo, mirándolo a los ojos.

—Ni yo a una mujer tan fascinante. Hacemos buena pareja, entonces.

—Sí, James.

Saboreó otro sorbo de la agradablemente embriagadora bebida y disfrutó por adelantado de la noche que la aguardaba, con traviesa y complaciente expectación.

12

James despidió pronto a su ayuda de cámara y sin quitarse el traje de bodas cogió un candelabro y salió de su habitación. Había esperado ese momento todo el día, toda la temporada, si quería ser sincero consigo mismo, y se apoderó de él un firme deseo de darse prisa. Ya había esperado bastante. Era el momento de disfrutar de su entusiasta esposa.

Echó a andar por el corredor tenuemente iluminado de su casa de Londres. Ya sentía el estremecimiento de la excitación por lo que ocurriría en las horas siguientes. Pero era mejor dejar esos pensamientos para cuando por lo menos estuviera en la habitación de ella, de preferencia en su cama.

Llegó a la puerta de los aposentos de su mujer y golpeó. Esperaba haberle dado el tiempo necesario para desvestirse y acomodarse. Sin duda Mildred, su nueva doncella, se había ocupado de eso.

—Adelante —la oyó decir.

Abrió la puerta y cruzó el umbral. Sophia estaba sentada en su enorme cama adoselada, en camisón blanco y las piernas cruzadas por los tobillos, sobre la colcha. Esperándolo, al parecer.

Miró sus pequeños pies descalzos, vio la sonrisa pícara en su cara, y se felicitó por haber acertado en un punto: ella era apasionada con respecto a sus deberes, al menos en ese determinado deber, el de producir un heredero. Había elegido bien, porque ese aspecto del matrimonio, el placer carnal consecuente a cumplir ese «deber», sería, con toda probabilidad, lo único que se permitiría disfrutar a la larga.

Entró calmadamente en la habitación y dejó el candelabro en la mesilla de noche.

—No estás cansada, espero, después de un día tan largo y ajetreado.

Ella se apresuró a negar con la cabeza, así que él avanzó hacia la cama, moviéndose la corbata de lado a lado para soltarla.

—Bueno, entonces —dijo sonriendo—, tal vez podríamos aprovechar este tiempo a solas para conocernos de una manera más íntima.

—Eso es lo que deseo, James, más que cualquier otra cosa.

Él se quitó el chaleco blanco y comenzó a desabotonarse la camisa. Pensó que sería conveniente conversar un poco para aliviarle los nervios.

—¿Conociste a Mildred?

—Sí, y le pedí que se marchara. Espero que eso no estuviera muy mal de mi parte.

Él detuvo la mano en el último botón.

—¿Le dijiste que se marchara?

—Quería bañarme, James —explicó ella, como si eso fuera de lo más extraño.

—¿No te sentías cómoda con eso?

—No. Nadie me ha bañado desde que era una cría.

Él se quitó la camisa y subió a la cama, poniéndose a su lado.

—Pero a las duquesas siempre las bañan sus doncellas.

—Eso fue exactamente lo que dijo Mildred.

Bajó sus ojos de largas pestañas a las manos que tenía sobre la falda. Empezó a jugar con el anillo de bodas, haciéndolo girar en el dedo.

Él le cubrió las manos con las de él.

—Con el tiempo te acostumbrarás a esas cosas.

El contacto de él pareció calmarla.

—Supongo. Me alegra que estés aquí.

—A mí también. ¿Quieres que apague las velas?

Ella lo miró traviesa.

—No. Prefiero que sigan encendidas. Quiero poder mirarte la cara esta noche.

Él tuvo la clara impresión de que ella deseaba ver algo más que su cara.

El comentario lo estremeció, tal vez porque ella era su esposa y tendría ciertas expectativas que eran diferentes a las que estaba acostumbrado en compañeras de cama.

De pronto sintió un enorme peso en el pecho, sabiendo que no le sería fácil resistirse a la involucración emocional que produciría, o debía producir, ese matrimonio. Ese era territorio nuevo.

—Entonces las dejaremos encendidas toda la noche —dijo, no obstante, porque era un amante experto, y el deseo de dar placer a su mujer superaba sus dudas.

Se inclinó hacia ella y la besó, separándole los exuberantes labios. El interior de su boca le supo a paraíso, sintiendo la lengua de ella girar seductoramente alrededor de la de él. Tal como durante su galanteo y proposición de matrimonio, volvió a sentirse arrastrado por esa ola incontrolable, olvidando sus objetivos y disfrutando del viaje dondequiera lo llevara. Ya estaba absolutamente inmerso en el puro disfrute de esa mujer provocativa, en la textura de su suave piel y el exquisito aroma de su perfume.

Ella le cogió los hombros y dejó escapar un gemido, y él notó que ya estaba duro como una roca, tanto que le dolía, la verdad sea dicha. La empujó hacia atrás, apoyándola en los mullidos almohadones y deslizó las manos hacia abajo por su abdomen, mientras el sabor de su boca le aceleraba la sangre y le bañaba los sentidos en un ardiente y dulce deseo. La besó apasionadamente, devorándole la boca y luego le dejó una estela de besos por el esbelto cuello, succionándole la piel.

Sophia deslizó el cuerpo hacia abajo.

—He soñado con este momento desde esa noche en el invernadero. Antes de eso no conocía el significado de la pasión.

Dios, sentía girar la cabeza. Armándose de paciencia para resistir y no tomarla en ese mismo momento, se apoyó en un codo para mirarle la cara a la tenue luz.

—¿Has estado esperando esto, entonces?

—Sí. Deseo hacerlo todo contigo, James. Quiero que me enseñes la manera de hacerte feliz.

—Eso sería un placer para mí, duquesa.

Ella se desabotonó el camisón, se sentó y se lo sacó por la cabeza. Apartándose un poco para hacerle sitio, él comprendió que se había casado con una mujer excepcionalmente lanzada. Lanzada, al menos, en el dormitorio, y no lo lamentaba, no.

Ya estaba desnuda, y le tenía cogida la cara entre las manos. Le atrajo la cabeza para otro beso con la boca abierta. Nuevamente le corcoveó la pasión; se colocó encima de ella y apretó las caderas contra las de ella, deslizando las manos por sus pechos desnudos y luego bajándolas por sus largas y bien torneadas piernas, que ella levantó para rodearlo.

Empezó a succionarle los pechos, sintiéndose peligrosamente descontrolado de necesidad. Ella gimió de placer y le enterró los dedos en el pelo, mientras él le lamía los duros pezones como un hombre muerto de hambre.

—Qué agradable es esto, James —musitó ella, con la voz algo jadeante, febril—. ¿Cómo sabes que es tan agradable?

—Porque es igual de agradable para mí.

—Ah, supongo que los hombres y las mujeres estamos hechos para esto, ¿verdad? —Se retorció de placer debajo de él—. Como un broche redondo, en que el broche macho encaja perfectamente en el agujero.

Él no podría haberlo explicado mejor.

Bajó la mano por entre ellos, deslizándola por su adorable vientre plano hasta llegar al montículo de suave vello. Ella abrió instintivamente las piernas y él introdujo un dedo en el líquido calor de su centro femenino.

La embriaguez sexual le hizo girar la cabeza; cerró los ojos y le dio placer, preparándola al mismo tiempo para lo que vendría.

—¿Qué me estás haciendo? —le preguntó ella, en un tono que revelaba su sorpresa porque fueran posibles esos placeres.

Él le observó atentamente la cara, sintiendo su cuerpo ardiente de urgente deseo.

—Me pareció mejor que comenzáramos con algo pequeño y de ahí fuéramos avanzando.

—¿Hacia qué? Esto no me parece pequeño. Es avasallador, James.

Él sonrió con picardía.

—Habrá más, te lo aseguro.

Al sentir aflojarse la barrera de su virginidad alrededor del dedo, empezó a arderle una llameante excitación en las ingles. Ella estaba mojada, y él deseaba sentir esa humedad alrededor de su centro de deseo. Retiró el dedo y se apartó para desabotonarse el pantalón.

Sophia abrió los ojos y se puso de costado. Sentía mojada y hormigueante la entrepierna. Sólo podía suponer que era algo normal, porque James no mostraba ninguna inquietud por eso. Vio pasar una perezosa sonrisa por los labios de él, y la estremeció el fuego que le corrió por las venas, y luego el horror y la fiebre que explotaron al ver su tremendo miembro excitado. Demasiado tarde cayó en la cuenta de que había arqueado las cejas, horrorizada.

—Te he asustado —dijo él, tirando los pantalones al suelo y poniéndose de costado para tranquilizarla—. Tal vez deberíamos haber apagado las velas.

—No —mintió ella, tratando de mantener los ojos fijos en los de él, cuando lo único que deseaba era mirar hacia abajo, a lo que jamás en la vida se había imaginado posible.

Él le cogió la mano y la puso suavemente alrededor de su miembro. Ella lo sintió rígido, aunque la piel era cálida y suave como la seda. Él le enseñó la manera de acariciarlo ahí. Ella disfrutó observando cómo lo arrastraba el placer tal como él la arrastrara antes a ella.

Entonces él volvió a introducir la mano por entre sus muslos. Ella abrió las piernas y se le agitó la respiración mientras se le estremecía el vientre de deliciosa y vibrante necesidad. Él continuó acariciándola ahí hasta que ella empezó a sentirse gloriosamente adormecida en ciertos lugares y terriblemente sensible en otros. Mientras tanto él le besaba los pechos, moviendo la lengua sobre sus pezones, y la volvía loca de exóticos deseos.

Él bajó la boca dejando una estela de besos por su vientre, luego puso los hombros entre sus piernas y la besó más abajo, donde estaba centrado el líquido y ardiente placer. Ella levantó las rodillas y le cogió la cabeza, sintiéndose borracha de deseo e incredulidad, musitando su nombre.

Después de un buen rato de darle placer así, él subió el cuerpo por encima del de ella como un felino.

—No puedo esperar mucho más —dijo, acariciándole la piel con la suya.

La miró un momento, con expresión tierna y feliz.

A ella se le aceleró el corazón de repente, de miedo y de impaciente expectación. La sedosa punta de su miembro le estaba tocando el lugar más íntimo, y sabía que él estaba a punto de introducirse dentro, su marido, su compañero, el hombre de sus sueños. Estaban a punto de unirse para siempre, en cuerpo y alma. Se cogió fuertemente de sus anchos hombros y se preparó, porque no podía imaginarse que esa parte tan inmensa de él pudiera entrar en donde a su dedo le había resultado tan difícil penetrar solamente unos momentos antes.

—Trata de relajarte —le susurró él al oído.

—Sí —asintió ella.

Él bajó la mano para guiarse hacia su abertura y luego empujó, lentamente.

La presión la hizo apartarse de él; la cabeza le chocó en la cabecera de la cama.

James se retiró.

Ella tragó saliva, nerviosa, comprendiendo que tenía que quedarse quieta en un lugar si quería que él la penetrara. Bajó el cuerpo hasta sentir nuevamente la almohada en la cabeza.

—Perdona, no pude evitarlo. Es que eres tan... grande.

—Eso lo tomaré como un cumplido.

—Prueba otra vez, James. Necesito sentirte dentro de mí.

Entonces él la besó y ella entreabrió los labios, y sintió el calor de su lengua y el calor de su propio deseo, una oleada de líquido ahí donde estaba posado el miembro de él, esperando. Lo deseaba, lo deseaba con tanta intensidad que el cuerpo le vibraba.

—Por favor, James, ahora...

Él embistió con mucha suavidad, y ella se obligó a relajarse, mientras él la penetraba hasta romper su virginidad.

Se le escapó un grito y se aferró fuertemente a él. Él se quedó inmóvil.

—Aún no hemos llegado, cariño.

Volvió a empujar, penetrándola más hasta el fondo. Ella volvió a gritar.

—Después de esto ya no te dolerá —le susurró él al oído, en tono de disculpa, y le depositó cariñosos besos en las mejillas, la nariz y los párpados.

Ella sintió un nudo en la garganta por la necesidad de chillar de dolor, pero otra parte de ella sintió una dicha y unas ansias de lo más extraordinarias, como en un sueño. Deseó que él volviera a embestir.

Él se retiró todo entero, al menos eso le pareció a ella, no podía estar segura, lo sentía tan enorme dentro de ella, y luego volvió a entrar, y repitió el movimiento al mismo ritmo hasta que a ella le desapareció todo el dolor, sólo quedó la sensación de estar mojada y resbaladiza ahí, sintiendo un ardiente placer mientras él la penetraba una y otra vez.

Esta vez se le escapó un gritito diferente, y se aferró a sus hombros, mientras él la acariciaba por dentro, moviendo su duro y musculoso cuerpo ya mojado de sudor. Cerrando los ojos se sintió como si estuviera tocando el cielo. James, el compañero de su vida, la había llevado ahí.

James sintió aproximarse la excitación del orgasmo, centrado en lo profundo de su ser, disminuyendo su conciencia racional. Entonces vino la eyaculación y experimentó un éxtasis tan electrizante, tan exquisito y nuevo que se sintió como si él hubiera sido virgen. Se le escapó un ronco gemido. Se vació en su mujer y no logró comprender, ni aunque en ello le fuera la vida, la sensación de júbilo que lo asaltaba desde todas direcciones. Ella era tan ardiente, estrecha y gloriosa, y era de él.

—Oh, James —musitó ella, abrazándolo.

Él comprendió con cierta inquietud que a una parte de él le agradaba el sonido de su nombre salido con tanto amor de sus labios, mientras otra parte se tensaba ante ese desenfado emotivo.

Cuando se le hizo más lenta la respiración, rodó hacia un lado. Sophia quedó con la cabeza apoyada sobre su hombro, suspirando de satisfacción, acariciándole el pecho desnudo con los dedos. Después se quedó dormida.

Él se mantuvo inmóvil, tratando de no pensar, tratando sólo de dormir como dormía todas las otras noches de su vida, pero esa, por desgracia, no era cualquier otra noche de su vida, y no deseaba dormir. Deseaba hacer una de estas dos cosas: hacerle el amor a su mujer otra vez y experimentar otro deslumbrador pináculo abrasador del alma, o darse prisa en abandonar su cama.

Abrió los ojos, vio que ella estaba durmiendo apaciblemente a su lado, y se sentó a coger sus pantalones.

13

James acababa de abotonarse los pantalones y estaba cogiendo la camisa del sillón cuando oyó crujir la cama y comprendió que Sophia se había despertado. Lo invadió el miedo; había esperado salir sin que ella lo sintiera.

—¿Adónde vas? —le preguntó ella, en tono de verdadera perplejidad.

De espaldas a ella, hizo una inspiración profunda para disipar la frustración por no haber podido salir sigilosamente, y se volvió a mirarla, sonriendo. Ella estaba desnuda, de costado, apoyada en un codo descansando la mejilla en la mano; a la luz dorada de las velas parecía una diosa de la antigüedad. El curvilíneo contorno de su cintura, cadera y pierna, y la mata triangular de rizos en la entrepierna lo distrajeron un segundo o dos, pero se apresuró a recuperar el control de sus pensamientos.

—Vuelvo a mi dormitorio, como es lógico —explicó.

—¿Tu dormitorio? Pensé que este era tu dormitorio. Nuestro dormitorio.

Él la miró fijamente, mudo de incredulidad. Tal vez en su loca precipitación por casarse con Sophia, no había entendido toda la magnitud de su inocencia. Sabía, claro, que ella tendría que aprender muchas cosas respecto al gobierno de su casa de

Yorkshire, pero eso, que no supiera que tendrían dormitorios separados, para él era una sorpresa.

—El duque y la duquesa siempre han tenido habitaciones separadas —explicó, abotonándose la camisa—. ¿Nadie te lo ha dicho?

Ella continuó mirándolo, confusa. Al parecer no quería creer que eso fuera cierto.

—Pero si somos marido y mujer. Pensé... —Titubeó un momento, como pensándolo—. Pero dormirás aquí conmigo, ¿verdad? Es decir, después que nuestros criados se hayan retirado a sus cuartos.

—Te refieres a Mildred y Thompson.

—¿Thompson es tu...?

—Mi ayuda de cámara, sí.

Ella pareció encontrar inquietante no haber sabido el nombre de su ayuda de cámara.

—De acuerdo, entonces, después que Mildred y Thompson se hayan retirado —repitió ella, como para aclararlo. Se sentó y bajó las piernas por el borde de la cama—. Dormirás conmigo, ¿verdad?

James observó el garbo con que se movía, el seductor largo de sus piernas, la perfecta redondez de sus pechos ahora que no estaba acostada. Observó con una resonante reacción de deseo que sus pezones rosados estaban blandos, y recordó cómo sabían cuando estaban duros, cuánto disfrutó pasando la lengua por encima de ellos y sintiendo fundirse y moverse su blando y cálido cuerpo debajo de él.

Mirándola, lo avasalló un violento impulso de acariciarla otra vez y doblegarse a sus caprichos, como si deseara adaptarse a sus costumbres y expectativas, en lugar de que fuera ella la que se adaptara a las de él. Por un momento, la muy vulgar idea de compartir una cama con su mujer noche tras noche le pareció fascinante. Qué extraña era esa idea. Imaginarse lo cómodas que se sentirían dos personas en mutua compañía. No habría ningún fingimiento, ningún secreto, sólo una conexión íntima que seguro se iría intensificando con el paso de los años, y una mutua confianza en el afecto del otro.

Se obligó a apartar la mirada y se abotonó el último botón. De pronto agradeció esa determinada costumbre de su clase, la de habitaciones separadas. No se creía capaz de arreglárselas con ese tipo de intimidad con demasiada frecuencia. Tal vez, pensó con cierta curiosidad, ese exceso de intimidad y presunción fue la caída de su padre.

—Vendré a verte, por supuesto —dijo, en respuesta a su pregunta.

—¿Venir a verme? ¿Y después te marcharás como esta noche?

Él decidió no contestar a esa pregunta, porque ni siquiera sabía si vendría a verla todas las noches. Deseaba engendrar un heredero, no enamorarse de su mujer, y seguro que se enamoraría si le hacía el amor constantemente. Cogió su chaleco y se lo puso.

Sophia se levantó y caminó hacia él, sus pies descalzos silenciosos sobre la alfombra. De pronto estaba ante él, desnuda, y él sintió su perfume. Sus ondulados cabellos le caían sobre los hombros cubriéndole los pechos; sus grandes ojos color turquesa estaban preocupados, llenos de ansiedad.

Ella le cogió los bordes del chaleco para impedirle que se lo abotonara y tiró de ellos, acercándolo un paso.

—Esta es nuestra noche de bodas, James. ¿No puedes quedarte un ratito más? —le dijo, con la voz algo temblorosa, y luego se puso de puntillas para besarlo.

Mientras la besaba a la parpadeante luz de las velas, lo estremeció una involuntaria excitación. Exploró su liada mente en busca de una respuesta a lo que ella acababa de decir, si lograba recordarlo, y lo logró, gracias a Dios, apartando los labios de los de ella.

—Sí, exactamente, es nuestra noche de bodas. Pensé que podrías estar dolorida.

—No me importa si estoy dolorida —dijo ella. ¿Me daría miedo estar sola?—. No me molestó el dolor. De hecho, al final me gustó bastante.

Esas palabras eran algo sorprendentes para una duquesa, al menos para cualquier duquesa con que él se hubiera imaginado casado, y la sorpresa destrozó su autodominio. Con un intenso estremecimiento de exaltación erótica, se sorprendió cogiendo en sus brazos a esa mujer gloriosamente desnuda, que parecía no tener inhibiciones sexuales como la mayoría de las nobles que conocía, y le cubrió la boca con la suya. Ahuecó las manos en sus nalgas, cálidas, turgentes al tacto. Ella emitió un suave gemido de placer y le enterró los dedos por en medio de los cabellos en la nuca, y lo siguiente de lo que tuvo conciencia es que la estaba depositando en la mullida cama y bajando sobre ella con todo su peso, desabotonándose los pantalones por segunda vez esa noche. Se los bajó lo suficiente para dejar libre su vibrante erección.

—¿Estás segura? —le preguntó, bajando una mano por su vientre hasta el mojado centro de su placer.

—Sí, si te quedas...

Entonces él cayó en la cuenta de que eso era una especie de regateo, y que su mujer era una negociadora muy hábil. En cuanto a él, ya no podía dar marcha atrás, ni aunque lo deseara.

—Claro que me quedaré —contestó, succionándole la tersa barbilla.

Acomodándole el cuerpo para adaptarlo perfectamente debajo del de él, la penetró justo en el momento en que ella abría los muslos y le rodeaba las caderas con sus largas y preciosas piernas.

La embriagadora estrechez y calor de su feminidad le quitó el aliento, y la sensación derrotó a la razón. Se permitió disfrutarlo completamente hasta que sintió la inminente explosión de fuego blanco de su sexo.

El intenso orgasmo de ella coincidió con su potente eyaculación; después la abrazó y la estrechó fuertemente, sintiéndose en un estado de extraño delirio. Durante un largo rato no pudo pensar ni en su pasado ni en su presente. Por todo lo que sabía, igual podía ser un simple comerciante americano o un pobre herrero en la cama con su mujer.

Levantó la cabeza para mirar las profundidades de sus ojos azules ribeteados por largas pestañas.

—¿De veras creías que este era nuestro dormitorio? —le preguntó, comprendiendo de pronto la encantadora y adorable dulzura de esa idea.

Élla le sonrió.

—Sí. Y lo es.

Él la miró fijamente durante un sobrecogedor momento, pensando qué ocurriría si se permitía amarla, verdaderamente amarla. ¿Existiría alguna posibilidad de que todo resultara bien? ¿Qué él nunca se volviera como su padre, o su abuelo o su tatarabuelo? ¿Podría realmente poner fin a lo que había en su linaje simplemente amándola?

Era demasiado pronto para saberlo, por lo tanto, por el momento, decidió, lo mejor para todos era ir a lo seguro y continuar controlando sus emociones.

Marion Langdon, la duquesa de Wentworth viuda, estaba sentada en un sillón de cretona de la zona del tocador de sus aposentos en el castillo Wentworth de Yorkshire. Inmóvil, contemplaba las paredes azul celeste enmarcadas en roble oscuro, los imponentes retratos de familia que colgaban de ellas en perfecto equilibrio, y la maciza cómoda sobre la que estaba un jarrón de malaquita que no había mirado desde hacía años. Observó que tenía un desconchón en la base. ¿Por qué no se había fijado antes en ese desconchón y tomado medidas para hacerlo reparar?, pensó con cierta irritación.

Tal vez había llegado a sentirse tan cómoda en esa habitación que ya no se fijaba en muchas cosas, y sólo era una tonta debilidad sentimental la que la hacía fijarse en ellas en ese momento, porque desde el día anterior su destino era una certeza: su hijo había tomado esposa y ella sería relegada al ala este, donde siempre habían sido relegadas todas las duquesas viudas anteriores a ella cuando llegaba la nueva duquesa joven.

Ella también había sido una nueva duquesa joven, recordó con cierta melancolía. De eso hacía muchos, muchos años. Todavía recordaba el día en que entró en la casa con Henry, él muy orgulloso y regio, porque le gustaba la pompa de su posición, y la presentaron a los criados como la nueva señora de la casa. Recordaba cómo se había inclinado en una reverencia su frágil suegra, cómo los criados la miraban con incertidumbre, sin saber qué esperar.

Claro que ella procedía de una gran familia inglesa, y poseía todas las habilidades necesarias para gobernar al personal del castillo Wentworth. Ciertamente su difunta suegra, la viuda anterior, le había cedido su puesto con confianza. Tuvo que ser un alivio para ella que su hijo hubiera elegido una sucesora digna. Aunque, naturalmente, jamás habían hablado de esas cosas.

Ella no tenía tanta suerte. De luna de miel en Roma, sin duda corrompiendo a su hijo mayor, estaba una arribista americana con unos modales de salvaje y un exterior efusivo como para hacer encogérsele los dedos de los pies a una verdadera inglesa. Sus dólares americanos, importantes sin duda, eran su única recomendación.

¿Qué pensarán los sirvientes cuando entre en la casa por primera vez?, reflexionó, casi haciendo una mueca ante la idea. ¿Cómo demonios va a aprender todo lo que necesita saber para desempeñar los deberes de su puesto con dignidad y elegancia?

Acudirá a mí en busca de ayuda, razonó con un asomo de cruel expectación, porque James no le ofrecerá ningún apoyo.

Era un milagro que él hubiera pasado por la boda. Ella ya había comenzado a creer que el ducado pasaría a su hijo menor Martin. Eso no habría sido el fin del mundo, no, pero Martin no era digno de confianza; era demasiado impulsivo, rápido para seguir los dictados de su corazón. No se podía confiar en que hiciera lo que a veces era necesario hacer.

James, en cambio, no era en absoluto así. A veces ella sentía la odiosa impresión de que ni siquiera tenía corazón. Pero claro, era hijo de su padre.

Sonó un golpe en la puerta. Entró un lacayo y le presentó una bandeja de plata. Cogió la carta que contenía la bandeja, que estaba sellada con lacre gris plateado. El papel desprendía un fuerte olor a perfume barato, un olor vagamente conocido que le produjo una opresión en el pecho. Giró la carta en las manos unas cuantas veces antes de romper el sello, sin notar que el lacayo salía de la habitación.

Desdobló cuidadosamente el papel y miró la florida letra y sus nerviosos ojos bajaron al final, para ver el nombre del remitente. Al reconocer la firma sintió que le fallaban los pulmones. Una sensación de náuseas le recorrió todo el cuerpo.

La carta procedía de París, de *madame* Genevieve La Roux.

Antes de poder asimilar la idea de tener que proteger nuevamente su elevado lugar en el mundo, y el de su hijo, maldijo mentalmente a su marido con feas y repugnantes palabrotas, y cayó desmayada en su sillón de cretona.

Después de dos semanas de luna de miel en Roma, donde pasaron los días visitando la ciudad y admirando las antigüedades, y las noches enredados en sábanas y poesía, el uno en brazos del otro, el duque y la duquesa de Wentworth se prepararon para volver a Inglaterra. Pero la última noche no hicieron el amor porque a Sophia le había venido la regla.

Un día nublado, frío y neblinoso llegaron a la estación de ferrocarril de Yorkshire, que estaba adornada con banderas ondeando al viento y arcos de claveles blancos y hiedra que se estremecían al aire frío.

Justo en el momento en que Sophia bajaba, sonaron tres fuertes pitidos del tren y salió siseando una nube de vapor de la locomotora. Sopló una ventolera, como salida de ninguna parte, y Sophia tuvo que afirmarse el sombrero.

James la ayudó a bajar al andén cubierto por una alfombra roja, donde un comité de dignatarios de la localidad esperaba su llegada para darles la bienvenida. Entre ellos estaba el alcalde del pueblo, ataviado con sus galas formales. Sin saber qué hacer ni hacia dónde caminar, Sophia se mantuvo fuertemente cogida del firme brazo de James.

Se situaron al lado del alcalde, que pronunció un breve discurso acerca de la historia y la tradición. Una niñita, de no más de cuatro años, presentó a Sophia un enorme ramo de rosas y se inclinó en una reverencia ante ella.

Terminada la ceremonia, subieron al coche que los aguardaba. Pasaron por el pueblo, saludando a los inquilinos que se habían congregado con sus bieldas en la plaza del mercado adoquinada para vitorearlos y darles la bienvenida agitando banderitas; mientras pasaban repicaban las campanas de la iglesia. Dejando atrás el pueblo, emprendieron el trayecto hacia el castillo.

El coche zangoloteaba traqueteando por el camino lodoso. Por en medio de una niebla húmeda y fría, el camino discurría por ondulantes páramos y valles y de tanto en tanto pasaba junto a largos muros de piedra. La tierra se veía desolada, desierta, pensó Sophia asomada a la ventana mirando a través de la niebla. Era como si fueran entrando en los últimos confines de la Tierra.

Cuando pasaron un recodo, James, que había estado extrañamente callado desde que llegaran a Yorkshire, se inclinó y apuntó hacia el norte:

—Ahí está.

A Sophia le brincó el corazón con una oleada de expectación y estiró el cuello para ver su nueva casa; esta sería el centro de su existencia, donde criaría a sus hijos y sería una amante esposa para el hombre que adoraba. Se prometió ser una duquesa caritativa y cariñosa con las buenas gentes de Yorkshire.

Al fin tuvo una visión clara de la propiedad. El castillo se alzaba como una fortaleza en la cima de un empinado cerro, más allá de unas puertas de hierro y una muralla de piedra maciza. En la distancia parecía un gigantesco dragón, con parapetos almenados, caminos de ronda, y torreones atalayas hexagonales. Nerviosa, le cogió la mano a James y se la apretó.

Él le apretó la mano también, la miró sonriendo alentador y volvió la cara hacia el otro lado para mirar por la ventanilla.

Al poco rato llegaron a las puertas, que ya estaban abiertas. Junto a la casa del guarda, el coche se detuvo.

—¿Por qué paramos? —preguntó Sophia al ver avanzar a un grupo de hombres hacia ellos.

Los hombres empezaron a desenganchar los caballos. La tarea les llevó unos pocos segundos; alguien se llevó los caballos y los hombres cogieron el juego delantero para tirar del coche el resto del camino. Sophia los oyó gruñir al unísono al dar el primer tirón para poner el coche en marcha. Se puso una mano enguantada en el pecho.

—Dios mío, James, ¿es necesario eso? No tienes ninguna necesidad de hacer eso para impresionarme. Ya estoy muy impresionada.

—No es para impresionarte, querida mía. Es la tradición.

Tradición. Ese día había oído muchísimas veces esa palabra.

Iniciaron la última fase del trayecto, la subida por el empinado camino lleno de baches hasta la casa. A Sophia se le tensaron los músculos pensando compasiva en los hombres que iban tirando el coche como mulas.

Miró a James, que iba mirando hacia el otro lado, indiferente a todo eso, al parecer.

Finalmente llegaron a la puerta principal del enorme castillo, sólido, imponente. Mirado de cerca, se veían las manchas negras en los lugares donde el clima había sido implacable a lo largo de los años. La admiración e impresión por esa grandeza empezó a desvanecerse en Sophia, reemplazadas por aprensión. De pronto, los bailes, los salones de Londres, los quitasoles adornados con encajes le parecieron a miles de kilómetros de allí. No era que no se sintiera feliz por estar casada con James, pero repentinamente el castillo le parecía menos un hogar y más un viejo museo gótico: imponente, inmenso y amedrentador. Entonces comprendió los rumores acerca de los fantasmas.

¿Habría algún rincón acogedor allí para ella y James? ¿Un lugar para ser una familia unida cuando nacieran sus hijos?

Los criados estaban formados en hileras en los peldaños superiores de la escalinata de entrada, las caras impasibles, silenciosos, las cofias de las mujeres y las solapas de los hombres agitados por el viento. Todos vestían igual: uniformes negros y delantales blancos las mujeres y librea en negro y blanco los hombres. Allí no sonaban vítores ni se agitaban banderitas; no hubo ninguna efusiva y sincera bienvenida, ni risas ni murmullos de conversación, ni abrazos afectuosos. De pronto Sophia se sintió muy sola, totalmente fuera de su ámbito de experiencia. Deseó que sus hermanas estuvieran con ella.

Pero no estaban, y tendría que aprender a pasar sin ellas. Sin su madre, sin su padre, que solía chasquear los dedos y con una risa, una sonrisa y un fuerte abrazo lo arreglaba todo.

Ayudada por James bajó del coche y pasó junto a los hombres que habían tirado del coche hasta arriba. Discretamente miró a uno de ellos; el hombre tenía los ojos bajos y el pecho agitado, porque estaba jadeante, y con buen motivo; la cara le brillaba de sudor. Sophia deseó agradecerle, pero él no la miró, y su instinto le dijo que eso no sería correcto. Se sintió invadida por otro ramalazo de recelo.

Lo que pasa es que estás nerviosa, se dijo. Estás a punto de conocer a tu suegra y ver tu nuevo hogar, y temes que no te aprueben. Seguro que todos los demás están nerviosos también.

James la condujo por la escalinata de piedra, cogida de la mano, por entre las hileras de criados, ninguno de los cuales le hizo ni un asomo de sonrisa de bienvenida. Incluso James le parecía distante en ese momento: evitaba mirarla y tenía una expresión seria. Se aclaró la garganta y atravesó el umbral.

En el interior había más criados, formados como soldados en una hilera, para saludar a la nueva duquesa. Sophia les sonrió y luego pasó la atención al enorme vestíbulo. Su mirada subió por las gigantescas columnas corintias hasta la elevada bóveda de catedral, las paredes de enormes bloques de piedra. Sintió el aire frío y oía resonar sus tacones en el suelo de piedra. Hizo una honda inspiración y se detuvo. Sin soltarle la mano, James se giró a mirarla, interrogante.

En ese momento ella vio salir de las sombras a una mujer, al pie de la escalera. Estaba claro que no era una criada, porque vestía ropa diferente, pero el triste color gris de su vestido y la falta de joyas la hizo pensar que tal vez fuera el ama de llaves. Tenía la cara delgada y el ángulo de la mandíbula duro.

La mujer caminó hacia ella y se inclinó en una reverencia.

—Permíteme que te presente a mi madre, su excelencia la duquesa de Wentworth viuda —dijo James tranquilamente.

Sophia agrandó los ojos.

—¡Ah! —exclamó, sonriendo, y tendiéndole la mano—. ¡Sí! Me alegra muchísimo conocerla, por fin. Espero que se sienta mejor.

La mujer se incorporó de la reverencia, con la expresión acerada. Sin contestar a su efusivo saludo, dijo simplemente:

—Bienvenida.

James le soltó la mano y atravesó el vestíbulo hasta situarse junto a una armadura vacía.

Una lúgubre tensión se cerró alrededor del corazón de Sophia, junto con el súbito temor de haber cometido un terrible error. Le vino a la mente la imagen de la pobre Cenicienta. ¿Qué hacía ella ahí en ese espectral castillo con esos severos desconocidos? ¿Dónde estaban sus hermanas y su madre en esos momentos? ¿Ya se habían marchado del país? ¿Estarían ya en un barco rumbo a Estados Unidos?

Entonces giró la cabeza hacia el otro lado y vio a James, junto a esa brillante armadura. Su príncipe. Qué apuesto, qué guapo. Se dijo que él era su hogar y su casa, y fuera cual fuera el tipo de casa en que vivieran, fueran ricos o pobres, su corazón estaría siempre lleno de alegría porque estaban juntos.

En ese instante oyó un rápido taconeo en la escalera. Se giró a mirar y vio a Lily, que bajaba a toda prisa. Llevaba un vestido a rayas azules y blancas. Tan pronto la joven llegó abajo, adoptó un paso más de damita, caminó hasta ella y se inclinó en una reverencia.

—Bienvenida, duquesa —dijo, obsequiándola con una radiante sonrisa acompañada por un guiño que produjo en ella un muy necesitado alivio.

No obstante, Lily borró la sonrisa de su cara tan pronto como retrocedió un paso y quedó a la vista de su madre.

Sophia comprendió entonces cómo funcionaba allí la dinámica familiar. Toda esa fría indiferencia era para ceremonias; su suegra era una mujer estricta, pero tal vez a puertas cerradas sería más relajada. Tal vez todos lo serían. Seguro que entonces aflorarían sus verdaderas personalidades y con el tiempo ella llegaría a conocerlos y quererlos de una manera más profunda e íntima.

Entonces la entregaron a Mildred, que estaba en el primer lugar de la fila de criados, y la bajita y rechoncha mujer la llevó escalera arriba hasta los aposentos ducales.

Cuando llegó a lo alto de la escalera miró hacia abajo por encima de la baranda para ver la hermosa cara de su marido antes de retirarse por esa tarde, y se llevó la desilusión de descubrir que él ya no estaba ahí.

14

A los pocos minutos de que a Sophia la llevaran a sus aposentos, la casa reanudó su actividad normal, como una máquina bien engrasada, y ella quedó sola para hacer una siesta muy necesitada y bien merecida. No hacía mucho que había despertado cuando el pomposo sonido del gong que llamaba a la cena resonó en las paredes de piedra del castillo Wentworth. Por lo menos Mildred la había preparado para eso con las sencillas palabras: «La familia se viste formalmente para la cena, excelencia. La campana para vestirse suena a las siete, para la cena a las ocho».

Sophia se puso uno de sus espectaculares vestidos Worth y las brillantes joyas que le dieran sus padres como regalo de bodas, se puso sus guantes largos y salió al corredor detrás de Mildred, que por ese día le indicaría el camino hacia el salón, donde se reunía la familia antes de entrar en el comedor.

A ella le habría gustado que James hubiera ido a buscarla, pero supuso que él tendría muchísimas cosas que atender en su primer día de vuelta en casa.

Entró en el salón, y Mildred desapareció silenciosamente, como un fantasma. Quedó sola bajo el majestuoso arco de entrada, mirando a su suegra, que llevaba un modesto vestido oscuro, de manga larga y abotonado hasta el cuello, y no llevaba ninguna joya.

Sophia se tocó la enorme esmeralda que colgaba sobre el amplio escote de su vestido de satén bordado con perlas, pensando súbitamente que todo estaba mal en su atuendo.

—Buenas noches, excelencia —dijo.

Su suegra le dirigió una mirada horrorizada.

—No, no, no. No debes tratarme así.

Sophia sintió un revoloteo de nervios en el estómago por haber cometido un error incluso antes de haber entrado del todo en el salón.

—Perdone. ¿Cómo he de tratarla?

—Tú eres la duquesa ahora. Socialmente ya no eres una inferior. Puedes tutearme, y llamarme por mi nombre de pila.

Sophia se aclaró la garganta. ¿Debía decir «Buenas noches, Marion»? ¿O estaría mal repetir el saludo?

Marion le dio la espalda para ir a la repisa del hogar a mover hacia la izquierda una pequeña figura. Sophia decidió que era mejor quedarse callada.

En ese instante entró Lily en el salón, para gran alivio de ella.

—¡Oh, Sophia, qué vestido más maravilloso! —Lily llevaba un vestido no muy diferente del de su madre—. Cómo admiro tu buen gusto y elegancia.

—Gracias, Lily.

—¿Has descansado bien? Me asomé a mirarte un par de veces, y dormías tan apaciblemente que no quise despertarte.

Ay, si Lily supiera lo mucho que significaba para ella su amabilidad.

Sintió la mirada de Marion sobre ella, evaluándola, juzgándola. Trató de tranquilizarse diciéndose que estaba excesivamente sensible. Sólo se sentía fuera de lugar, porque aún no estaba del todo instalada y no conocía sus deberes y responsabilidades. Pensó en lo que Marion acababa de decirle: «Tú eres la duquesa ahora».

Tal vez su suegra sí sentía resentimiento, tal como ella había temido.

Volvió a aclararse la garganta, sintiéndose incómoda; sentía escurrirse su seguridad en sí mísma por las grietas del suelo de piedra, como si tuviera enormes agujeros en los zapatos. Observó a su suegra sentarse majestuosamente en el sofá a mirar por la ventana, y volvió a tratar de tranquilizarse, diciéndose que con el tiempo todo eso le resultaría más fácil.

De repente cayó en la cuenta de que si pusiera un cuarto de penique en una hucha cada vez que se decía eso, podría poner calefacción central en esa fría casa de piedra antes de la primera nevada.

En eso entró James. Todo su ser se reanimó con su llegada; su cuerpo recuperó su ritmo normal, y repentinamente su motivo para estar ahí volvió a cobrar sentido. Qué poder tenía él para hacerlo todo valioso.

Él le cogió la mano y se la besó. En las venas de Sophia se encendió y explotó una estimulante chispa de excitación.

—¿Te sientes a gusto, espero?

Y eso fue todo lo que le dijo. Ella asintió y disfrutó por adelantado de la relación amorosa entre ellos después, cuando todos se hubieran retirado a dormir.

Exactamente a las ocho en punto, todos entraron en el grandioso comedor y se sentaron alrededor de una inmensa mesa de roble cubierta por un mantel blanco. James se sentó en una cabecera y a ella se le indicó que se sentara en la otra. Desde allí dudaba poder oírlo si él le gritaba que le pasara la sal.

Pero claro, él no iba a pedírselo, había media docena de sirvientes ahí a su disposición para llevarle lo que a él se le ofreciera.

Entonces vio que tenía delante un salero y un pimentero de plata, y los demás también. Qué cómodo: un puesto con todo lo necesario para cada uno. Nadie necesitaba pedirle nada a nadie, a no ser a los criados anónimos, claro.

Lacayos de librea formal los sirvieron al estilo alemán, *à la russe*, y aunque la comida era deliciosa, la conversación no tenía nada de encantador. Ella se tomó la sopa en silencio, tratando de encajar y de hacer lo que hacían los demás, pero hacer eso era no hablar. Tuvo que batallar con su lengua para abstenerse de hacer todas las preguntas que deseaba hacer, por ejemplo, por qué Mildred negó con la cabeza, desaprobadora, cuando ella le pidió al lacayo que encendiera el fuego del hogar, y por qué no pudo tomar el té a las cinco cuando lo pidió, por haber estado durmiendo a la hora normal para tomar el té, las cuatro.

Guardó silencio y decidió hacerle todas esas preguntas a James esa noche, cuando estuvieran solos.

Cuánto agradecía la agradable expectativa de ese tiempo a solas con él cuando se hubieran apagado las luces.

Después de la cena, cuando James se levantó de su silla para retirarse a sus aposentos, su madre le pidió una conversación privada en su estudio. Él ordenó a un criado que fuera a encender las lámparas y unos minutos después estaban él y su madre de pie en los lados opuestos de su antiguo y monstruoso escritorio, mirándose.

—¿Qué pasa, madre? —preguntó él sin preámbulos.

La viuda se aclaró la garganta.

—Tengo entendido que el contrato de matrimonio estipuló una cantidad de dinero bastante sustanciosa, y quería preguntarte si se podría aumentar la asignación establecida tradicionalmente para mis gastos.

James conocía a su madre y sabía que eso no podía haberle resultado fácil, porque a ella no le gustaba pedirle nada a nadie.

—Por supuesto. ¿Cuánto querrías?

Sabía que era una crueldad preguntarle la cantidad, pero por lo menos accedía.

Ella volvió a aclararse la garganta.

—Bueno, me gustaría disponer de una suma grande de la que yo pudiera ir extrayendo, en lugar de varias sumas pequeñas mensuales. Esto me daría más libertad para gastar...

—Libertad. Esa es una palabra que jamás te he oído emplear antes. ¿Se te ha contagiado la fragancia democrática de Sophia?

Eso sí fue cruel, pero no se permitió arrepentirse. Si alguien debía sentir arrepentimiento en esa sala, no era él.

—¿Cuánto? —preguntó otra vez.

—Mil libras sería muy generoso de tu parte, James.

Él la miró fijamente un buen rato. No se había imaginado que ella fuera a estar tan deseosa de gastar su riqueza americana. De hecho, había tenido sus dudas respecto a si ella se atrevería a ensuciarse las manos tocando parte de ese dinero.

—¿Mil libras? Martin no estará en dificultades otra vez, ¿verdad? —preguntó, pensando en su hermano menor, que acababa de regresar a Eton.

—No, claro que no.

Ninguno de los dos dijo nada durante unos minutos.

—¿A qué obedece exactamente esta determinada cantidad? —preguntó él, sondeando.

—Simplemente es el total de unas lamentables deudas que he contraído a lo largo de estos últimos años. Las cosas, como bien sabes, han estado difíciles, y no quería que Lily sufriera.

—Comprendo. —Dio la vuelta al escritorio. Por la palidez de las mejillas de su madre veía que eso le resultaba terriblemente difícil. Decidió que ya la había atormentado lo suficiente. Volvió a ponerse detrás del escritorio y se sentó—. Muy bien, aquí tienes tus mil libras.

Rellenó un talón y se lo pasó. Ella lo cogió, se lo metió en el bolsillo de la falda, se dio media vuelta y salió del estudio, dejándolo con la curiosidad de saber a qué causa serviría ese dinero.

Como la mayoría de las cosas, era probable que eso se le revelara solo, a su tiempo.

Sophia estaba sentada en la cama esperando a su marido. Eran las once y media. Sus velas continuaban ardiendo sobre la cómoda, pero el fuego del hogar se había apagado.

La habitación estaba cada vez más fría, así que decidió meterse bajo las mantas en lugar de seguir esperando sentada sobre la colcha.

Se subió las mantas hasta las orejas y entonces se dio cuenta de que tenía los pies helados. Bajó de la cama a sacar un par de calcetines de la cómoda, se los puso y volvió a meterse bajo las mantas. Ojalá James se diera prisa. Una vez que él estuviera con ella, la mantendría abrigada.

Le pareció que transcurría una eternidad, mirando la puerta, incorporándose cada vez que sentía algún ruido de golpe en la casa o el viento golpeaba los paneles de la ventana. Y él no llegaba, y no llegaba, y ella empezaba a sentirse algo frustrada. Eran muchas las cosas que deseaba decirle y preguntarle.

Cerró los ojos para descansarlos un momento y cuando volvió a abrirlos eran ya las dos de la mañana. Y él no había venido; entonces se le ocurrió que tal vez se había quedado dormido accidentalmente, tal como acababa de ocurrirle a ella. Al fin y al cabo había sido un día muy ajetreado, con su llegada oficial al condado, y a saber qué otros tipos de problemas se le habrían presentado al llegar después de haber estado ausente tanto tiempo. Tal vez ella podría ir al dormitorio de él.

Se bajó de la cama, se envolvió los hombros con un enorme chal de lana y cogió el candelabro. Abrió la puerta y vio que el corredor estaba absolutamente a oscuras. No había señales de un ser viviente por ninguna parte.

Echó a andar por el corredor. Mildred le había señalado la puerta de los aposentos de James cuando subió con ella la primera vez, y estaba segura de que lograría encontrarla. Era por ese corredor, pensó, y luego, al final, giraría a la izquierda y se encontraría al final del siguiente corredor, más allá del saloncito rojo.

Santo cielo, sí que hacía frío en el corredor. Sus velas eran su única fuente de luz y al caminar a toda prisa oía agitarse y sisear las llamas en el aire; sentía el olor de la cera derretida. Todo eso se le antojaba escalofriante y primitivo, como si hubiera retrocedido en el tiempo, a algún siglo anterior. En su casa de Nueva York tenían todas las comodidades modernas: luz de gas y, muy recientemente, electricidad. Tenían un sistema de calefacción central con agua caliente, y en su cuarto de baño propio la bañera de porcelana se llenaba con agua caliente del grifo. Esa noche, frágiles criaditas habían llevado jarro tras jarro de agua caliente de la cocina a su habitación, y extendido toallas en el suelo alrededor de una bañera de latón que entraron arrastrando. En ese preciso momento, la grandiosidad de su elevado rango no le había parecido tan grandiosa.

Pero no era por eso que estaba ahí, se dijo. Estaba ahí porque amaba a James. A ver si lograba encontrar su habitación.

Giró a la izquierda donde creía que debía girar, y se detuvo al encontrarse en un corredor desconocido. Se sintió decididamente extraviada.

Se arrebujó el chal y se giró a mirar hacia el otro lado. Las paredes de ese determinado corredor estaban llenas de inmensos retratos con elegantes marcos dorados. En puntillas se acercó a uno y levantó el candelabro. En la placa de oro de la parte inferior decía que ese hombre era el segundo duque de Wentworth, una persona de aspecto terrible, que más parecía un señor guerrero que un aristócrata. En sus ojos oscuros brillaba la amenaza, la ira y un horrible odio. Miró incómoda esos ojos, recordando la noche en que viera a James por primera vez.

Desechó ese recuerdo y volvió la atención a la tarea de encontrar el camino a sus aposentos, pero después de dejar atrás un buen número de puertas comprendió que no tenía la menor esperanza de saber cuál era la de él. Todas se veían iguales. Tendría que volver a su dormitorio.

Al cabo de un rato seguía vagando, yendo y viniendo, por corredores y más corredores, en busca de su dormitorio. Nunca había tenido un sentido de la orientación particularmente impresionante, y era evidente que había subvalorado el tamaño y las complejidades de esa casa, si es que se podía llamar así. Una vez James le describió la sociedad de Londres como un laberinto, pero eso no era nada comparado con esa casa.

Sintiéndose derrotada, comprendió que tendría que golpear alguna puerta para pedir ayuda. Golpeó varias, pero no recibió respuesta, y cuando trató de abrirlas para ver qué había dentro, descubrió que estaban cerradas con llave. Tenían que ser habitaciones para huéspedes, dedujo. Probablemente los criados las mantenían cerradas con llave cuando no estaban en uso, para no tener que limpiarlas.

Al final de un corredor se encontró ante una puerta recubierta por un tapete verde prendido con clavos de latón. La empujó y entró en un corredor mucho más estrecho que olía a col rancia y a suelo crujiente de limpio. El ala del personal de servicio. Gracias a Dios. La había aterrado la idea de despertar a su suegra para decirle que estaba perdida. Habría preferido vagar toda la noche antes que pasar por esa humillación.

Pero no tardó en descubrir que el ala de los criados era tan enorme y laberíntica como el resto de la casa. Pasó junto a un buen número de despensas y cuartos de almacenaje.

Entró en una sala grande, tenía que ser la sala de estar de los criados. En el centro había dos mesas enormes; pasó la mano por una de ellas y palpó grietas y arañazos que venían de años y años de uso; esas mesas tenían más de un siglo de antigüedad, seguro. Sintió la fascinación de la historia, que la rodeaba por todas partes, y recordó lo que le dijera James cuando le propuso matrimonio: «Querías verla desde dentro, desde su corazón. Ven a formar parte de ella». Bueno, ahí estaba, era parte de ella, y lo único que sentía era un solitario aislamiento, como si siguiera estando fuera, una intrusa que ni siquiera era capaz de encontrar su camino por ella cuando lo intentaba.

Se le formó un nudo en la garganta, pero lo resistió. No lloraría. Volvería a su habitación, renunciaría a ver a James esa noche, dormiría bien y volvería a comenzar por la mañana. Girando sobre sus talones, echó a andar hacia la puerta, y chocó con una criada joven que iba entrando a toda prisa en camisón de dormir. Chocaron las velas y las dos retrocedieron, emitiendo exclamaciones de sorpresa.

La chica se inclinó en una venia.

—Le ruego me perdone, excelencia.

Sophia trató de recuperar el aliento.

—No pasa nada. Yo tampoco te vi. Y me alegra muchísimo encontrarme con alguien.

Con los labios temblorosos, la chica se aplastó contra la pared, como para dejarle paso y hacerse invisible. Parecía estar clavada ahí por el terror más puro.

Sophia se le acercó un paso.

—Estaba pensando si podrías ayudarme.

—¿Ayudarla, excelencia?

—Sí, estoy perdida.

—¿Perdida? —La chica reflexionó un momento—. Debo ir a buscar al ama de llaves.

Hizo ademán de salir a aventurarse en las profundidades del ala de los criados, pero Sophia la detuvo.

—No, por favor, no. Prefiero que seas tú la que me lleve de vuelta a mi habitación. No hay ninguna necesidad de despertar a nadie.

—Pero es que yo soy una fregona.

—Estupendo —rió Sophia—. Sólo necesito a alguien que conozca mejor que yo esta casa.

La chica se asomó al corredor y miró hacia uno y otro lado.

—No quiero perder mi puesto, excelencia. Hay reglas sobre...

—No perderás tu puesto. ¿Cómo te llamas?

—Lucy —repuso la niña haciendo otra venia.

Sophia le tendió la mano.

—Encantada de conocerte, Lucy.

La chica le miró la mano como si fuera un objeto desconocido, y al final le tendió la suya con visible incertidumbre. Sophia se la estrechó; sintió la mano áspera, cubierta de costras.

—Dios mío —exclamó, acercando el candelabro para poder mirar la palma roja de irritación—. Tu mano...

La chica la retiró.

—Está bien, excelencia.

—No, no está bien. ¿Cómo te hiciste esto?

—Soy fregona.

—Pero...

Sophia no supo qué decir. Se sentía como una huésped y estuvo tentada de no decir nada, pero se recordó que no era una huésped. Estaba al mando de esa casa y si pensaba que se trataba injustamente a una criada, debía encargarse de la situación.

—¿Dónde está tu casa, Lucy?

—Vivo aquí, excelencia.

—No, me refería a dónde vive tu familia.

—En el pueblo.

—¿Te gustaría ir a pasar un tiempo con ellos?

Ante su consternación, Lucy se echó a llorar.

—Lo siento mucho, excelencia. Sé que no debería estar aquí, pero me olvidé de limpiar algo que la señora Dalrymple me pidió que limpiara, y sólo quería hacer mi trabajo lo mejor posible. Si lo reconsidera, le prometo que...

—Uy, no, querida Lucy. No te he despedido. Sólo quiero darte unos días de vacaciones para que tus manos tengan la posibilidad de curarse. Puedes pensarlo. —La llevó hacia la puerta con el tapete—. Vamos, si me ayudas a volver a mi dormitorio, nadie tiene por qué saber que nos encontramos aquí esta noche.

Con expresión dudosa, Lucy la acompañó. Tan pronto como pusieron pie en la parte principal de la casa, la joven empezó a caminar sigilosa, como un ratoncito, como si quisiera volver cuanto antes a su habitación, antes que la pillaran haciendo algo que no debía hacer.

Encontró la puerta y la abrió. Aliviada, Sophia entró en la habitación. Lucy se quedó en la puerta.

—¿Algo más, excelencia?

—No, Lucy, esto es todo. Gracias.

Lucy se inclinó en una venia y echó a correr. Sophia fue a meterse en su fría cama, sintiéndose no sólo fuera de lugar sino además rechazada. Esa era la primera noche desde la boda que ella y James no hacían el amor. Se había visto obligada a salir a buscarlo en la oscuridad, fracasó en el intento y ahí estaba, sola nuevamente en esa habitación ridículamente fría.

¿Por qué no vendría?, pensó, acurrucándose bajo las sábanas con coronas bordadas, tratando de no darle demasiada importancia a su ausencia y, más importante aún, de no llorar.

15

Sophia dio los buenos días a Marion y Lily y se sentó a la mesa a desayunar. Un lacayo le puso delante un huevo pasado por agua.

—Gracias —le dijo, sin pensarlo, y sintió la taladradora mirada de su suegra.

—No tienes necesidad de dar las gracias —dijo la mujer.

Sophia cogió el cuchillo y rompió la cáscara del huevo. Era temprano y casi no había pegado ojo, todavía sentía los pies entumecidos de haber estado helados toda la noche, y de pronto sintió muy agotada su paciencia para dejarse corregir a cada momento. Hasta el momento Marion no le había dicho ninguna cosa simpática, ni sonreído ni ofrecido ningún tipo de aliento.

—¿No tengo necesidad de ser educada? —preguntó, con cierta brusquedad.

Sabía que lo lamentaría después, pero ay, qué bien se sintió.

Lily mantuvo los ojos bajos.

Marion no mostró ninguna reacción. Alisó el mantel alrededor de su plato.

—Nunca les hemos dado las gracias a los sirvientes aquí.

«Bueno, tal vez deberíais», deseó decir Sophia, pero se

contuvo. Ya había dicho bastante. Sus emociones a veces podían con ella, y no podía permitirse desagradar a su suegra, que ciertamente estaba teniendo dificultades con esa transición. De eso ya estaba segura. Se esforzaría más en hacerse entender, y esperaba que pronto las cosas se le harían más fáciles.

—¿James ya desayunó? —preguntó, tratando de sacar una voz animada, para no dejar ver lo dolida que se sentía porque él no fue a su dormitorio esa noche.

—James no desayuna con el resto de la familia.

Sophia tragó el bocado de huevo, detestando tener que pedir más información a su suegra acerca del hombre que supuestamente era el compañero de su vida.

—¿Dónde desayuna?

Después de un largo silencio cuya finalidad parecía ser torturarla, Marion contestó:

—En sus aposentos.

—Normalmente tampoco almuerza en la mesa con nosotras dos —añadió Lily, amablemente.

Sophia continuó comiendo, deseando no hacer más preguntas, pero no pudo contenerse:

—¿Creéis que ahora estará en sus aposentos?

Lily la miró comprensiva.

—No está en la casa. Salió temprano y dijo que no volvería hasta la cena.

Sophia cogió la servilleta y se limpió las comisuras de los labios, obligándose a renunciar a toda esperanza de ver a James antes de esa hora, porque no se creía capaz de soportar más decepciones.

—Entonces, ¿tal vez después del desayuno podrías acompañarme a recorrer la casa, Lily?

—Encantada.

Acabaron el desayuno en silencio.

James montó su caballo y salió al trote del patio, escuchando el agradable y previsible sonido de los cascos aplastando la gravilla. Cuando salió por las puertas se adentró en la fría y espesa niebla que flotaba inmóvil sobre los páramos. Era igual a la niebla de incomprensión que le llenaba la cabeza. Azuzó al caballo para ponerlo al galope.

Necesitaba decidir cómo iba a llevar el matrimonio, porque esa noche había sido dificultosa. No, no dificultosa. Había sido absolutamente caótica, y él detestaba el caos. Se había bajado de la cama por lo menos doce veces para ir a ver a Sophia. Llegaba a la puerta, la abría, y cada vez la cerraba y volvía a meterse en la cama, resuelto a no volver a bajarse. Porque el miedo lo retenía.

¿Miedo a qué?, se preguntó con cierta irritación, acicateando a su montura a galopar más rápido.

Detestaba el miedo.

No estaba acostumbrado a sentirlo.

Bueno, en otro tiempo sí. Hacía una vida.

El caballo saltó un muro bajo de piedra y aterrizó limpia y suavemente.

¿Era miedo a su mujer? No, no lo era. Era miedo a lo inevitable: a enamorarse profundamente de ella, a perder la razón. Tal vez ya la había perdido. Porque así se sintió en Italia. Se había obsesionado por buscar placer con su flamante esposa, ya fuera haciendo el amor o simplemente riendo y arrojándose almohadas, desnudos.

Ella le satisfacía todos sus deseos, lo entretenía, lo divertía, lo consolaba, y él se había permitido disfrutarla, porque eso no le parecía su vida real. Se había sentido como otra persona en otro país, con una esposa extranjera.

Ahora estaban de vuelta en los neblinosos páramos de Yorkshire.

Volvía a resultarle familiar la forma de hablar de la gente.

Sentía su cama igual que siempre.

La luna de miel había acabado y eso era la realidad. Era hora de recordar quién era y cuáles eran sus intenciones cuando decidió casarse con Sophia, porque habían sido intenciones humanas, responsables, se dijo. Bien pensadas por el bien de todos, incluida su mujer y sus hijos aún no nacidos.

Cuando hizo su proposición se había sentido confiado en su capacidad para resistir su naturaleza baja y para procurar que los hijos nacidos de ese matrimonio no vieran ni sufrieran jamás lo que él vio y sufrió de niño. Sabía que para crear ese tipo de ambiente doméstico pacífico que durante siglos había brillado por su ausencia en Wentworth tenía que mantener las distancias. No podía actuar egoístamente y arriesgarse a caer en la manera de actuar establecida por sus antepasados simplemente para satisfacer su lujurioso deseo personal por su duquesa.

Por el bien de sus futuros hijos, no podía permitirse olvidarse de todo eso.

James no había llegado a tiempo para cenar con la familia y Sophia se vio obligada a sentarse en el comedor frío como el hielo a hacer otra angustiosa comida, en la que nadie decía una palabra y hasta los tintineos de la cubertería de plata parecían una metedura de pata, porque resonaban en las paredes de piedra y el eco subía hasta el altísimo techo.

En ese momento estaba nuevamente metiéndose en la fría cama, con una sensación de escepticismo respecto a si vería o no a su marido esa noche. Y de verdad necesitaba verle.

Esperó un rato, y al no sentir ningún golpe en la puerta, la pena se le convirtió en rabia.

James tenía que saber que esos eran momentos difíciles para ella; que su madre no era la más cariñosa de las personas. Tenía que saber que su esposa necesitaba apoyo y orientación, que estaría echando de menos a su familia y podría beneficiarse de una simple palabra de afecto.

La rabia aumentó en intensidad. Aun en el caso de que él no se diera cuenta de esas cosas, ¿no la deseaba por lo menos sexualmente, tal como lo deseaba ella? ¿No contaba los minutos que faltaban para poder hacer el amor otra vez? Su cuerpo ardía por él. Todo el día lo había deseado, pensando si podría sobrevivir otro minuto sin él.

Bueno, esa noche sabría encontrar el camino hasta sus aposentos. Lily le había hecho un buen recorrido de la casa y ella había procurado tomar nota de todo.

Se bajó de la cama, se puso el chal y cogió el candelabro.

A los pocos minutos estaba golpeando la puerta del dormitorio de su marido.

—Adelante —lo oyó decir.

«Así que estás aquí».

Abrió la puerta y lo vio sentado junto a un fuego crepitante, con un libro en el regazo muy bien iluminado por una lámpara de aceite. Verlo ahí le produjo una honda pena, que le oprimió el corazón. ¿Él prefería leer un libro a pasar con ella una noche de diversión y juegos?

—Estás aquí —dijo, con toda la intención de parecer sorprendida.

—Pues claro que estoy aquí. ¿Dónde si no?

Ella entró en la habitación, muy consciente de que él no la había invitado a entrar, no se había levantado del sillón a saludarla, y ni siquiera había cerrado el libro.

—La verdad es que no lo sé. No estuviste en la cena con nosotras. Pensé que quizás debías tener deberes que atender en alguna parte.

Él cerró el libro, por fin.

—Sí, siempre hay deberes.

No dijo nada más y a ella le dolió que se mostrara tan vago y desapasionado con ella. Había imaginado que, después de estar separados las últimas veinticuatro horas, correría a cogerla en sus brazos. Había esperado que la levantara en volandas, la besara apasionadamente y le dijera que no soportaba estar un minuto más separado de ella.

Tragó saliva, nerviosa, y trató de comunicarle lo que la preocupaba.

—Anoche pensé que irías a mi habitación.

Él estuvo callado un momento.

—Fue un día muy ajetreado.

—Eso lo sé, pero me habría gustado verte. Tenía muchas preguntas que hacerte.

—¿Deseas saber algo? Siéntete libre. —Extendió las manos enseñándole las palmas abiertas—. Pregunta.

Por vida de ella que no lograba recordar ninguna de las preguntas que se había formulado durante el día. Sólo podía pensar en la dolorosa confusión que le producía esa evidente retirada emocional de él.

Al ver que no hacía ninguna pregunta, él dejó a un lado el libro.

—Tal vez podrías preguntarle a Mildred cuando necesites saber algo. Ella es tu doncella, después de todo.

—Mildred no es la mujer más conversadora del mundo —repuso ella, tratando de sacar un tono alegre.

—Tal vez no, pero es su deber satisfacer todas tus necesidades personales. Si le haces una pregunta ella debe darte una respuesta inmediata.

—No necesito respuestas inmediatas —le dijo ella francamente—. Lo que necesito es que vengas a mi habitación y me hagas el amor.

Él pestañeó lentamente.

Entonces ella recordó donde estaba y lo que debía ser, una duquesa inglesa.

—No era mi intención ser tan atrevida. Sé que no es así como debe hablar una duquesa.

A James se le endurecieron los ojos.

—Parece que te refieres a tus deberes conyugales. Pensé que habíamos hablado de eso cuando volvíamos de Roma.

—¿Hablado de qué?

—Me dijiste que te había llegado la regla y, según eso, no concebirías de ninguna manera. No tiene ningún sentido que yo vaya a verte durante al menos una semana, y naturalmente no tiene ningún sentido hacer el amor.

Esa espantosa afirmación la golpeó con toda su fuerza. Atravesó la habitación y se detuvo delante de él.

—No lo dices en serio.

—Pareces sorprendida.

—¿Qué pretendes decirme? ¿Que ni siquiera deseas verme? ¿Qué no has disfrutado haciendo el amor conmigo? ¿Que sólo lo has hecho para engendrar un hijo?

A él se le movió un músculo en la mandíbula.

—Claro que lo he disfrutado. Has cumplido a la perfección, Sophia. Estoy más que complacido contigo. Ahora puedes tener un tiempo para ti. Eso podría ser bueno, para los dos.

—No necesito tiempo para mí. Ya estoy bastante sola, aun cuando esté sentada en una habitación con Mildred, o con tu madre o con diez lacayos.

—Baja la voz.

Sophia hizo una honda inspiración para calmarse, y continuó:

—James, debes saber que deseo compartir una cama contigo. Tal vez eso no es muy elegante ni muy inglés, pero no soy una dama inglesa. Pasé mi niñez en una choza de una habitación en Wisconsin, donde los modales eran más descuidados, por decir lo mínimo, y todos dormíamos juntos, despertábamos juntos y comíamos juntos. Tengo ciertos valores muy arraigados que no son fáciles de abandonar.

—Ahora estás en Inglaterra, y eres una duquesa. No puedes esperar que nosotros nos adaptemos a tus costumbres y todos compartamos una misma habitación.

—No espero eso.

—¿Qué esperas entonces? Tienes que comprender que nosotros también tenemos tradiciones muy arraigadas que no son fáciles de abandonar.

Sintiéndose derrotada, Sophia bajó la cabeza y se puso la mano en la frente.

—No espero que lo cambies todo por mí. —Volvió a mirarlo a los ojos—. Sólo son unas pocas cosas las que considero importantes.

—Compartir una cama es una de ellas.

—Sí. Y... —titubeó. Detestaba tener que hacerle esa petición—. Necesito saber que te importa mi bienestar.

—Por supuesto que me importa tu bienestar. Eres mi duquesa, la madre de mis futuros hijos. ¿No te sientes bien atendida aquí? Eres la señora de esta casa. Tienes más de cincuenta criados a tu disposición.

—No estoy hablando de criados. Estoy hablando de ti. Necesito saber que te importo.

—Me importas —dijo él, en tono flemático, obediente.

¿Dónde estaba el hombre apasionado que había llegado a conocer durante la luna de miel?, pensó ella. ¿Quién era ese hombre y por qué había cambiado? ¿Tenía miedo de algo? ¿No sabía cuánto lo amaba ella?

—Tengo bastante dinero propio. Podría haberme casado con quien deseara, rico o pobre, y te elegí a ti, James. He venido a vivir a tu casa porque te amo y deseo estar contigo.

Él consideró esas palabras y le dio la espalda.

—Tenía entendido que viniste a Londres en busca de un título.

Ella sintió que el aire le abandonaba los pulmones. Igual él podría haberse abalanzado a darle un puñetazo en el estómago. ¿De dónde salía eso?

—¿No recuerdas lo que te dije ese día cuando caminamos juntos? ¿Que creía que el matrimonio debe basarse en el amor?

—Dijiste lo que debías decir para...

—¿Creíste que mentía?

—No, no que mentías... —Empezó a pasearse por la habitación—. Sophia, los dos somos personas especiales con deberes y muchas cualidades diferentes que nos recomiendan, además de nuestra... simpatía o atractivo, a falta de una palabra mejor. Yo soy un duque y tú una heredera.

Ella empezó a sentir náuseas.

—¿Qué quieres decir con eso?

—Quiero decir que los matrimonios entre personas como tú y como yo no son como los matrimonios entre personas más corrientes. En mi familia hay demasiados otros factores que complican las cosas y...

—¿Qué quieres decir con eso de tu familia? ¿Por qué? ¿Porque por simple accidente de nacimiento heredaste un título? Eso no te hace distinto de mí, ni de los criados ni de las personas que se despedazan los dedos trabajando tu tierra. —Avanzó un paso—. Sigues siendo un hombre, y yo soy una mujer, y está en nuestra naturaleza desear amar y ser amados.

Él frunció el ceño, enfadado, como si ella hubiera cruzado un límite invisible. Sophia se detuvo donde estaba.

—¿A qué has venido aquí? —preguntó él—. ¿Qué deseas, exactamente?

En sus ojos brilló una veracidad fría insensible. Era la misma amargura furiosa que había visto en el retrato de su antepasado. Alarmada, lo contempló a la luz de la lámpara. No, no podía haber cometido ese espantoso error, no podía haberse equivocado tanto en lo que había visto en sus ojos en todos los minutos y días que habían llevado a ese momento. Él era su príncipe.

—Lo que deseo es que me ames —dijo, con la esperanza de no tener que vivir para lamentar haberlo dicho.

Él la miró fijamente un largo rato, con el pecho agitado por violentas respiraciones. Después negó con la cabeza.

—No sabes lo que pides.

—Lo sé. Te deseo en mi cama.

—Tu cama. —Lo pensó un momento y echó a andar hacia ella. Instintivamente ella retrocedió un paso—. ¿Deseas que te haga el amor como lo hacía en Roma? —Su voz era amenazadoramente seductora—. ¿Es eso?

—Sí.

—¿Eso es todo? Porque no tengo ningún reparo en hacerte el amor simplemente para disfrutarlo, Sophia.

Por su vida que no reconocía al hombre que tenía delante. Era un absoluto desconocido.

—No lo entiendo. ¿Por qué actúas así?

—No actúo de ninguna manera. Has venido aquí en busca de relación sexual y estoy dispuesto.

—No vine sólo para eso.

—Bueno, no puedo hacerte ninguna promesa aparte de esa, porque nunca he tenido la intención de amarte.

La impresión y la incredulidad le sacaron todo el aire de los pulmones; se sintió como si la hubiera abofeteado.

—¿Cómo has dicho?

Él no lo repitió.

—¿Quieres decir que...? —Se le quebró la voz y se atragantó con las palabras—. ¿Que sólo te casaste conmigo por mi dinero?

—No fue tan mercenario. Te deseaba cuando te hice la proposición, Sophia, y sigo deseándote.

A ella se le escapó un sollozo ahogado y se alejó de él.

—No puedo creer que digas eso.

Él la siguió con los ojos.

—Tú me empujaste.

—No te empujé. —La sorpresa se le convirtió en rabia—. Sólo deseaba estar contigo.

—No hay nada malo en que disfrutemos el uno del otro, mientras eso no te forme expectativas no realistas.

—Me engañaste. Pensé que me amabas.

—Nunca dije que te amara. Además, ¿cómo podría amarte? Apenas te conozco. ¿Y qué esperabas, viniendo a Londres y ofreciendo un colosal contrato de matrimonio? Tienes que haber sabido que te iban a coger al vuelo por tu dinero.

—¡Pero no tú! Tu manera de hablarme... tu manera de mirarme.

—Te cortejé por tu dote, igual que todos los demás.

Ella no pudo contener la furia que la estaba rompiendo desde dentro. Se le empañaron los ojos de lágrimas; tuvo que esforzarse por respirar.

Ante su sorpresa, él avanzó hacia ella, la cogió en sus brazos y la abrazó. Le levantó el mentón con un dedo, le besó las lágrimas de las mejillas y luego le cubrió la boca con sus labios. Ella se entregó al consuelo que él le ofrecía, porque era lo único que tenía. Él era todo lo que tenía, y al parecer eso era lo único que podía darle.

Entonces algo la refrenó. Desvió la cara.

—No.

—Podemos disfrutar el uno del otro, Sophia, mientras no esperes demasiado de mí.

A ella le volvió la rabia. Lo único que pudo hacer fue apartarse de él y limpiarse la boca para borrar el beso.

—No deseo disfrutar de ti. No así. Prefiero odiarte.

—No me conoces lo suficiente para odiarme. Te casaste con una fantasía. Es hora de que bajes a la vida real.

—¿Piensas que el amor es una fantasía?

—Sin la menor duda —repuso él con firme certeza.

—Pero yo he conocido el verdadero amor. El amor de mi familia. Una familia a la que echo mucho de menos.

—Tal vez deberías haber considerado eso antes de atravesar el océano en busca de un marido.

—Lo dejé todo por ti, James, porque te amaba.

Él se tensó ante su sinceridad, frunció el entrecejo y la miró estupefacto, como si creer que lo amaba fuera tan ridículo como creer en los duendes.

—Tal vez reconsideres lo que sientes por mí.

Sophia sintió todo el cuerpo entumecido al comprender que al enamorarse de ese hombre había cometido el peor error de su vida. No había nada más que decir. Se dio media vuelta y salió de la habitación.

James se quedó en el centro de la habitación mirando la puerta, unos minutos que le parecieron horas. Después se dejó caer desmoronado en el sillón junto al hogar y apuró la copa de coñac.

Se pellizcó el puente de la nariz. Dios, ¡le dolía el corazón! Debería haber sabido que casarse con Sophia sería un error, y que ceder a sus deseos durante su luna de miel había sido un error más grave aún. Debería haber sabido que no sería capaz de satisfacer sus necesidades de intimidad y amor. No sabía amar, demonios. Las semillas del amor no se sembraron en su corazón cuando era niño, y jamás había llegado a entenderlo en sus experiencias de hombre.

Lo único que conocía era la crueldad, y esa noche había sido cruel. Tal como siempre había sospechado que sería algún día. Lo irónico era que fue cruel en un desquiciado esfuerzo por ser bueno. Su vida no tenía sentido.

Bueno era lo que deseaba ser. Había pensado que alejando a Sophia, obligándola a abandonar la idea de un verdadero vínculo entre ellos la protegería. Los protegería a todos. Si eso no fuera tan complicado. Si ella no deseara tanto de él.

Se sirvió otra copa de coñac, bebió un largo trago y volvió a acomodarse en el sillón, rogando que el efecto adormecedor llegara rápido, porque no soportaba pensar en Sophia sola en su habitación. Sola y, sin duda, llorando. Otro fuerte dolor le oprimió el pecho. Cerró los ojos, tratando de soportarlo, superarlo. No debía ceder a la tentación de ir a ver a su mujer para abrazarla y suplicarle que lo perdonara.

Porque si cedía a esos sentimientos, seguro que a continuación vendría el infierno.

16

Sophia se metió en su enorme y fría cama, deseando haber soñado o simplemente imaginado todas las cosas horribles e hirientes que acababa de decirle James. Había dejado a su amada familia, renunciado a su hogar y su país por él. ¿No había creído en la sinceridad de sus sentimientos durante la luna de miel? Seguro que tuvo que haberlo sentido en la médula de los huesos cuando ella gritaba su nombre o le decía que lo amaba. ¿Era que no deseaba ser amado? ¿Eso era? ¿Cómo podía alguien no desear eso, si era lo único que importaba en la vida?

¿Por qué cambió tan drásticamente al llegar a la casa? ¿Era su casa el motivo? ¿Era la necesidad de ser lo que todos esperaban que fuera? ¿Un duque, no un hombre?

Esa idea la hizo revolverse en la cama con los puños apretados de furia. Ese mundo de títulos, blasones y coronas tenía ese poder, el de aplastar y ahogar las emociones de las personas que nacían en él.

O de las que entraban en él por matrimonio.

Le escoció la columna. ¿Sería ella como ellos algún día? ¿Con un corazón de piedra? ¿La derrotarían, despojándola de su espíritu, de sus ideales, de su optimismo? ¿Llegaría a sentirse muerta por dentro, desilusionada, hasta estar tan débil que no podría aferrarse a la persona que había sido?

Sintiéndose como si fuera a la deriva en un mar tormentoso, se bajó de la cama y fue a su escritorio, donde aún estaban encendidas sus velas. Sacó una hoja de papel común y corriente, cogió su pluma y la metió en el tintero. Deseaba escribirle a su madre para decirle lo desgraciada que se sentía. Deseaba contarle todas sus aflicciones. Deseaba que su padre lo arreglara todo como hacía siempre. Incluso le había dicho que vendría a buscarla si ella quería.

Puso la pluma sobre el papel; le temblaba la mano. Cerró los ojos.

Ya era una mujer adulta, una mujer casada. No debía recurrir llorando a sus padres en cada decepción, por enorme que esta fuera o por desesperada que se sintiera.

Buscó en su interior la fuerza que sabía que seguía teniendo, y se dijo que sólo había estado allí dos días. Tal vez necesitaba más tiempo para adaptarse. James había dicho que la deseaba. Tal vez los hombres eran así. Tal vez simplemente necesitaban más tiempo para profundizar sus sentimientos.

Pero él no se limitó a decirle que no la amaba; le dijo que no tenía la intención de amarla. Jamás.

Dejó a un lado la pluma y se cubrió la cara con las dos manos. El recuerdo de su crueldad le perforaba el corazón una y otra vez. Si hubiera alguien con quien poder hablar.

Entonces se limpió las lágrimas. ¡Florence! ¿Quién mejor para entender de qué iba todo eso? Florence también había dejado su hogar y su país para casarse con un aristócrata inglés, un hombre que era bueno pero muy reservado.

Escribió una breve nota a Florence: «Ven, por favor. Necesito hablar contigo». Antes de la firma, escribió sencillamente: «Una paisana». La selló y la dejó sobre el escritorio para enviarla a primera hora de la mañana. Volvió a meterse en la cama.

A pesar de la carta a Florence y del granito de esperanza que esta le daba, continuó con el estómago revuelto, y no sabía qué hacer para que se le pasara. Lo único que sabía era que no se permitiría perder su dignidad y el respeto por sí misma. Era lo único que le quedaba. Dijera lo que dijera Florence, si su marido no la amaba ella no iba a volver a suplicar sus atenciones. Sería él el que tendría que acudir a ella.

Durante dos semanas enteras, Sophia no vio a James ni tuvo noticias de él. Se había marchado a Londres, supuestamente por asuntos en el Parlamento, sin siquiera informarla que se marchaba. Esa prolongada ausencia, sin enviarle una sola carta sólo sirvió para atizar las llamas de su rabia y disgusto.

Día tras difícil día, desayunaba, almorzaba y cenaba con su suegra, que continuaba criticándole los modales y su ignorancia acerca de sus deberes. La viuda no le ofrecía ni ayuda ni aliento, y cada vez que ella se veía obligada, por desesperación, a pedirle orientación, le contestaba atormentándola con un tonito que decía «qué inútil eres».

Tenía que esforzarse al máximo para estar a la altura de sus obligaciones diarias: la ceremonia de asistir a las oraciones de la mañana en la capilla, decidir las comidas con el cocinero, aprender la manera de hacer las cosas y mantener todas las pequeñas tradiciones a las que siempre se había atenido Marion. Todo eso entre aprender las formas correctas de tratamiento y estudiar el *Burke's Peerage* [Guía nobiliaria de Burke], lo cual, según insistiera Marion, era la principal prioridad.

Ni siquiera podía recurrir a su simpática cuñada, Lily, porque Marion la había enviado a visitar a una tía anciana que vivía en Exeter. Ya empezaba a pensar que la viuda alejó a su hija con la expresa finalidad de quitar de en medio a la única persona que podía animarla a ella y hacerle la vida ligeramente más agradable en esos momentos.

Estaba agarrada sólo por un pelo a sus grandes ideales, y lo sabía. Había deseado ser una amante esposa y una buena duquesa e influir en mejorar la vida de las personas. Había deseado ayudar a las personas necesitadas.

En esos momentos, lo único que deseaba era sobrevivir.

Sophia abrió la puerta del coche justo en el instante en que Florence Kent, la condesa de Lansdowne descendía del tren bajo un fuerte aguacero.

Un lacayo la recibió y la acompañó hasta el coche, donde la esperaba Sophia y se abrazaron.

—Salí de casa en un horroroso estado de pánico. ¿Qué pasa, cariño? Tu nota parecía urgente.

El lacayo se encargó de las maletas, las ayudó a subir y luego saltó a la plataforma de atrás, y el coche se puso en marcha.

—Era urgente en el momento —repuso Sophia, recordando lo desesperada que se sentía la noche en que James la rechazó.

Esa noche necesitaba hablar con alguien, con alguien que la entendiera. Alguien capaz de arrojar luz sobre la situación. Florence era de Estados Unidos, y había pasado por todo eso hacía unos años, cuando se casó con el conde. Seguro que tendría algunas palabras de sabiduría para ella.

—Gracias por venir, Florence. Qué agradable ver una cara conocida, oír el sonido de tu voz.

—¿Va todo bien? ¿Dónde está James?

—Está en Londres, atendiendo unos asuntos del Parlamento. Se marchó hace dos semanas.

Se abstuvo de mencionar que ni siquiera la había informado de que se marchaba ni le había escrito en todo ese tiempo.

—¿Por qué no fuiste con él? Podríamos habernos encontrado allá, en lugar de aquí. —Trató de mirar el paisaje por la ventanilla mojada por la lluvia—. Cielos, nunca había estado tan al norte.

Sophia también miró por la ventanilla, la niebla y los páramos en la distancia, todo gris, como la piedra.

—No es exactamente como me lo imaginaba.

Florence le apretó la mano.

—Hablas como si estuvieras decepcionada.

Uy, esperaba haber hecho lo correcto haciendo venir a Florence.

—Simplemente no es lo que esperaba, eso es todo.

—¿Es el campo lo que no satisface tus expectativas? ¿O la casa?

Sophia movió la cabeza.

—Es todo.

—Todo. Ay, cariño. —Florence se quitó los guantes—. Debes contarme todo lo que ha ocurrido. Nada puede ser tan malo.

El coche traqueteaba y zangoloteaba por el camino; las estrechas ruedas se hundían en los hondos charcos. Sophia se dejó llevar por el movimiento y soltó todo en una simple frase:

—He descubierto que James se casó conmigo por mi dinero.

Florence le acarició la mejilla con un dedo.

—Ay, mi querida, mi dulce Sophia. ¿Eso es lo que te preocupa? Pero tú sabías que tu dote formaba parte de esto. Sabías cuánto ofrecía tu padre, y viniste aquí para elevar la posición de tu familia en la sociedad. No me digas que pensaste que él se casaba por amor. —Palideció—. ¿Pensaste eso?

Sophia la miró sorprendida.

—Pues claro que lo pensé. ¿No veías lo que sentía por James?

Florence tardó un momento en contestar:

—Sabía que lo deseabas.

—Claro que lo deseaba. Estaba enamorada de él. Locamente enamorada. Creí que él me amaba también. Me lo hizo creer. Su manera de mirarme y de hablarme... había mucha pasión entre nosotros. O eso creí yo.

Florence hizo un mal gesto.

—La pasión se les da fácil a los hombres. Eres una mujer muy hermosa, Sophia, y sería imposible que un hombre no te deseara al mirarte. Lo importante es que James se casó contigo. Podía tener a cualquier mujer que deseara, y te eligió a ti. Te hizo una duquesa. No comprendes la suerte que tienes.

El coche se ladeó un poco.

—No me importa nada ser una duquesa.

—No lo dices en serio.

Sophia la miró resueltamente a los ojos azules. Había una pregunta que le daba vueltas desde el momento en que Florence trató de desanimarla de esperar la proposición de James. Después, cuando empezó a enamorarse de él cerró los ojos a todo lo que pudiera ser causa de rechazarlo. Sin saber por qué, la pregunta le volvió a la mente.

—¿Me dijiste todo sobre cómo conociste a James?

Florence hizo una profunda inspiración, que le levantó los hombros.

—¿Por qué tienes que preguntarme eso?

Esa respuesta atravesó a Sophia como un puñal de miedo.

—Me has ocultado algo. Dímelo, por favor.

Las envolvió la tensión.

—No es nada. Ahora ya no importa.

—A mí me importa, Florence. Debes decírmelo.

—No veo qué...

—Por favor.

Florence suspiró derrotada.

—Muy bien. Ocurrió algo entre nosotros, pero, como dije, no salió nada de eso. Conocí a James en un baile, mi primera semana en Londres, cuando todavía me asustaba todo. Entró en el salón muy hermoso y elegante y lo deseé, allí mismo, más de lo que he deseado a ningún hombre en mi vida.

Sophia sintió pasar un repentino escalofrío por toda ella.

—Me presentaron a él y bailamos, y nos encontramos unas cuantas veces más en reuniones y cosas de esas, hasta que una noche, yo estaba resuelta a hacerlo mío, y me alejé con él sola. Encontramos una biblioteca que estaba cerrada para todo el mundo, y estuvimos allí... un buen rato.

A Sophia le retumbaba el corazón dentro del pecho escuchándola. Pensó que iba a vomitar dentro del coche.

—Podría haber quedado deshonrada —continuó Florence.

—¿Y quedaste?

La condesa negó con la cabeza.

—No, pero estuve muy cerca. Por suerte recuperé el juicio y puse fin a las cosas, y muy justo a tiempo, he de decir. Milagrosamente, no nos sorprendieron, pero él no volvió a dirigirme la palabra. Incluso le escribí, con la esperanza de que pidiera mi mano, pero él no me contestó nunca. Se mantuvo en silencio como una tumba, e igual de frío. Un corazón hecho de piedra, llegué a comprender. Lo odié después de eso. Todavía lo odio. —Estuvo un rato mirando por la ventana y luego añadió en tono suave—: Perdona, no debería decir eso. Es tu marido.

Sophia tragó saliva para pasar el doloroso nudo que tenía en la garganta.

—¿Por qué no me dijiste nada de eso?

—Lo intenté. Te dije lo de su reputación.

—Pero lo hiciste parecer como si fueran ociosos cotilleos de salón.

Florence apretó las mandíbulas.

—En su mayor parte lo son. De todos modos, tú y tu madre lo deseabais tanto que nada que yo dijera podía influir. Y después, cada vez que pensaba en la época en que los elegantes de Nueva York no querían rozarse con nosotros, no podía evitar animarte. Deseaba ser parte de eso.

—¿Me ocultaste esas cosas para vengarte de la sociedad neoyorquina? —preguntó Sophia, tratando de que no se notara en su voz su conmoción y rabia.

Florence enderezó la espalda.

—No era sólo por eso. ¡Era la emoción de la caza! Él era el mejor, Sophia, y yo sabía que tú y tu madre lo deseabais. Quería que las dos triunfarais y fuerais felices.

Durante un largo rato Sophia estuvo en silencio escuchando pasar la sangre caliente por su cerebro; deseando haber sido más prudente; deseando no haberse cegado por un cuento de hadas.

—Por favor dime que ahora eres feliz en tu matrimonio, Florence.

Florence se encogió de hombros.

—No sé si alguien conoce verdaderamente la felicidad. El asunto es que me casé bien.

A Sophia se le empañaron los ojos de lágrimas.

—Pero tú y tu marido habéis llegado a amaros, ¿verdad?

Florence mantuvo los ojos bajos, poniéndose un guante sobre la falda.

—Por supuesto. Como os ocurrirá a ti y a James también.

Sophia hizo acopio de toda su fuerza de voluntad para sofocar el deseo de llorar.

Se hizo un incómodo silencio en el coche. Era como si de repente el aire se hubiera puesto tan espeso que era imposible respirarlo.

Florence le cubrió una mano.

—Deberías sentirte orgullosa, Sophia. El duque de Wentworth se casó contigo, después de haber jurado que no se casaría con nadie. Realizaste una fabulosa hazaña. Y tú, una americana. Nadie se imaginó jamás que lo lograrías. De ninguna manera puedes sentirte algo menos que extasiada por tu victoria.

Mirando desconcertada a Florence en la penumbra, Sophia comprendió que esta no tenía ninguna palabra de sabiduría que ofrecer. Ella había esperado que Florence fuera un espíritu afín en ese asunto, pero distaba mucho de serlo. No entendía, ni le importaba. Había venido a Inglaterra en busca de un título, lo había conseguido y nada más tenía importancia.

O tal vez no deseaba que se le recordara lo que no había encontrado.

Miró por la ventanilla, sintiéndose más fuera de lugar y sola que nunca, pensando si dentro de unos años sería igual a Florence y no querría enfrentar la idea de que había cometido un error. ¿Sería capaz de hacer eso alguna vez? ¿Pegarse una bonita sonrisa en la cara, fingir que era feliz y finalmente olvidar que nunca había conocido la verdadera felicidad?

El coche pegó un salto y empezó a dolerle la cabeza. El intento de Florence de tranquilizarla no significaba nada, porque ya sabía que tanto James como la más querida amiga de su madre le habían ocultado un secreto. Los dos la habían arrojado a un mundo que tenían que haber sabido la sofocaría.

De pronto se sintió como si se le hubiera aniquilado el alma. La habían disecado y encerrado en una tumba dorada sin otra cosa que una corona de duquesa en la cabeza para mantenerla feliz, y nadie quería oírla quejarse de eso.

A los pocos días de la marcha de Florence, la viuda anunció durante el desayuno que era una tradición que el duque y la duquesa de Wentworth ofrecieran una fiesta de cacería a fines de octubre. Por lo tanto Sophia debía encargarse de enviar las invitaciones a las personas habituales.

Sophia entonces quedó con la tarea de adivinar quiénes eran esas personas «habituales», hasta que llegó el momento de escribir las invitaciones. Tuvo que ir a ver a la viuda para pedirle la lista de invitados.

Cuando levantaba la mano para golpear la puerta, oyó un desgarrado y fuerte sollozo dentro. Sobresaltada, no golpeó y se quedó escuchando unos segundos. Después afirmó su resolución y golpeó.

Oyó caer algo al suelo y pasaron unos cuantos segundos más, hasta que Marion dijo:

—Adelante.

Sophia entró.

Si Marion había estado llorando, ya había acabado el llanto. Su cara estaba tan fría e insensible como siempre.

—¿Qué quieres? Estoy ocupada.

Sophia bajó la vista a la bufanda que Marion estaba tejiendo.

—Necesito la lista de invitados para la fiesta.

¿Debería preguntarle si se sentía mal?

Marion emitió un bufido y se levantó del sillón.

—No tengo ni el tiempo ni la energía para hacer tus deberes, Sophia. Debes aprender a hacerlos sola.

Sophia decidió no meterse en los asuntos de su suegra. Ese día no estaba para que le gritaran.

—Te aseguro, Marion, que eso lo deseo más que tú.

La viuda la miró de reojo, fue hasta su escritorio y sacó un cuaderno. Se lo pasó.

—Aquí están mis apuntes de la fiesta del año pasado. Incluye los menús, la lista de los invitados y mis anotaciones sobre los gustos y preferencias de cada invitado en comida y habitaciones. Si no me falla la memoria, el vizconde Irvine, que es muy mayor, encontró demasiado dura la cama de la habitación verde. Este año tendrás que ponerlo en otra habitación.

—Gracias, Marion, esto es exactamente lo que necesitaba.

Sin más, cogió el cuaderno y se dirigió a la puerta.

No bien había cruzado el umbral se cerró la puerta y estuvo a punto de cogerle el ruedo del vestido.

Obligándose a pasar por alto la aversión y el desprecio de su suegra, porque si perdía la paciencia no habría vuelta atrás, volvió a sus aposentos y se sentó ante el escritorio, mojó la pluma y empezó a escribir las invitaciones. Tres horas después, se apoyó en el respaldo de la silla y con un suspiro de cansancio contempló maravillada el montón de invitaciones en papel con timbre ducal, las selló con lacre rojo y presionó encima el sello con el escudo de armas.

Sonó un golpe en la puerta.

—Adelante.

La puerta se abrió lentamente, crujiendo, y entró su suegra.

—Hola, Marion —dijo, volviéndose a enderezar.

—¿Has estado trabajando en las invitaciones?

Por la columna de Sophia subió un repentino y sorprendente deseo de agradar a su suegra, cuya aprobación no tenía por qué importarle. Indicó con la mano la elevada pila que tenía sobre el escritorio.

—Sí, las terminé todas. Invité a todos los que vinieron el año pasado.

—No a lady Colchester, espero.

—Sí... creo que la invité, con su marido.

Marion movió la cabeza de esa manera lenta, con los ojos hacia el cielo raso.

—¡No, no, no! Lady Colchester murió el invierno pasado. Tienes que rehacer esa. Será solamente lord Colchester.

—Muy bien.

Con las manos rígidas de tanto escribir, Sophia empezó a pasar las invitaciones en busca de la que había escrito a los Colchester. Algunas se deslizaron y cayeron al suelo. Marion se acercó a buscar también, y empezó a mirar los nombres y a examinar también la escritura de ella, sin duda.

—Ya la encontraré —dijo, agachándose a recoger las que se habían caído.

Uy, cómo detestaba la sensación de tener a su suegra inclinada sobre su hombro, echándole el aliento en el cuello, como si ella fuera incapaz de encontrar una simple invitación.

—Aquí está —dijo Marion, sacándola con su mano de venas azules casi del fondo. Rompió el sello y la abrió—. ¡Ay, buen Dios! —gritó, como si hubiera leído una sarta de palabrotas.

—¿Qué está mal? —preguntó, no muy segura de querer saberlo.

—¡No tienes que firmar Sophia Langdon! Tu firma ha de decir Sophia Wentworth. ¡Wentworth! —Arrojó la invitación sobre el escritorio, cogió otra y la abrió—. Esta está exactamente igual. —Abrió otra—. ¡Y esta! ¡Están todas mal! ¡Tendrás que rehacerlas todas! Todo este papel desperdiciado. Vas a tener que quemarlo.

Acto seguido salió y cerró con un portazo. Sophia tragó saliva para pasar la rabia que le iba hinchando el pecho. Se sintió como una niña, de vuelta en la escuela de un aula, con la señora Trilling de profesora. Todavía oía esa regla golpeando los pupitres.

Bueno, no se dejaría quebrar por la viuda. No permitiría que una mujer odiosa aplastara lo que le quedaba de su ser, ni el sueño de lo que había deseado ser.

Se recogió las faldas y corrió a la puerta. No miraría a su suegra como los lastimosos criados miraban a los miembros de esa familia, con los ojos bajos, miedo y sometimiento. Estaba harta de verlos mirarla así a ella. No permitiría que la viuda le rompiera el espíritu como se lo había roto a todos los demás. ¡Con razón James no sabía amar!

Abrió la puerta y salió al corredor. Marion iba desapareciendo por una esquina. Corrió tras ella. Estaba a punto de darle alcance cuando la viuda empezó a bajar la ancha escalera del vestíbulo principal.

—¡Espera! —gritó.

Marion se detuvo y se giró a mirarla. Con el corazón retumbando, Sophia se le acercó.

—Estoy harta de esto.

—¿Cómo has dicho? —repuso Marion, indignada.

—Estoy harta de tu tono crítico y desdeñoso. Si no te caigo bien, es problema tuyo, pero tu hijo se casó conmigo y estoy aquí para quedarme. Soy la señora de esta casa y espero que desde ahora en adelante se me trate, cómo mínimo, con urbanidad.

Marion la miró muda de asombro, y sin contestar ni una sola palabra de represalia, se giró y empezó a bajar a toda prisa la escalera.

Típico, pensó Sophia. Levanta la nariz en el aire y no hagas caso del vulgar desagrado de la emoción.

Continuó en lo alto de la escalera, sintiéndose, por fin, victoriosa. Durante días se había esforzado en aferrarse a su seguridad en sí misma, en encajar allí con esas personas frías e insensibles; sufriendo por la cruel retirada de su marido, analizando sin cesar qué motivos podía tener para no querer amarla, y deseando respuestas que simplemente no iban a llegar. Y no llegarían si continuaba sintiéndose una víctima.

Se acabó. A partir de ese instante, cogería las riendas. Viviría como duquesa según sus condiciones. No volvería a dejarse intimidar por su suegra, ni permitiría que su marido pensara que iba a ser una carga llorona y emotiva, que vivía suspirando por él. Cuando regresara de Londres, se iba a enterar de que su mujer era más fuerte que eso. Se enteraría de que él tendría que hacer su buena caminata para recuperar su aprecio.

Con un «¡Toma!» mental, volvió a sus aposentos a reescribir las invitaciones. Después cogería una calesa para ir a visitar a algunos de los inquilinos de su marido, para ver qué podía hacer para dar algo de sí misma a aquellos que la necesitaran, y a aquellos que la recibieran bien.

Dos semanas después, volvió James. Había estado ausente un mes. Ya era tarde, pasadas las once de la noche. Entró en sus aposentos y encontró el fuego encendido y a Thompson esperándolo con una copa de coñac en una bandeja.

—Ah, justo lo que necesito.

Cogió la copa y bebió un largo trago. Se soltó la corbata y se sentó.

—Bienvenido a casa, excelencia.

—Gracias, Thompson. Fue un viaje agotador esta vez, ¿no te parece? Me pareció mucho más largo que de costumbre.

Tal vez porque había tenido que ocuparse de más problemas de Martin. Lo habían vuelto a expulsar temporalmente de Eton, y se había visto obligado a hacer lo necesario para que fuera a pasar ese tiempo con la tía Caroline.

En ese momento sonó un golpe en la puerta.

—Adelante —gritó.

Se abrió la puerta y en el umbral estaba su mujer, envuelta en una bata blanca y un chal alrededor de los hombros. Sostenía en la mano un inmenso candelabro de bronce. El pelo le caía sobre los hombros en gruesos y ondulados mechones, y la luz de las velas brillaba en sus ojos azul oscuro.

Sintiendo una violenta excitación ante la increíble belleza de su mujer, se levantó.

Sin apartar los ojos de ella le dijo a Thompson:

—Eso será todo.

El ayuda de cámara salió obedientemente.

Sophia entró, cerró la puerta y fue a dejar el candelabro en un escritorio.

—No me dijiste que te marcharías a Londres.

James bajó la mirada por todo el largo del esbelto cuerpo de su mujer. Sus ojos se detuvieron un segundo en sus pequeños pies descalzos y volvieron a subir para poder mirarle los ojos cuando contestara a su pregunta.

Pero las palabras parecían esquivarlo, como plumitas llevadas por la brisa mientras él trataba torpemente de cogerlas.

Trató de no preocuparse mucho por eso. Su separación, si bien desagradable a ratos, le había dado la muy necesitada prueba de que todo estaba normal. Seguía al mando de sus emociones. Había logrado justificar todas las cosas crueles que le dijo la última vez que hablaron, e incluso se las había arreglado para olvidarla completamente durante ciertos periodos de tiempo durante los días.

Pero no las noches. Jamás por la noche.

Sin embargo eso era manejable, se dijo en ese momento, porque sólo era lujuria. Había sentido lujuria antes por mujeres, y jamás había perdido la cabeza por ellas, y no perdería la cabeza por Sophia.

Levantó la copa y apuró el resto del coñac.

—La decisión fue repentina.

—Lo preferiría —dijo ella secamente— si desde ahora en adelante me informaras de cualquier viaje en que tengas que pasar una noche o más fuera y me dieras un beso de despedida.

Él miró atentamente su expresión: austera, con un asomo de arrogancia.

Había esperado ira, ciertamente ella tenía un buen motivo, y se había preparado para eso.

Si no ira, entonces lágrimas.

Como mínimo, alguna forma de súplica.

—De acuerdo —dijo, mirando su cara marfileña y su mandíbula firme.

—Estupendo —repuso ella.

Avanzó hacia él con una expresión resuelta en los ojos, y él sintió apretados los pantalones sobre una erección que ni se le ocurrió resistir. Había estado todo un mes lejos de su mujer, y al ver su aire de seguridad, sin ninguna de las lágrimas que había supuesto vería a su regreso, se sentía agradablemente sorprendido.

De pronto estaba ardientemente en ánimo para hacerle el amor.

Ella se detuvo delante de él, sus labios húmedos e invitadores, su perfume como un potente afrodisiaco para sus sentidos. Le puso la palma en la mejilla y le acarició el labio inferior con el pulgar. Ella cerró los ojos y le besó el pulgar, después se lo metió en la boca y se lo chupó. El intenso calor húmedo de su boca le hizo discurrir un salvaje deseo, por todo él.

Le cogió la cara entre las manos y bajó los labios hacia los de ella, pero ella se apartó suavemente. Momentáneamente inmóvil, él abrió los ojos.

Sophia se alejó de él.

—Lo siento, James, pero no cumpliré mi deber esta noche.

Esa despreocupada declaración fue como un balde de agua fría arrojada sobre su cabeza.

—Ayer me vino la regla, así que en realidad no hay ningún deber que cumplir. —Sin el más mínimo asomo de desilusión, le dio la espalda para ir a coger el candelabro—. Nos veremos en mi habitación cuando esté en forma para concebir, ¿dentro de una semana?

Él continuó inmóvil, no del todo seguro de que esa mujer, hablando con tan despreocupada indiferencia, fuera su entusiasta esposa americana. Casi hablaba como... británica.

Ella abrió la puerta para salir, pero se volvió a mirarlo para añadir:

—Por cierto, Florence estuvo aquí cuando estabas ausente. Fue una visita muy agradable. Hablamos de todo tipo de cosas interesantes.

Sintiéndose clavado en el suelo, James la miró pestañeando lentamente.

—Buenas noches —dijo ella.

Él avanzó un paso, nervioso.

—Sophia...

Ella se detuvo.

—Pe-perdona, lo lamento.

Las palabras le salieron de los labios antes que se diera cuenta de que las tenía en la lengua. Conmocionado por el sonido y la textura de esas palabras, porque jamás en su vida le había pedido disculpas a nadie de nada, se quedó inseguro en el centro de la habitación, sin saber qué más decir.

Su mujer lo miró durante un buen rato, y él creyó ver sonrojarse sus mejillas, pero no podía estar seguro a la luz de las velas. Pero había algo en sus ojos, algo parecido tal vez a deseo. Tal vez no se sentía tan segura como aparentaba.

—¿Lamentas qué?

Él pensó largo y tendido qué debía contestar, porque lo que verdaderamente lamentaba era haberla alejado del hogar y país que ella conocía, y de la familia que amaba. Le había mentido acerca de Florence y de muchas otras cosas. La había traído a ese purgatorio dejado de la mano de Dios, donde en las paredes resonaban los ecos de los aullidos de un pasado inconcebible. Y luego, después de todo eso, había sido cruel con ella y la había dejado ahí para enfrentarlo todo sola.

Eso era lo que lamentaba y le pesaba; lo sentía oprimiéndole el corazón.

—Lamento que no hayamos tenido éxito todavía —contestó.

—¿En concebir un hijo quieres decir? —preguntó ella, buscando tal vez otra aclaración más profunda que él no estaba preparado para dar.

—Sí.

Ella asintió, como si esa fuera la respuesta que esperaba, y se marchó, dejándolo solo.

17

Inclinado sobre la silla, con las manos firmes en las riendas, James iba galopando por el páramo de vuelta de una inspección de los fosos de drenaje del este. Esa semana había trabajado arduamente, para mantenerse ocupado y olvidar su preocupación por Sophia. Esa proeza la conseguía sencillamente no pensando en ella. Había habido momentos en que dudó de ser capaz de no pensar en ella, pero ya había comprendido que siempre había sido muy experto en cerrarse y dejar fuera el mundo, porque hubo una época en que necesitó hacer eso para mantener la cordura: cuando era niño y no tenía ningún control sobre su entorno.

Impulsó a su montura para saltar sobre un muro de piedra bajo y aterrizó sobre la hierba mojada. Pero de pronto tiró de las riendas para poner el caballo al paso al ver su propio cabriolé, con la capota bajada, aparcado fuera de la casa de un inquilino. Se acercó y vio al cochero tendido en el asiento, durmiendo.

Se aclaró la garganta. El hombre, que se había bajado el sombrero de copa sobre los ojos para protegerlos del sol, movió la mano para ahuyentar a una mosca que zumbaba alrededor de su cabeza. James volvió a aclararse la garganta.

Él hombre levantó el sombrero, lo vio y bajó de un salto del coche. En el patio se produjo una desbandada de pollos y gallinas cloqueando y agitando las alas.

—¡Excelencia!

Desde lo alto de su caballo, James lo miró.

—¿Puede saberse qué haces aquí, en mi vehículo? ¿Durmiendo dentro?

—Estoy aquí con la duquesa, excelencia. Y ella me ordenó que durmiera. Dijo que me notaba cansado, y no aceptó un no. Me obligó a ponerme aquí atrás.

James reflexionó sobre eso. Era uno de esos momentos en que sentía como un abismo imposible de salvar las diferencias entre él y su mujer. No era que no pensara que un hombre se merecía dormir, pero había que considerar ciertas reglas, en especial cuando los criados estaban de servicio.

Miró la puerta de la casita de piedra. Conocía al granjero que vivía ahí. Era un hombre joven, fornido, respetable y serio. Pero claro, había hablado muy rara vez con él. Era difícil juzgar a un hombre.

—¿La duquesa está dentro?

—Si, excelencia.

Él no sabía que su mujer iba a salir de visitas ese día, pero claro, se había ocupado de evitar todo contacto con ella desde su último encuentro. Ella no había formulado ninguna queja, y el asunto de sus reglas lo había liberado de toda expectativa que pudiera tener ella o él respecto a relaciones más íntimas. Al menos durante unos cuantos días más.

De todas formas, sintió pasar por él una oleada de curiosidad.

—¿Está su doncella también?

—No quiso traer a nadie, excelencia. Quería venir sola.

—Sola —repitió él.

¿Estaría haciendo algo que no deseaba que supiera nadie? ¿O era simplemente otro de sus errores de protocolo?

Le habría gustado preguntarle al cochero qué estaba haciendo ahí Sophia esa soleada tarde, pero decidió no preguntar, porque no quería atraer la atención al hecho de que sus criados supieran más que él acerca de las idas y venidas de su mujer.

—¿Cuánto tiempo ha estado ahí? —preguntó.

—Una hora, excelencia. Normalmente está una hora.

—¿Normalmente? ¿Has estado aquí antes?

Él hombre asintió.

—Tres veces esta semana

—Comprendo.

Volvió a mirar la puerta de la casa y se sintió absolutamente incapaz de continuar su camino. Desmontó y amarró el caballo al arnés de los otros. Llevando su látigo de montar, caminó hasta la puerta y golpeó.

Abrió una mujer joven. Estaba muy seguro de que era la mujer del granjero. Se sintió aliviado.

La mujer llevaba una cofia de encaje y un delantal blanco, y sostenía a un niño pequeño sobre la cadera. Al reconocerlo agrandó los ojos, con aspecto nervioso, y se inclinó en una venia.

—Buenas tardes, excelencia.

—Buenas tardes. ¿Está aquí la duquesa?

La joven se hizo a un lado y abrió más la puerta.

—Sí.

James se quitó el sombrero y entró en la pequeña casa. Ardía un fuego en el hogar, y olía a la comida que se cocinaba, nabos o algo de esa suerte. Su mirada siguió una profunda grieta en la pared que subía hasta las gruesas vigas vistas que sujetaban el techo bajo.

—Está aquí —dijo la muchacha dirigiéndose hacia una habitación de la parte de atrás de la casa.

Él la siguió. Los tablones que cubrían el suelo crujían bajo las suelas de sus brillantes botas de montar.

Pasaron por una puerta y entonces vio a su mujer con un libro abierto en las manos, leyéndole a una anciana que estaba sentada en una mecedora. La anciana vestía toda de negro. Su escaso pelo cano, de aspecto tosco, le caía suelto sobre los hombros.

Sophia levantó la vista cuando se abrió la puerta, y al verlo dejó de leer. Se miraron un momento sin decir palabra. James se encontró mirándola con su sencillo vestido de tarde, y se la imaginó en Estados Unidos, en un trigal o algo así. Jamás le había parecido menos una duquesa.

—¿Quién está ahí? —preguntó la anciana, y al instante James comprendió que era ciega.

—El duque —contestó Sophia.

—El duque. Caramba.

La frágil anciana trató de levantarse. Sophia le cubrió la arrugada mano con la suya.

—No pasa nada, Catherine. No hay ninguna necesidad de que te levantes. James, esta es la señora Catherine Jenson.

Esa presentación informal habría exasperado a su madre, pero él, por el contrario, no sintió otra cosa que alivio, liberado por una vez de la ceremonia.

—¿Qué haces aquí? —le preguntó Sophia—. ¿Se me necesita en casa?

—No, sencillamente iba pasando por aquí y vi el coche delante de la casa.

—Ah —dijo ella, al parecer desconcertada por su respuesta.

Él también estaba desconcertado, porque no sabía qué diantres estaba haciendo ahí.

La mujer del granjero se disculpó para ir a la cocina.

—¿Te apetece sentarte? —le preguntó Sophia, como si se sintiera totalmente en su casa ahí—. Ya casi he acabado nuestra lectura. ¿Te parece bien, Catherine?

—Sería un honor, excelencia.

—El honor es mío, señora —dijo James—. Aunque no deseo molestar.

—No molestarás —contestó Sophia.

Él se sentó en un banco de madera adosado a la pared.

Sophia reanudó la lectura en el punto en que la había interrumpido; era del Apocalipsis:

—«Mira que estoy a la puerta y llamo: si alguno me oye y me abre, entraré en su casa y cenaremos juntos.»

James centró la atención en la melodiosa voz de su mujer, y pensó en lo que estaba leyendo y en la persona que era.

Pasó por él una callada sensación. Se imaginó la vida sin aristocracia en Estados Unidos, donde la estructura de clases se basaba en la riqueza, que no en un accidente de nacimiento. Se imaginó a Sophia en la casa de una habitación de la que le había hablado, preguntándose, con un extraño sentido del humor, qué pensaría ella de ese mundo tan diferente en el que había entrado por su matrimonio. No había puesto en tela de juicio ese mundo cuando estaba en Londres ni en la luna de miel, supuso, porque no había habido tiempo para analizarlo. Durante aquellos días tampoco había experimentado la realidad de ser una noble. ¿Se estaría adaptando a su papel ya? ¿Sería capaz alguna vez de adaptarse? ¿A eso se debería que estaba en esa casa? ¿Para escapar de ese papel unas pocas horas?

Súbitamente sintió el peso de una inmensa responsabilidad, la de encargarse de que estuviera bien cuidada y le facilitaran la adaptación a esa nueva vida, sobre todo después de la forma como la trató él antes de partir para Londres, después de la forma como le aplastó las fantasías, aun cuando lo hubiera hecho por el bien de ella.

Esos pensamientos eran novedad para él, que jamás había tenido la intención de preocuparse ni en uno ni otro sentido de si una esposa suya se estaría «acostumbrando». Siempre había esperado dejar a su madre la tarea de moldearla y formarla, y dejar a niñeras e institutrices la de criar y educar a sus futuros hijos. Pero Sophia estaba resultando ser una persona bastante formidable. Por desgracia para su madre, no era muy «moldeable».

Tal vez si a él lo hubieran criado con más cariño podría haberse sentido más inclinado a preocuparse por la necesidad de ayuda y apoyo de su duquesa. ¿Qué actitud de Sophia le había producido esa reacción ese día? ¿Una mayor sensación de familiaridad, tal vez? ¿O simplemente su impresionante bondad con esa anciana?

Vio a la señora Jenson mover la cabeza en señal de asentimiento escuchando la lectura. Sophia puso fin a la lectura y cerró la Biblia.

—Eso ha sido muy hermoso, excelencia —dijo la señora Jenson.

Sophia hincó una rodilla delante de la anciana y le cogió la mano.

—Gracias por permitirme venir. El lunes volveré a verte.

—Que Dios la bendiga —repuso la mujer, colocándose la mano de Sophia en la mejilla. Sophia le acarició el pelo, le besó afectuosamente la coronilla de la cabeza y le entregó la Biblia.

Sintiendo un respeto pasmoso, casi paralizante, James la observó incorporarse.

Pasados unos minutos los dos se estaban despidiendo de la joven esposa del granjero en la puerta de la casa. Esta se inclinó en una venia y sonrió radiante a Sophia, pero parecía temerosa incluso de mirarlo a él. Otro hombre se habría inquietado por eso, pero él estaba acostumbrado. Era imposible que los aldeanos de la localidad no supieran ciertas cosas sobre el negro historial de su familia.

Cuando se cerró la puerta, los dos se miraron a la luz del sol.

—No me habías dicho que has comenzado a visitar a los inquilinos.

Ella se puso los guantes y echó a andar hacia el coche.

—No me lo has preguntado. —Aceptó la mano del cochero para subir al coche, se sentó y se arregló las faldas—. Deseo conocer a nuestros vecinos.

Vecinos. Él jamás había considerado vecinos a los inquilinos. Miró hacia la puerta de la casita, pensando cómo se llamarían la mujer y el niño. Pensó también cuándo habría quedado ciega la señora Jenson y por qué él no se había enterado, porque no vivían muy lejos del castillo.

—Y me hace bien venir aquí —continuó Sophia—. Cuando le miro la cara a la querida señora Jenson, escuchando atentamente lo que le leo y encontrando tanta dicha en las palabras que ella no puede leer, siento descender sobre mí la paz de Dios. Me hace feliz venir aquí y hacer algo por ella, James, por la fuerza y tranquilidad que me procura eso.

Mirando los límpidos ojos azules de Sophia, James comenzó a sentir descender sobre él una especie de paz y tranquilidad similares. Jamás había sentido nada igual, y lo conmovió profundamente, desde dentro.

—Deberías traer a tu doncella contigo, de verdad —dijo, porque no se le ocurrió ninguna otra cosa.

—La verdad, James, estoy pensando en reemplazar a Mildred.

Él apoyó las manos en el costado del cabriolé.

—¿Reemplazarla? Pero si tiene muchísima experiencia y llegó con muy buenas recomendaciones. Siempre ha sido...

—Siempre. Sí, lo sé. Pero de eso se trata justamente, ¿sabes? La eligió tu madre, no yo, y yo no me parezco en nada a tu madre.

Eso se le iba haciendo más claro a él día a día.

—Deseo elegir yo —continuó ella—. Necesito una doncella con la que pueda sentirme cómoda. Tal vez así no me importaría que mi doncella me hiciera todas las cosas que debe hacerme una doncella.

Cómoda.

—De acuerdo, entonces. Tal vez podrías hablar con el ama de llaves al respecto. Seguro que ella será capaz de...

—Ya lo hice. Anoche se lo expliqué todo a Mildred, y accedió a aceptar una pensión por anticipado. La noté bastante aliviada, en realidad. Creo que yo podría haberla..., ¿cómo decirlo?, desanimado más de una vez.

James no pudo evitar sonreír ante la idea de Sophia «desanimando» a Mildred.

—No sé por qué, pero no me sorprende.

Sophia le correspondió la sonrisa.

—¿No te importa, entonces?

—Claro que no. Si eso va a hacer más fácil tu adaptación.

Con una nada habitual sensación de liberación, James cayó en la cuenta de que estaban conversando acerca del personal de modo pacífico e informal. Tal vez les sería posible abandonar lo que habían sido el uno para el otro durante la luna de miel, cuando se acariciaban y besaban constantemente, se cogían las manos, entrelazaban los tobillos debajo de las mesas con mantel. Ese día notaba un cierto distanciamiento en ella, como si estuviera dispuesta a hacer funcionar su matrimonio sin desear su afecto. Como si se le estuviera pasando la rabia que sentía contra él. La notaba más fuerte.

Tal vez no había cometido un error tan terrible después de todo.

Golpeó el costado del coche para indicarle al cochero que se pusiera en marcha, y se quedó ahí mirándolo alejarse hasta que ya iba lejos por el rocoso y serpenteante camino que llevaba a la casa.

Sophia no se dio permiso para girarse a mirar a James, que continuaba de pie ante la casa de Jenson. Estaba demasiado guapo ese día, demasiado encantador, y temía que si se volvía a mirarlo caería nuevamente en esa inútil obsesión, porque seguía amándolo muchísimo más de lo que debía. Por lo tanto, dominó enérgicamente el impulso y se obligó a mirar el despejado cielo azul.

Señor, cuántas emociones cambiantes había sentido ese mes. Un momento deseaba arrojarle un jarrón a la cabeza a su marido, por haber sido tan increíblemente cruel aquella horrible noche, a lo cual no encontraba ninguna explicación lógica; y encima la había arrojado a esa nueva vida sin ningún miramiento, con el método «húndete o nada», sin ofrecerle ningún apoyo.

En otras ocasiones, como la de ese día, cuando él le hablaba y le dirigía una sonrisa, lo deseaba de vuelta, más de lo que había deseado nada en su vida. Francamente, saber que él volvería a hacerle el amor cuando su cuerpo estuviera en su punto para engendrar un heredero era lo único que la sostenía para continuar. No lograba abandonar la esperanza de que reencenderían algo de lo que habían tenido, porque necesitaba la intimidad en su vida, una profunda conexión espiritual con otro ser humano. No podría vivir sin eso. Sus visitas a los inquilinos satisfacían una pequeña parte de esa necesidad, pero no era lo mismo que la conexión espiritual y física que había creído tendría con su marido.

Se quitó los guantes y sintió una punzada de pena al darse cuenta de que por él había renunciado a sus conexiones íntimas anteriores: sus hermanas, su madre, su padre. Tal había sido su seguridad de que él estaría unido a ella.

Soltando un largo y triste suspiro, rogó que algún día llegaran a un arreglo llevadero para los dos, y ella entendiera el verdadero motivo de su rechazo.

18

Agotada, con la esperanza de conciliar pronto el sueño, Sophia se metió en la cama después de pasar la tarde entrevistando a candidatas para nueva doncella. Necesitaba una mujer con experiencia, porque tendría que contar con su doncella para entender y aprender el protocolo de la aristocracia. No obstante, al mismo tiempo, no quería una doncella tan «experimentada» como Mildred.

Giró el interruptor de la lámpara de cristal y se acurrucó entre sus sábanas ducales, en la oscuridad.

Oyó un suave golpe en la puerta. Se incorporó.

—Adelante.

Se abrió la puerta y ahí estaba su marido con su bata de seda negra, sosteniendo un candelabro. Llevaba la bata abierta y ella vio las tersas curvas musculosas de su pecho y abdomen. Su pelo negro como la noche le caía suelto y ondulado sobre los hombros.

La emoción le aceleró la sangre en las venas. Cambió de posición y se metió un mechón detrás de la oreja. Él era el espécimen de hombre más magnífico que había visto en toda su vida. No lograba imaginarse siquiera que alguna otra persona del planeta pudiera ser más impresionante visualmente.

—¿Te he despertado? —preguntó él.

—No, acababa de apagar la luz —repuso intentando un tono despreocupado, tranquilo—. Pasa.

¿Había venido para lo que ella creía? ¿A hacer el amor otra vez, después de todo ese tiempo sin dirigirle casi una sonrisa ni hacer un gesto de afecto? ¿Había llegado el momento, por fin?

El deseo la golpeó como un rayo ardiente, porque a pesar de su rabia y su resolución de no pensar en él durante esas semanas, había pensado en él. Se había soñado haciendo el amor con él, se había imaginado sus manos bajo su vestido, el embriagador calor de su cuerpo desnudo sobre el de ella, la pasmosa sensación de su erección deslizándose dentro de ella.

Él entró y dejó el candelabro en una cómoda. Igual que ella, debió haber estado contando los días hasta que llegara el momento correcto para concebir un hijo.

Una parte de ella, más racional, sintió algo de indignación por eso, porque él dejaba claro que sus relaciones íntimas seguían siendo sólo un deber, nada más, tal como le dijera que lo serían aquella horrorosa noche antes de marcharse a Londres.

Pero la otra parte de ella, la parte más hedonista que no lograba reprimir por mucho que lo intentara, no podrían importarle menos sus motivos. Lo único que importaba era que él estaba ahí. Iba a hacerle el amor y ella gozaría de cada glorioso y pecaminoso momento.

Sólo esperaba ser capaz de mantener la serenidad durante todo ese tiempo, para no insistir en que él le explicara por qué estaba tan en contra de amarla, ni sentirse dolida cuando él se fuera. Se había impuesto el objetivo de ser fuerte y paciente, porque, lógicamente, no podía obligarlo a amarla.

Él cerró la puerta con llave y avanzó hacia la cama, confiado como un león. A Sophia se le activaron todos los sentidos, conociéndolo como un ser sexual magistral.

—¿Has tenido suerte en la búsqueda de la doncella? —le preguntó él en voz baja, ronca.

—Aún no —repuso, esforzándose por no delatar en la voz la aceleración de su corazón—. Pero mañana vendrán otras dos señoras.

—Excelente. ¿El ama de llaves ha colaborado, entonces?

Ella tuvo la clara sensación de que él había hablado con el ama de llaves para asegurar que las cosas fueran sobre ruedas.

—Sí, mucho.

Él se sentó en el borde de la cama y le acarició el antebrazo con un dedo.

—¿Cómo van las cosas en lo demás?

—Bien —repuso ella, sintiendo un hormigueo en la espalda—, aunque todavía me falta muchísimo por aprender.

—No me cabe duda de que lo dominarás todo a tu tiempo y a tu manera.

—¿A mi manera? No creo que tu madre apruebe eso.

Él sonrió de oreja a oreja.

—No espero que seas como mi madre. En realidad, prefiero que no lo seas.

Su mirada provocativa le hizo pasar otra ardiente llamarada de emoción por todo el cuerpo.

Trataba de estar atenta a lo que él decía, cuando en realidad lo único que deseaba era mirarlo en pasmado silencio.

—¿Quieres decir que puedo hacer las cosas como deseo?

—Dentro de lo razonable.

—¿Qué quieres decir con eso?

James levantó una pierna y la puso sobre la cama.

—Te he observado esta semana pasada. Te he visto salir a visitar a los inquilinos. Sé lo de la chica fregona que enviaste a pasar unos días de vacaciones.

Sophia sintió subir el rubor a las mejillas.

—Sólo puedo suponer el tipo de oposición que tuviste que enfrentar para hacer eso —añadió él.

—Al ama de llaves no la entusiasmó nada. Tampoco a tu madre.

Él se echó a reír.

—Ya me lo imagino, pero es bueno que madre tenga a alguien que le haga frente. Lo que hiciste fue muy valiente, demostrarle que no eres una merengue. Si no lo hubieras hecho, muy pronto te tendría atada de pies y manos, y los criados continuarían esperando las órdenes de ella.

—Todavía lo siguen haciendo. A mí me hacen caso cuando estoy sola, pero si está presente tu madre, la miran a ella en busca de la aprobación de lo que sea que yo haya pedido u ordenado.

Él le acarició la mejilla.

—Tienen muy arraigadas sus costumbres, Sophia, y esperan que las cosas se hagan como se han hecho siempre. Finalmente se adaptarán a ti y tú te adaptarás a ellos.

Sus dedos eran una suave y dulce caricia, y por primera vez en semanas, Sophia sintió el consuelo de que alguien reconociera lo que estaba viviendo y tuviera el interés necesario para intentar aliviarle las aflicciones. Esa sensación de intimidad y comprensión era lo que necesitaba conservar.

Si lograra conseguir que él viniera a verla cada noche para hablar con ella, se le haría mucho más fácil soportar esa extraña nueva existencia. Necesitaba esa intimidad emocional. Lo necesitaba a él.

Le cogió la mano entre las dos suyas y se la besó.

—Gracias, James. Me he sentido tan terriblemente desorientada y...

Él la interrumpió con un beso. Ella respondió al instante, introduciéndole los dedos por el pelo de la nuca para acercarle más la cabeza. No sabía por qué él había interrumpido lo que estaba diciendo, si se debía a que deseaba hacerle el amor y no podía esperar más, o simplemente no quería seguir hablando de asuntos personales. Supuso que era un poco de las dos cosas, pero fuera cual fuera el motivo, ella lo aceptaba, porque en ese preciso momento lo deseaba más de lo que lo había deseado nunca antes. Deseaba su calor, sus caricias, su ardiente contacto, y ninguna cantidad de orgullo ni de autodominio racional tenía la potencia para hacerla rechazarlo.

Él interrumpió el beso para acariciarle el lóbulo de la oreja entre dos dedos, produciéndole un seductor estremecimiento por toda la columna.

—Supongo que sabes a qué he venido —musitó.

Ella asintió.

—¿Estás dispuesta esta noche?

Con esa pregunta, de un modo indirecto le pasaba a ella las riendas, le permitía que fuera ella la que decidiera lo que ocurriría o no en esa cama esa noche. Le daba a entender que él era, en ese pequeño aspecto, su servidor.

—Estoy más que dispuesta, James. Te he estado esperando. Desde hace días.

Él la miró con un deseo transparente. Predador.

—¿Y qué has estado esperando exactamente? ¿Esto?

Volvió a besarla, larga y tiernamente, apartándole los labios para explorarle la boca con la lengua, jugueteando con las guedejas de pelo que le caían en las sienes, encendiéndola de hormigueantes y vibrantes deseos.

Sophia le cogió la cabeza, intensificando el beso.

—¿O esto? —gruñó él, deslizándole la mano por el cuello hasta entrar en el cálido encierro del camisón, deteniéndola sobre un pecho y masajeándoselo tiernamente.

Agitada por un violento asalto de deseo y urgencia, Sophia retuvo el aliento; no podía hablar para contestar esa pregunta tan cargada sexualmente.

—¿O tal vez esperabas también lo que he estado esperando yo? —dijo él tendiéndola de espaldas e inclinándose sobre ella.

—¿Y eso qué es? —logró preguntar ella, con el corazón tan acelerado que pensó que le haría un agujero en el pecho.

James sonrió con picardía.

—Todo. Empezando por esto, creo. —Cogió la orilla del camisón en su enorme mano y lo fue subiendo con sumo cuidado, acariciándole suavemente la pierna al hacerlo hasta buscarle el mojado centro de la entrepierna—. ¿Es esto lo que has estado esperando?

Ella se limitó a asentir, totalmente incapacitada para hablar por su hábil caricia.

Él le introdujo un dedo y lo retiró lentamente, y fue repitiendo el movimiento una y otra vez, atormentándola hasta que ella estaba resbaladiza de ardiente necesidad.

—¿Y esto que te estoy haciendo ahora? —le susurró él al oído.

Su aliento caliente y húmedo le produjo hormigueos en todo el cuerpo. Estaba derretida como mantequilla en sus manos. Cerró los ojos y escasamente logró susurrar:

—Sí, James, eso.

Se entregó al avasallador poder erógeno que tenía él, al debilitante placer que tan bien sabía dar, al placer que en ese instante estaba sumiendo sus sentidos en un torbellino de erotismo.

Él se metió bajo las mantas y tiró su bata al suelo. Sophia sintió gritar el deseo dentro de la cabeza. Lo deseaba dentro de ella ya, para que calmara su increíble lujuria.

Aturdida por esa necesidad tan violenta, que la habría arrojado al suelo si hubiera estado de pie, se apresuró a sacarse el camisón por la cabeza, y lo tiró, sin fijarse dónde. Sintió el aire fresco en los pechos y la sensación le encendió más el deseo ya salvaje. Deslizó hacia abajo el cuerpo y disfrutó el placer de sentir la cálida piel de su marido cuando descendió sobre ella presionándole la pelvis con la dureza de su excitación.

—Te he echado de menos, James.

—Yo también te he echado de menos —susurró él sobre su boca.

Agradeció ese reconocimiento, por pequeño que fuera, y por fin separó las piernas para recibirlo. Él la miró con los ojos entornados, frotó la nariz en la suya y, como si ya no pudiera resistir la espera más que ella, la penetró con un solo y fuerte embite que le quitó el aliento.

Se introdujo lo más al fondo que pudo y se quedó inmóvil sobre ella.

—No te muevas —le ordenó—, necesito un momento.

Ella lo sintió inmóvil ahí, a la luz de las velas, pensando que el corazón le retumbaba tan fuerte que igual podrían oírlo los criados.

—Ya está —susurró él, y suavemente se retiró y volvió a penetrarla.

Al instante la envolvió una marejada orgásmica y se arqueó, apretando las manos sobre la suave espalda de él, ya mojada por el sudor, instándolo a penetrarla más adentro. Se movieron juntos durante una inconmensurable cantidad de tiempo, hasta que la atravesaron unas dulces ansias, en una serie de vibrantes oleadas, seguidas por avasalladoras y hormigueantes contracciones. Lanzó un grito, en una perfecta y estremecida liberación.

James la penetraba una y otra vez, deleitándose en su ardiente y estrecha recepción, estrujado a todo alrededor por sus intensas contracciones. La sensación de sus uñas en la espalda y el sonido sugerentes de sus amorosos gemidos estimularon el orgasmo. Durante días y días había esperado eso. Finalmente embistió fuerte y profundo y se derramó en ella, sintiendo el último estremecedor y debilitante placer de su liberación.

Se relajó, descansando todo su peso en ella, esperando a que se le normalizara la respiración, mientras ella le acariciaba suavemente la espalda. Sus suaves dedos lo consolaban, lo hacían desear estrecharla en sus brazos.

Pasados unos minutos, para no aplastar su precioso y esbelto cuerpo con su peso, rodó a un lado y le besó la mejilla.

—¿Te quedarás toda la noche? —le preguntó ella, con voz tranquila, mesurada.

—Sí.

La atrajo hacia él y la abrazó, y nuevamente, como la primera vez que hizo el amor con ella, la noche de bodas, empezó a olvidar quién era.

Se quedó dormido, pero fue un sueño inquieto, plagado por los negros sueños habituales.

Sophia despertó a medianoche y James ya no estaba. Se sentó en la cama, desnuda, con los brazos sobre la colcha. La luz de la luna que entraba por la ventana iluminaba la cama. Se agachó por un lado a recoger el camisón, que estaba en un bulto en el suelo. Se lo puso y continuó sentada, pensando.

Él había vuelto a marcharse. No debía sentirse decepcionada, porque aunque él le dijo que se quedaría, ella había intuido que se marcharía.

Sí, al parecer su cabeza no siempre lograba controlar sus emociones. Estaba empezando a comprender que darle a James el espacio que deseaba le resultaría imposible. En su familia, siempre que algo preocupaba a cualquiera de ellos, lo hablaban, buscaban soluciones y todos se sentían mejor después. Jamás había ese silencio, esa represión de las emociones, ese fingir que todo estaba bien. Necesitaba hablar francamente con James acerca de su relación. Su felicidad, y su equilibrio mental, dependían de eso. Necesitaba entender por qué él no quería amarla, y no aceptaría que amar a la esposa era algo que sencillamente no se hacía.

Se bajó de la cama y fue por el frío suelo de piedra a buscar el chal. Tiritando, frotó una cerilla para encender las velas, pensando cuándo encontraría el tiempo para hacer instalar calefacción con agua caliente. Antes que llegara la nieve, esperaba, porque ese sistema del hogar con carbón era francamente primitivo.

Llevando su candelabro por el silencioso y oscuro corredor, llegó a la habitación de James. Golpeó suavemente, pero abrió la puerta sin esperar respuesta. Un agradable calor le llegó a la cara al entrar.

James estaba sentado junto al hogar encendido, contemplando las llamas, con una copa llena de coñac en la mano.

—No podía dormir —dijo él, sin más.

En el hogar saltó una ruidosa chispa.

—Yo tampoco —dijo ella. Dejó a un lado el candelabro y se arrodilló delante de él—. Tenía frío.

—Ven aquí entonces.

La hizo sentarse en sus muslos.

Ella estuvo callada un momento, acurrucada en su regazo, disfrutando de la relajadora sensación de sentir el pecho de él subiendo y bajando y el pulgar acariciándole el hombro. Algo angustiada pensó si no debería contentarse con ese grado de intimidad, que era el mejor que había habido entre ellos desde su llegada a la casa, en lugar de exigirle más. Decidió no intentar profundizar mucho, por lo menos para empezar.

—¿Siempre hace este frío en octubre? —preguntó.

—No, esto es inusual. No me sorprendería si la nieve nos estropeara la fiesta de caza.

—¿La haríamos de todos modos?

—Sí, la gente viene para algo más que la cacería.

Ella sintió el olor a coñac en su aliento y tuvo que resistir el deseo de besarlo, porque si empezaba, no podrían hablar nunca. Enderezando la espalda, se volvió a mirarlo y le apartó un mechón de pelo negro de la frente.

—¿Puedo decirte una cosa?

El titubeo de él reveló inquietud.

—Por supuesto.

Ella estuvo un momento peinándolo con los dedos.

—¿No te enfadarás?

Otro titubeo.

—Eso depende de lo que digas.

Ella guardó silencio un momento, pensando cómo formular las cosas para que no pareciera un ataque. Tenía que excavar con suavidad.

—He estado pensando en las cosas que me dijiste antes de irte a Londres, y en mi reacción, y quería pedirte disculpas por mi comportamiento, por enfurecerme tanto.

Advirtió el movimiento de su nuez cuando él tragó saliva, y tomó nota: lo había afectado un poco.

—No tienes nada de qué disculparte. Adaptarte a todo esto tiene que ser difícil para ti.

Ella miró la luz del hogar reflejada en sus ojos y asintió.

—Mentiría si dijera que no es difícil. Pero quiero que sepas que hago todo lo que puedo, James. Quiero ser una buena duquesa, digna.

A él se le suavizó la expresión y ella comprendió que por lo menos había derribado una barrera. Tanto mejor, para poder llegar a una más profunda.

Él le cogió una mano y se la besó. Ella se estremeció al sentir pasar un calorcillo por todo el cuerpo.

—Has sido más que buena y digna, Sophia. Los inquilinos te adoran.

—Pero tu madre no —dijo ella, sonriendo, para continuar la excavación.

—Madre es una nuez dura de pelar. La verdad es que me parece que no es una nuez. Es más bien una piedra, pero las piedras se rompen —añadió, travieso—. Si, por ejemplo, se caen de una torre muy alta.

Sophia se echó a reír.

—¿Quieres decir que yo debería arrojarla por una ventana?

—Noo —repuso él, riendo también—. Aunque no debería hacer bromas con estas cosas. Ha ocurrido.

A Sophia se le desvaneció la diversión.

—¿Sí? ¿Cuándo?

Él negó con la cabeza, como para quitarle importancia.

—Fue hace mucho tiempo.

—¿Asesinaron a alguien?

—No, no fue asesinato. La segunda duquesa de Wentworth se suicidó. Se arrojó por su ventana.

Sophia sintió un escalofrío, recordando lo que dijera Florence acerca del padre de James, que se mató bebiendo, y de su abuelo, que se pegó un tiro en la cabeza. No lograba imaginarse que la vida pudiera ser tan horrible que la persona perdiera toda esperanza. Pero al pensar en el retrato del antepasado de James, el que viera en el corredor, sintió una profunda compasión por la mujer.

—¿Saltó de mi ventana? —preguntó entonces, asaltada por la curiosidad de saber más detalles.

Él torció el gesto.

—No debería haberte dicho nada. Ocurrió hace mucho tiempo. Las cosas eran distintas entonces.

¿Cuánto de distintas?, pensó ella, inquieta.

Volvió a apoyar la cabeza en su hombro, distraída por todas las cosas que había deseado decir cuando iba de puntillas por el corredor. Las llamas del hogar saltaron y danzaron agitadas por una ráfaga de viento que entró por la chimenea. James cogió su copa y bebió un poco de coñac.

—¿Tu madre siempre ha sido como es ahora?

—Siempre, desde que tengo memoria.

—Tiene que haber sido muy díficil para ti, de niño. ¿Cómo era tu padre?

James la levantó suavemente, se la quitó de encima y se puso de pie, dejándola sentada.

—Peor —contestó.

Consternada, sintió esa separación como una escarcha helada en la cara. Él fue a subirse a la cama y echó atrás las mantas.

—Ven a acostarte conmigo —la invitó, con una voz tentadoramente seductora.

En la mente de ella resonó una frase que le dijera él aquella noche antes de irse a Londres: «No me conoces». Era cierto. No conocía a su marido. No sabía nada de él.

El deseo que sentía normalmente cuando él la miraba así la eludió en ese momento, superado por su necesidad de comprenderlo.

—¿Era cruel contigo? —le preguntó de pronto.

—¿Quién?

—Tu padre.

A él se le desvaneció la expresión seductora de sus ojos al darse cuenta de que ella quería hablar.

—Sí, terriblemente cruel. Yo suponía que habrías oído los cotilleos acerca de él en alguno de los salones de Londres, o al menos a la condesa de Lansdowne. Estabas alojada con ella, y te enteraste de todos los demás.

Sophia recordó algo que dijo Florence: «Vete a saber qué secretos viven en ese inmenso castillo suyo. Apostaría que unos cuantos». Lamentó no haber recabado más información sobre eso.

—No, no lo supe. Sólo sé lo que me contaste tú en el parque.

A él se le hinchó el pecho con un suspiro. ¿Era de molestia? ¿Era de derrota?

—Bueno, ahora lo sabes. ¿No quieres venir a la cama?

—¿Era cruel con tu madre también?

James dejó caer la mano sobre las mantas.

—Él era cruel con ella y ella era cruel con él. Todos eran crueles con todos. Pero mi padre ya está muerto y creo que yo he conseguido exorcisar esta casa de por lo menos algunos de sus demonios.

—¿Qué tipo de demonios?

—De los que no me dejan dormir. ¿Vas a continuar torturándome así? Lo menos que podrías hacer es enderezarte cuando hablas, para que yo no te vea por dentro del camisón.

Entonces ella cayó en la cuenta de que estaba inclinada. Tenía desabotonado el camisón y seguro que él le veía todo. Con un súbito asalto de recato se llevó la mano al pecho.

—Perdona.

—No pidas disculpas —sonrió él, seductor, negando con la cabeza.

Se bajó de la cama y se le acercó. Le quitó la mano del pecho para que el camisón le cayera abierto alrededor de los pechos, metió la mano y se los acarició.

Sophia lo contempló a la luz del hogar, alto, cubierto sólo con su bata de seda negra, sintiendo sus cálidas manos acariciándole los pezones. Recordó al hombre que había sido él durante la luna de miel. Ese hombre no era real. El verdadero James llevaba una máscara, y ella no había tenido la menor idea de eso.

Ahora, por lo menos lo sabía.

También sabía que la máscara se estaba ladeando un pelín, porque ella comprendía algo sobre su familia y los hechos que lo formaron. Tal vez era posible que se desarrollara un vínculo entre ellos; era posible que en alguna parte, debajo de ese frío caparazón de indiferencia, sí existiera el hombre del que se había enamorado.

—¿Te golpeaba? —preguntó, soprendida ella misma por esa insistencia en interrogarlo.

Pero es que deseaba saberlo todo.

—Sí, tenía muy mal genio. Golpeaba a mi madre, a mis niñeras e institutrices, y luego todas se desquitaban conmigo.

La puso de pie, mientras ella pensaba cómo podía hablar con tanta despreocupación de todo eso.

—¿Y a Lily? —preguntó, tratando de sofocar el dolor del corazón que le producían esas cosas horrorosas.

—Es posible. Pero yo ya no estaba aquí.

—¿Dónde estabas?

—En el colegio. Y después, pasaba los veranos en el extranjero.

Ella le cogió la cara entre las manos.

—No todas las familias son así, James.

—Tal vez no —repuso él, mirándola a los ojos—, pero para nosotros, esto ha sido una enfermedad contagiosa que se ha transmitido de generación en generación y hay que extinguirla.

—¿Extinguirla?

—Sí. —Le cogió la mano, la llevó hasta la cama y le sacó el camisón por la cabeza, dejándola desnuda ante él. Le cogió la cara entre las manos y se inclinó a besarla, susurrándole en el último momento—: Yo lo haré.

No parecía emocionarse al decir eso, sólo parecía calculador y resuelto a hacerla caer sobre las suaves sábanas. Por la cabeza de Sophia alcanzó a pasar el fugaz pensamiento de cómo se proponía realizar tamaña proeza, pero lo abandonó por otro interés más tangible y placentero. Se prometió averiguar más sobre esas cosas después.

James, que se había pasado toda la vida expulsando sus emociones, sintió su violento asalto como un cañón detonando dentro de su cerebro. Estaba vergonzosamente distraído mientras besaba y acariciaba a su mujer, y no tuvo más remedio que reconocer el motivo.

Ella le había abierto intencionadamente una herida.

No debería haber dicho tanto, pensó, sintiendo el sedoso calor de la piel de ella debajo de él, aspirando el embriagador aroma de su excitación mientras le bañaba de besos el plano vientre. Su hermosa esposa americana había ido ahí a introducirse a codazos en su vida, y él se lo había permitido. Le había contestado todas las preguntas y ahora se sentía vulnerable.

Curiosamente, continuó sintiéndose como si estuviera en el cielo cuando la penetró, a pesar de la temblorosa vulnerabilidad emocional que se le estaba enroscando como una serpiente alrededor del corazón.

La llevó al orgasmo poco antes de permitirse entregarse al de él, pero nada de esa relación sexual era tan sencillo como le habría gustado. Sí, encontraba placer en su cuerpo, pero al mismo tiempo sentía un extraño deseo de saltar a una relación más profunda con ella, como cuando de niño saltaba del techo del establo sobre el montón de heno. Qué dicha sentía al volar por el aire y aterrizar blandamente en el heno seco y crujiente, aun cuando sentía miedo un segundo antes de saltar.

¿Aterrizaría así con Sophia?, pensó, retirándose de ella con un suspiro y rodando hacia un lado.

Pensó en su padre. Se convirtió en un monstruo porque no podía estar con la mujer que amaba, y porque la mujer con la que estaba casado era fría, distante y cruel. De forma similar, su abuelo perdió el juicio cuando su mujer se escapó con su amante. Los celos lo impulsaron a actos de locura inconcebibibles, y ordenó matarlos. Claro que nadie logró demostrar jamás que los disparos de que murieron no fueron hechos por salteadores de caminos. Sólo eran rumores.

Sophia no era cruel ni distante. Tampoco le había dado ningún motivo para pensar que no podía fiarse de su fidelidad. Parecía desear amor. Con él. Al menos eso era lo que decía.

Emitiendo un gemido de felicidad, Sophia se acurrucó más cerca de él; la abrazó fuertemente y le besó la frente. Dormiría con ella el resto de la noche, decidió.

¿Alguna vez habría sentido su padre, con toda su obsesión, un tierno anhelo como ese?, pensó.

Tierno anhelo.

Sintió el temblor del desconcierto en el pecho. ¿Esto es amor, o el comienzo del amor?, pensó. Porque en su mente puramente lógica siempre se había imaginado que el verdadero amor tenía que ser tierno. Para aquellos capaces de ternura.

Esa noche Marion estaba sentada a su escritorio poniendo un precioso collar de ópalos y diamantes en una caja. Después envolvió la caja en papel de seda. Lloraba en silencio para no despertar a su doncella, lamentando que ese collar fuera una reliquia de familia. Le rompía el corazón enviarlo a París. Nunca volvería a verlo, pero ¿qué otra opción tenía?

Si enviándolo impedía que «él» viniera, valía el precio de sus lágrimas.

19

Lily volvió al castillo Wentworth un día antes del que se esperaba la llegada de los invitados a la fiesta-cacería. Encantada por ver a su cuñada, y reflexionando pesarosa en las cosas que le contara James sobre su infancia, Sophia salió corriendo al patio a recibirla con un fuerte abrazo.

—Supongo que viene el conde de Manderlin —le dijo Lily después de los intercambios de saludos.

—Sí, lo invité.

—Rayos, qué lata —comentó Lily, echándose atrás la capucha de la capa—. Supongo que por eso madre insistió tanto en que volviera.

—No intentará casarte con él, ¿verdad?

Sophia recordó la muy prosaica proposición del conde en Londres. Cielos, por lo menos doblaba en edad a Lily. ¿Es que nadie creía en el amor en esa casa? Con cierta tristeza supuso que en realidad nadie ahí sabía qué era.

—¡Por fin! —exclamó Lily, cogiéndola del brazo para entrar juntas en la casa—. Alguien que ve las cosas como yo. Madre simplemente no entiende, y James tampoco. Estoy tan contenta de que estés aquí, Sophia. No permitirás que me obliguen, ¿verdad?

—¡¿Que te obliguen?! Santo cielo, Lily, no estamos en la Edad Media.

Lily la miró de soslayo con una expresión tan dudosa que Sophia sintió bajar un escalofrío por la espalda.

—Estoy segura de que James y tu madre desean lo mejor para ti. Sólo desean que seas feliz en tu vida.

—Ojalá quisieran eso, pero sé con certeza que la principal prioridad de madre es casarme con el noble de más alto rango posible, sea guapo o feo.

Sophia recordó su huida de Nueva York para escapar del decididamente aburrido señor Peabody, que no sabía lo que era una sonrisa ni aunque la tuviera ante las narices.

—Y James... —continuó Lily—, James se niega a escucharme sobre lo que me haría feliz. No puedo hablar con él. No quiere oír.

—El conde de Manderlin no me parece tu tipo.

—Mi tipo. Exactamente. Qué frase tan maravillosamente moderna. ¿Es americana? Dime, ¿cuál crees que sería mi tipo?

Sophia se echó a reír.

—Ah, no lo sé. Eso tienes que decidirlo tú. Pero creo que lo conocerás en el instante en que lo veas. Lo verás en sus ojos, será el hombre más guapo, más fascinante del mundo. Esperemos que tengas la suerte de enamorarte de un hombre al que apruebe tu madre.

—Como tú —dijo Lily riendo.

Sophia no supo qué contestar.

Subieron la escalinata y después que Lily saludó al ama de llaves en la puerta, las dos fueron directo a su habitación. Lily le contó todo sobre su viaje y estancia en Exeter con su tía y le explicó algunos de los problemas en que se había metido Martin.

Después se sentaron en la cama. Sophia le cogió la mano.

—¿Puedo hacerte una pregunta, Lily?

—Por supuesto. Somos hermanas, ¿no?

Sophia asintió, sonriendo.

—Hace unas noches, James me contó algo sobre su familia, sobre tu padre.

Lily retiró la mano y la miró fijamente. Se levantó y fue a asomarse a la ventana.

—¿Qué dijo?

—Me dijo que tu padre era... en fin... que no era un hombre amable.

—Es cierto, pero no le veo el sentido a hablar de eso.

—A veces hablar de las cosas hace sentir mejor respecto a ellas.

—¿Cómo? —preguntó la chica volviéndose a mirarla.

—A veces nos sirve para saber que no estamos solos, o que ciertas cosas que fueron difíciles ya han pasado, han acabado, y no volverán a ocurrir.

Lily volvió a mirar por la ventana.

—Eso sólo puedo esperarlo.

Sophia fue a ponerse a su lado.

—¿Qué ocurrió? James no me dijo mucho.

—A James le tocó lo peor —contestó Lily, en tono más suave—. Cuando llegamos Martin y yo, padre vivía principalmente en Londres. Ya tenía su heredero y uno de repuesto, así que no tenía ningún sentido para él continuar aquí, cuando nos detestaba a todos.

—¿Por qué os detestaba?

—No lo sé muy bien. Martin ha oído cosas, cotilleos en su mayoría. Me contó que James ha roto unas cuantas mandíbulas por cosas que decían de mi madre, y seguro que a él le habrán roto la mandíbula unas cuantas veces también. —Estuvo un rato mirando por la ventana, con expresión triste—. Siempre se metía en peleas cuando era más joven.

—¿Qué cotilleos ha oído Martin?

Lily titubeó.

—Prométeme que no repetirás esto, y mucho menos a James. No quiero que sepa que he hablado de esto contigo.

Sophia se lo prometió.

—Supuestamente, mi padre amaba a otra mujer, pero mi madre se negó a hacer la vista gorda como hacen la mayoría de las esposas. No le permitía ver a esa mujer, y lo amenazaba con arruinarlo y deshonrarlo si la veía.

El tono indiferente con que Lily hablaba del adulterio de su padre se alojó desagradablemente en el corazón de Sophia. Por otro lado, no la sorprendía que Marion hubiera estado resuelta a asegurarse la fidelidad de su marido. Y no porque lo amara, aunque tal vez sí lo amaba a su manera, sino porque no soportaba que se quebrantaran las reglas.

—¿En qué sentido a James le tocó lo peor? —le preguntó, volviendo sus pensamientos a él, como siempre—. ¿Qué le pasó?

—Todo estalló cuando él era un bebé. James me ha contado que fue un niño difícil. Le daban berrinches, y eso no mejoraba las cosas, porque mi padre estaba en su peor momento entonces, y la institutriz era mala también. Lo encerraba en un arcón para castigarlo, y una vez, cuando él tenía nueve años, dejó caer la tapa sobre su mano y se la rompió. Él no gritó ni nada. Se quedó dentro más de una hora, esperando. Cuando le descubrieron la fractura, tenía la mano tan hinchada que el cirujano pensó que tendría que amputársela. Gracias a Dios no lo hizo. Mi padre al menos despidió a la institutriz, pero la siguiente no fue mejor. Yo creo que nadie sabía qué hacer con James. Martin y yo tuvimos institutrices diferentes, bastante buenas personas, y éramos niños más sosegados, pero de vez en cuando sentíamos la mano de mi padre.

—Lily, lo siento tanto.

—Podría haber sido peor. Lo fue para James, pero ahora eso está mejor. —Le sonrió—. Tú vas a ser una buena madre, ¿verdad? Dime que nunca permitirás que les ocurra algo así a tus hijos.

A Sophia se le erizó el vello de la nuca.

—Ciertamente no. Antes los robaría.

Lily frunció el ceño algo asombrada, como si la desconcertara esa idea.

—No puedes robar al heredero de un ducado. James no te lo permitiría.

La idea de que ella y James pudieran estar tan reñidos alguna vez estremeció a Sophia. Durante un momento se sintió desconectada del suelo.

Lily comenzó a desabotonarse el corpiño para cambiarse para el té.

—¿Viene alguna persona nueva a la fiesta de este año? —preguntó, cambiando de tema.

Sophia se sentó en la cama.

—Sí, un amigo de lord Manderlin.

—¿Lord Manderlin tiene un amigo?

Sophia tenía que esforzarse en poner atención a las preguntas.

—Al parecer, es un hombre de París que le alquila una casa. Es muy adinerado, dijo el conde, aunque no tiene título. Está aquí simplemente de viaje, para visitar Inglaterra.

Lily se sentó en la cama a su lado.

—¿Sí? ¿De París? ¿Es muy guapo?

—No lo sé —repuso Sophia, tratando de olvidar lo que habían hablado antes. Se obligó a sonreír—. Igual es viejo y desdentado, o tal vez ni siquiera habla inglés. Lo único que sé es que es un solterón, y se llama Pierre Billaud.

Lily pegó un salto y se dejó caer de espaldas en la cama.

—Pierre, qué francés. Uy, tengo unas ganas locas de ir a París. Haría cualquier cosa por conocerlo. Es una ciudad muy romántica, ¿no crees? ¿Sabe madre que viene? Te aseguro que cuando era ella la duquesa, lord Manderlin no se habría atrevido jamás a preguntar si podía traer a un desconocido. La gente se siente más relajada contigo, Sophia. Eso es muy alentador.

—Gracias, Lily. Y no, tu madre no lo sabe. No me pregunta acerca de las cosas, así que no veo necesario informarla de todos los detalles. Conocerá a *monsieur* Billaud cuando llegue.

—*Monsieur* Billaud. Me encanta como lo dices, con eso... tan francés.

Sophia volvió a reírse.

—Estuve tres años en París.

—Vamos, Sophia, cómo te envidio. ¿Y hablas francés, de verdad?

—*Mais oui*, Lily. Y alemán también.

—O sea, que si él no habla inglés, tú podrías traducir.

—Sí, pero seguro que habla un inglés maravilloso. Ahora tengo que ir a vestirme para el té. Nos vemos abajo.

Sophia dejó a su cuñada entregada a sus sueños y sintió una dolorosa punzada de añoranza por sus sueños de niña, y por las alegrías de la infancia que James no había conocido nunca.

Cuando empezaron a llegar los invitados a la fiesta-cacería anual, Sophia comenzó a sentir una renovada sensación de finalidad. Habría personas alojadas en la casa, personas venidas de toda Inglaterra, incluso de tan lejos como Gales, y estaba decidida a hacerlos sentir a todos cómodos, a gusto, como nunca antes en el castillo Wentworth. Ya era hora de que conocieran algo de la buena y anticuada hospitalidad americana.

Uno de los primeros en llegar fue lord Whitby, que al bajar del coche se inclinó en una exagerada reverencia casi barriendo el suelo con la mano.

—¡Duque! ¡Duquesa!

—¿Invitaste a Whitby? —le preguntó James en tono sarcástico.

—Por supuesto.

James asintió y tendió la mano para estrechar la de lord Whitby.

—Me alegra que hayas venido.

Sophia percibió la tensión entre los dos. Había esperado que ya hubieran resuelto sus diferencias.

—No me perdería esto por nada del mundo —repuso Whitby. Pasó su atención a Sophia y le besó la mano—. Está tan radiante como siempre, señora.

Ella tuvo un recuerdo relámpago de la excitación durante la brevísima temporada londinense: las fiestas, los bailes, la expectación, y el brillo. Ya se le antojaba un sueño lejano, de pie ahí en esos fríos peldaños de piedra envuelta en un grueso chal de lana. Hacía siglos que había renunciado a sus coloridos quitasoles con encajes; lo más seguro era que los criados se hubieran reído de ella a sus espaldas.

—Sabe que puede tutearme y llamarme Sophia —contestó, sintiendo el peso de la mirada de James sobre ella.

Los dos entraron con Edward en el vestíbulo principal y desde allí un lacayo lo acompañó a su habitación arriba.

Tan pronto como se perdió de vista, James le preguntó en voz baja:

—No lo habrás puesto en la habitación Van Dekker, ¿verdad?

—Sí, allí estuvo el año pasado.

—Pero el año pasado tus aposentos estaban ocupados por mi madre —dijo él con un filo duro en la voz.

—¿Qué quieres decir con eso, James?

—Nada.

Acto seguido la dejó sola en el vestíbulo y subió a su estudio.

James estaba sentado ante una pila de cartas en su escritorio, con la intención de leerlas todas antes de la cena. La primera era de su tía Caroline, de Exeter. Rompió el sello y leyó la larga y preocupada explicación del comportamiento libertino de Martin, y de como ya no veía posible seguir teniéndolo en su casa. Junto con la carta venía la factura de una enorme deuda que había contraído el muchacho en una taberna de la localidad, la cual, naturalmente, ella no estaba dispuesta a pagar.

James se apoyó en el respaldo y se presionó las sienes. Martin venía de camino a casa, decía la carta, lo cual significaba que él tendría que arreglárselas con él e imponerle algún tipo de disciplina.

Maldita sea, Martin.

En ese momento entró otro coche en el patio y fue a mirar por la ventana. Vio bajar a los Weatherbee y vio a Sophia salir a recibirlos. Gracias a Dios, porque no se sentía capaz de darle la bienvenida a nadie en ese momento, teniendo la sangre hirviendo en las venas.

¿Qué sabía él de disciplina? No iba a golpear a Martin hasta convertirlo en papilla ni encerrarlo en un arcón. ¿Qué le quedaba por hacer? Ya había intentado hablar con él cuando estuvo en Londres, y eso había servido de muy poco. Lo había enviado a Exeter en castigo por la expulsión temporal, pero el muchacho continuó con su comportamiento irresponsable, a pesar del ojo vigilante de su tía, que era tan rígida y apegada al deber como su hermana, la duquesa viuda, su madre.

Dejó a un lado la carta y empezó a leer el resto, con la esperanza de que descendiera sobre él algo de sabiduría antes que llegara Martin. No lo entusiasmaba nada su llegada, porque había estado distanciado de su hermano menor casi toda su vida, y no tenía la menor idea de qué decirle.

Ya había leído casi todas las cartas cuando llamaron a la puerta y entró Sophia.

—¿Puedo hablar contigo un momento, James?

—Faltaría más. —Le indicó el sillón para que se sentara—. ¿Se están instalando los invitados?

—Sí, pero quería decirte lo del cocinero. El señor Becon se resbaló en una hoja de col y se golpeó la cabeza. Envié a buscar al doctor, pero el señor Becon me dijo que con todo el trabajo que hay que hacer para esta noche, tu madre no lo aprobará, pero yo le aseguré que tú estarías de acuerdo conmigo en que lo viera el doctor.

James entrelazó los dedos.

—Has hecho bien en llamar al doctor. Por supuesto que estoy de acuerdo.

Ella levantó y dejó caer los hombros, como si se sintiera aliviada, y haber podido respaldarla de esa manera le produjo a él una pequeña medida de gratificación, que en ese momento necesitaba muchísimo.

—Gracias. Te dejo entonces. —Se levantó para salir pero se detuvo—. ¿Pasa algo, James? Te noto preocupado.

James la miró bastante sorprendido, pensando qué era lo que había dicho o hecho que lo delatara. Se giró en el sillón y le pasó la carta sobre Martin. Ella la leyó rápidamente y se la devolvió.

—¿Qué vas a hacer?

—No lo sé. No sé qué hacer, creo.

Ella volvió a sentarse.

—¿Es la primera vez que ocurre algo así?

—Ojalá lo fuera. Lo han expulsado temporalmente dos veces de Eton, y las dos veces lo he enviado directamente a casa de su tía, con la esperanza de que ella tuviera una influencia positiva en él. Es evidente que he sido demasiado optimista.

—Comprendo.

James se levantó y empezó a pasearse por la sala.

—No puedo preguntarme qué habría hecho mi padre, porque los métodos de mi padre no servirán, pero ninguna de las cosas que he intentado hasta el momento han cambiado nada.

—¿Qué has intentado?

—Lo he enviado a lugares y personas que pensaba lo ayudarían a madurar.

—¿Has pensado en la posibilidad de tenerlo aquí un tiempo?

James detuvo el paseo.

—Me parece que no tengo otra opción. Se me han acabado los recursos.

—Este podría ser el mejor lugar para él, con una familia que lo ama.

Ahí estaba otra vez esa palabra.

—Si se siente desgraciado por algo —continuó ella—, podemos descubrir la causa, o tal vez descubramos que es simplemente esa edad.

—Los niños son niños, piensas.

Ella se encogió de hombros.

—Tal vez, pero si hay algo más, tenerlo cerca nos servirá para ver qué es.

Sophia se levantó. James se sorprendió al sentir evaporarse la tensión ahí mismo donde estaba.

Ella se le acercó y lo besó en la mejilla.

—Nos vemos en el salón antes de la cena, entonces.

Dicho eso salió, dejándolo contemplando lo mucho que podía fiarse de su mujer, si se daba permiso.

—Ten presente —dijo Lily a Sophia cuando sonó el gong para vestirse— que cuando se forme la fila para entrar en el comedor tienes que ocupar tu lugar detrás de los primeros. Mi madre irá con James delante de ti.

—Creí que yo tenía mayor rango que tu madre.

—Lo tienes, pero James es el hombre de más elevado rango y tiene que ir emparejado con la mujer de más elevado rango que no sea su esposa, y esa es mi madre.

—Son muchas las cosas que hay que recordar.

—Lo harás muy bien. Entrarás con el marqués de Weldon, y detrás irán lady Weldon con el conde de Manderlin, y detrás iré yo con lord Whitby. ¿Sabes que hubo un tiempo en que estuve enamorada de él?

Sophia se detuvo a mitad de paso entre la cama y su escritorio.

—No me digas. ¿De lord Whitby?

—Sí —sonrió Lily, sonrojándose—. Ha sido amigo de James de hace muchos años. La primera vez que lo vi fue en Londres, cuando era muy niña, y me pareció el joven más gallardo que había visto en mi vida. Él y James siempre andaban por algún lado causando problemas.

—¿Problemas? —repitió Sophia, pensando en el reciente comportamiento de Martin.

—Se pasaban mucho tiempo en las salas de juego, y madre siempre estaba furiosa con ellos. Pero han madurado —añadió sonriendo—, como yo. Pero, uy, hubo un tiempo en que me creía muy enamorada de lord Whitby. Tal vez era del rebelde que había en él, y el hecho de que le cayera mal a mi madre.

Sophia la observó cambiar de sitio unos gatitos de porcelana sobre la repisa del hogar, pensando cómo podía ser que Lily fuera tan romántica cuando su hermano y su madre eran exactamente lo contrario.

—Espero no hacer nada mal esta noche —dijo, volviendo al tema de la cena de gala—. Gracias por ayudarme en la disposición de los asientos.

—De nada. Ahora tengo que ir a vestirme. Nos vemos en el salón.

Sophia llamó a Alberta, su nueva doncella, pero antes que esta llegara oyó entrar otro coche en el patio. Se asomó a la ventana. Al ver bajar a dos caballeros salió a toda prisa a recibirlos, porque en el hombre mayor había reconocido a lord Manderlin.

Iba bajando la escalera cuando ellos iban entrando en el vestíbulo.

—Buenas noches, lord Manderlin, y bienvenido.

—Duquesa, es un placer volver a verla —dijo él haciéndole la inclinación, como si su torpe proposición de matrimonio no hubiera tenido lugar jamás. Luego se volvió hacia el caballero que venía detrás—. Permítame que le presente a Pierre Billaud.

Dio un paso adelante *monsieur* Billaud y Sophia miró sin pestañear su bello rostro. Tenía los ojos oscuros, el pelo y el bigote más oscuros aún, y el aspecto de ser un galán.

Él inclinó la cabeza.

—Me siento honrado, excelencia —dijo con un fuerte dejo francés.

Ella tendió la mano y él se la besó.

—*Merci, monsieur Billaud. J'espère que votre voyage au château de Wentworth sera très agréable.*

—Su francés es excelente. No me cabe duda de que disfrutaré muchísimo de mi estancia aquí, *merci.* Espero no abusar de su... ¿cómo se dice?... hospitalidad.

—Pero qué tontería. Cuantos más, más divertido.

—Cuantos más, más divertido —repitió Pierre—. Esa tiene que ser una expresión americana. Es encantadora. Usted es encantadora, excelencia.

Sophia notó que lord Manderlin se ponía rígido al oír la indiscreta lisonja de Pierre, pero a ella no la perturbó. Se había criado en Wisconsin, donde el herrero coqueteaba bonachonamente con jovencitas y ancianas más que con su propia mujer.

Ordenó al lacayo acompañar a los caballeros a sus habitaciones y subió a toda prisa a cambiarse para la cena.

Sophia apareció en la puerta del salón dorado ataviada con un vestido carmesí y un collar y pendientes de rubíes. Los invitados estaban reunidos en grupos, conversando. James estaba en el otro extremo y su suegra estaba cerca del hogar de mármol hablando con lord Manderlin. De pronto la acometió el nerviosismo.

Entonces recordó algo que le había dicho Florence una vez, que los modales de las americanas divertían a la camarilla elegante de la casa Marlborough, y se preparó para ser divertida.

Entró en el salón y saludó a lord Whitby.

—Duquesa, estás embelesadora esta noche —dijo él, cogiéndole la mano enguantada para depositar un beso en el dorso.

—Gracias, Edward. Espero que estés cómodamente instalado.

—Lo estoy, sí. ¿Y tú?

—¿Yo? —rió ella—. Olvidas que vivo aquí.

—Pero desde hace poco. No hay ninguna desilusión, espero. Ningún ataque de nostalgia.

—Desde luego que no. Soy muy feliz aquí.

Él la miró interrogante un momento.

—Sí, seguro que sí. James es un hombre bueno, y sin duda ha hecho todo lo que está en su poder para asegurarte la felicidad. Se ocupa de todas tus necesidades.

En ese momento pasó un lacayo con una bandeja con champaña. Sintiéndose ligeramente desequilibrada, Sophia aprovechó la oportunidad para coger una copa y cambiar de tema. Pasando a temas menos peliagudos, hablaron del tiempo y del menú de la cena.

A los pocos minutos apareció Pierre Billaud y se quedó en el umbral mirando a la gente. Comprendiendo que el joven no conocería a nadie, y feliz por tener un motivo para disculparse con lord Whitby, Sophia fue a invitarlo a entrar y comenzó las presentaciones.

Hicieron la ronda por el salón. Finalmente llegaron a Marion, que levantó sus binóculos para mirar mejor al apuesto joven francés. Con una mirada indignada a Sophia reveló su desaprobación de que hubiera invitado a un desconocido sin su conocimiento.

—Marion, permíteme que te presente a uno de nuestros invitados, Pierre Billaud. Nos visita desde París.

Dio la casualidad que a Marion se le cayeron los binóculos. Sophia continuó la presentación:

—Monsieur Billaud, la duquesa de Wentworth viuda.

Marion guardó silencio, luego palideció y, sin aviso, cayó desmayada a los pies de Sophia, en un revoltijo de faldas y enaguas.

20

James trató de reanimar a su madre abanicándola con un menú de la cena, pero fueron las sales las que lo consiguieron. Tres frasquitos aparecieron al instante bajo su nariz, presentadas por tres señoras que estaban cerca.

Sophia estaba arrodillada al otro lado de su madre, y los invitados estaban de pie alrededor, con expresiones preocupadas y susurrando entre ellos.

—Es el calor —explicó Marion, al despertar, con las mejillas rojas de humillación—. ¡Dile al lacayo que apague el fuego!

James levantó un dedo hacia un lacayo. Al instante siguiente, las brasas siseaban desprendiendo humo y vapor.

—¿Cómo te sientes, madre? —le preguntó James, ayudándola a sentarse.

—Creo que necesito irme a mis aposentos.

—Yo la llevaré —dijo James a Sophia—. Tú quédate aquí con los invitados.

Avanzaron lentamente hacia la puerta, su madre apoyada pesadamente en él.

—Espero que no estés enferma.

—Estoy bien.

Cuando giraron para dirigirse a la escalera, James miró hacia el interior del salón y vio a Sophia hablando con un desconocido.

—¿Quién es ese hombre? ¿El de pelo y bigote negro?

—No lo sé —contestó la viuda, resollante—. Es francés. Tu mujer lo invitó. Tal vez lo conoció cuando fue a París a comprar su ajuar.

James volvió a mirarlos y sintió formarse un nudo en el estómago. Continuaron caminando.

—Tú justamente tendrías que saber cómo siempre se presenta ella sola, y ahora ha invitado a desconocidos a nuestra casa, James. Es hora de que hables con ella y la convenzas de que sus costumbres americanas no van bien aquí. Ahora es duquesa, y sigue haciendo lo que se le antoja, causando todo tipo de problemas que no podrías ni empezar a imaginarte. No entiende la importancia de su rango ni de nuestras tradiciones. Tienes que tener mano firme con ella.

—Madre...

Ella suspiró.

—Piensa en lo que habría hecho tu padre. Jamás habría permitido que la situación se descontrolara tanto. No logro imaginarme lo que habría ocurrido si yo me hubiera tomado las libertades que se ha tomado Sophia.

James la miró glacialmente. Ya estaban en lo alto de la escalera.

—Permíteme que te recuerde que yo no soy mi padre, ni deseo serlo jamás. Y que tú ya no eres la señora de esta casa. Sophia es la señora ahora. Es mi duquesa y seré yo el que decida la manera de proceder con ella.

La viuda continuó cojeando débilmente por el corredor a su lado.

—No has cambiado nada, James. Sigues haciendo todo lo que puedes por herirme, ¿verdad?

—Madre —dijo él, deteniéndose—. Sophia nos ha proporcionado a todos un futuro, y no me refiero solamente al generoso arreglo monetario de su padre en el contrato de matrimonio. Ha entrado en nuestra familia con muchas esperanzas, un corazón bondadoso y el deseo de hacerlo todo lo mejor posible, y no te permitiré que le hagas más difícil una transición que ya es difícil. ¿Me entiendes?

Su madre lo miró fijamente, incrédula, luego se recogió las faldas y se alejó furiosa pisando fuerte por el corredor. James se quedó en silencio, sintiéndose muy satisfecho por haberle hablado con tanta franqueza y veracidad a una mujer con la que muy rara vez había hablado en su vida.

Se sentía extrañamente conectado con Sophia en ese momento, como si estuvieran juntos del mismo lado. Como si fueran un nuevo contingente en esa oscura y maldita casa.

Sorprendido por ese cambio en su corazón, retrocedió unos pasos y se dirigió a la escalera. Cuando iba bajando, se sorprendió mirando la puerta abierta del salón abajo, en busca de Sophia, deseando ver su cara.

La divisó. Sonriendo radiante, estaba conversando con Whitby, y luego giró la cabeza para hablar con el caballero francés.

No pudo negar el desagrado que sintió al verla hablar con un hombre que le había enviado tres docenas de rosas rojas hacía unos pocos meses, un hombre que públicamente la perseguía con la intención de casarse con ella. Y luego con el otro hombre de quien él no sabía nada.

Ella estaba deslumbrante de alegría y vitalidad, como lo estaba siempre cuando hablaba con la gente. Tal como había resplandecido para él la primera vez que bailaron en ese salón de Londres. Y era justamente ese encanto lo que le atrajo la atención y lo chupó.

Llegó al pie de la escalera y se dirigió a la reunión. La imagen de ella con ese desconocido, de Francia nada menos, le hizo fruncir el entrecejo, porque no le gustaba ser dejado fuera ni que no lo informaran de lo concerniente a su casa o a su mujer.

Y aún le agradaba menos esa aguda, irritante e irracional punzada de celos que lo estaba pinchando en ese momento.

Marion entró en su dormitorio y cerró violentamente la puerta.

—Eve, necesito té. Ve a ordenar que me lo traigan —dijo a su doncella.

La mujer salió presurosa de la habitación.

Al instante Marion fue a sentarse en un sillón, con las manos todavía temblorosas por la conmoción. ¡Genevieve había enviado a Pierre allí! ¿Cómo podía haber hecho algo tan horrible después que ella le pagara la suma que le pidió, y asegurarle que le enviaría más? ¿Es que había decidido que el dinero no satisfacía su necesidad de vengarse? ¿Pretendería apoderarse del ducado también?

Se cubrió la cara con las manos y reflexionó acerca de qué podía hacer. ¿Debería decírselo a James?

No, eso de ninguna manera. Sí él se enteraba se enfurecería con ella por haberle ocultado esa verdad toda su vida. Incluso podría permitir que el secreto se hiciera público, porque jamás había sido una persona que se preocupara por los escándalos ni por lo que los demás pensaran de él.

Sabiendo la opinión que él tenía de sus antepasados, ni siquiera podía estar segura de que defendería su título. Igual le decía adiós a su ducado y se marchaba hacia la puesta de sol con su arribista esposa americana.

«Dejándome a mí para hacer frente a las consecuencias».

Esa noche, una vez que todos los huéspedes se hubieron retirado a sus habitaciones, James cogió el candelabro y salió al corredor. En el estómago le revoloteaba una aprensión que le resultaba nueva, y aunque se había pasado la vida manteniendo a raya las emociones, reconocía la causa. Esa noche iba de camino al dormitorio de su mujer, no a engendrar un heredero y ni siquiera a satisfacer su lujurioso deseo de ella, sino a asegurarse de que ella le pertenecía a él y no a otro.

Llegó a la puerta y entró. Sophia ya estaba acostada con las lámparas apagadas, y su entrada debió sobresaltarla. Se sentó con las mantas apretadas contra el pecho.

—James, ¿qué haces aquí?

—¿No puede un marido visitar a su mujer cuando siente el deseo?

Ella estuvo callada un momento.

—Por supuesto. Pasa. Pensé... creí que no te vería esta noche.

No lo esperaba, pensó él, porque esa era la primera vez que venía a su habitación dos noches seguidas. Tal como él, se había hecho la idea de que sus relaciones sexuales eran un deber, y solamente un deber.

Buen Dios. Una semana atrás él creía eso sinceramente, o por lo menos se creía capaz de fundamentarlas solamente en el deber. En ese momento no estaba nada seguro de eso. En algún momento entre decir «lo hago» y ver esa noche a Sophia hablando con Whitby y con el francés, sus sentimientos habían empezado a cambiar.

Avanzó y dejó el candelabro en la mesilla de noche.

—¿Puedo acostarme contigo?

Ella pareció algo confundida por la pregunta y al instante le abrió las mantas. Él se quitó la bata y se metió entre las frías sábanas a su lado.

—Has sido una excelente anfitriona esta noche.

—Gracias a Lily. Ha sido maravillosa conmigo, James, me ayudó en lo de las normas de precedencia y en muchísimas cosas más.

James se puso de costado con la mejilla apoyada en la mano, mirándola.

—Me alegro que sea una amiga para ti.

—Yo también. Y me tiene confianza, James. Me siento como si hubiera un vínculo entre nosotras. No podría haber esperado una cuñada mejor.

Él le apartó un mechón de la cara.

—Me alegra eso.

Me alegra que alguien haya sido amable contigo cuando yo he estado ausente, pensó.

—¿Sabes que Lily me dijo que hubo un tiempo en que estuvo enamorada de lord Whitby?

—¿De Whitby? —dijo él, frunciendo el ceño—. Pues no, no lo sabía.

Él conocía a Whitby de toda la vida, y por lo tanto lo había visto en sus peores aspectos. Había actuado como él en la mayoría de las cosas, pero los recuerdos quedaban, y le costaba imaginarse que Whitby le conviniera a alguna mujer, y mucho menos a su hermana menor.

—Me dijo que había sido un simple encaprichamiento de niña —continuó Sophia—, y que cuando vosotros estabais juntos en el colegio, ella encontraba fascinante su terca rebeldía.

—Bueno, eso no me sorprende —dijo él, divertido—. Lily es una romántica, y ahora estoy seguro de que ha heredado el lado horrorosamente desmadrado de su padre.

Sophia se rió.

—¿Cuánto de desmadrado?

James se encogió de hombros. Un mes atrás no habría contestado esa pregunta. Y no habría puesto el tema de su padre tampoco, pero Sophia ya sabía una parte de la historia de la familia a la que había entrado y, gracias a Dios, no había escapado a Estados Unidos.

—Mi padre se casó tarde, ya bien entrada la treintena, así que tuvo sus buenos años para adoptar una forma de vida escandalosa. —Vio la expresión de curiosidad en la cara de ella, de modo que continuó—: Jugaba, bebía y frecuentaba los peores establecimientos imaginables, y cuando mi abuelo ya no soportó verlo comportarse de esas maneras, lo envió a Francia, a vivir con un viejo compañero suyo del ejército; un hombre que sin duda era tan estricto como él. Al cabo de unos años mi padre volvió a Inglaterra y se casó con mi madre y al menos durante un tiempo mantuvo las apariencias.

—Lily me dijo que tenía una amante.

—Tuvo muchas, sin duda, pero la que tuvo más tiempo era de París, una mujer que conoció allí.

Las llamas de las velas se movían en la oscuridad, y él admiró la blanca piel de Sophia cuando ella bajó los ojos a sus manos, que tenía en el regazo.

—Y hablando de París —dijo—, ¿quién es ese Pierre Billaud? ¿Alguien que conociste cuando estuviste allí?

Sophia levantó bruscamente la cara para mirarlo.

—¿Alguien que yo conocí? Santo cielo, no. Está aquí con lord Manderlin, que me escribió hace una semana para preguntarme si podía traer un invitado. Al parecer, *monsieur* Billaud ha alquilado una casa de lord Manderlin, y anda aquí de viaje, para conocer Inglaterra.

—O sea, ¿que acabas de conocerlo?

—Sí, hoy. ¿De veras pensaste que era amigo mío?

En ese desagradable momento, James comprendió lo irracional que había sido al saltar a conclusiones, al dejarse llevar por unos ridículos celos que no tenían ningún fundamento en la realidad. Seguro que su mujer estaba pensando lo mismo.

—No sabía qué pensar —dijo.

Sophia le acarició la mejilla.

—Bueno, ahora lo sabes, así que puedes olvidarlo y pensar en otra cosa. En algo más inmediato, como por ejemplo, hacerle el amor a tu amante y fiel esposa.

La melodía de su voz le recordó la luna de miel, cuando él se permitió sencillamente adorarla, y ella se había deleitado en esa adoración.

Ella estaba diferente ahora. También él. Todo había sido diferente entonces.

Ella se agachó y meneó el trasero para tirarse el camisón y sacárselo por la cabeza. De pronto él estaba mirando los redondeados pechos a la luz de las velas, sus pezones ya firmes, a la espera de sus caricias. Ella levantó los brazos y los puso detrás de la cabeza. Y él se sintió muy agradecido de que fuera realmente «fiel».

Con la idea de hacerle el amor, se le curvó la boca en una sonrisa.

—Sabes que me voy a quedar toda la noche.

—Estupendo, porque te iba a amarrar si intentabas marcharte.

Él volvió a sonreír. Se había acabado el tiempo para hablar. La necesidad de tenerla era increíblemente potente. No podría haberla combatido ni aunque quisiera, porque estaba avasallado por un feroz impulso carnal de poseerla. De todas las maneras imaginables.

La estrechó en sus brazos y le cubrió la boca con la de él, sintiendo acelerada la sangre en sus venas, uniendo su lengua con la de ella. Su instantánea erección le presionaba el lleno y firme muslo, y mientras le acariciaba el vientre con las manos y le atormentaba los pezones con la lengua, contendía con emociones y vulnerabilidades que habría preferido que no existieran, por ejemplo el deseo de hacerle el amor a Sophia con la sola finalidad de demostrar que ella era suya y continuaría siendo suya eternamente.

Eternamente.

Eso lo asustaba.

Todo lo asustaba.

Porque eso era exactamente lo que había tratado de evitar toda su vida: la pasión incontrolable, ingobernable.

Se colocó encima de Sophia y sintió sus brazos y piernas alrededor de él, atrayéndolo todo lo posible. Entonces la penetró y sintió pasar por su cuerpo una tremenda, monstruosa, oleada de excitación y placer, que le llegó al alma. Jamás en su vida adulta se había sentido tan terrible, inconcebiblemente vulnerable.

Los días siguientes fueron para Sophia los más felices desde que llegara con James al castillo Wentworth. Los invitados habían traído risa y conversación a la mesa; por una vez no se avergonzaba de ponerse sus vestidos Worth y sus joyas. Por encima de todo, James se mostraba extraordinariamente atento con ella, iba a su habitación todas las noches y se quedaba hasta el alba. Era como si su cruel retirada fuera cosa del pasado y se hubiera adaptado a la idea de tenerla en su vida, aceptando la realidad de que era un hombre casado, y estuviera dispuesto a abrirse a por lo menos una apariencia externa de intimidad.

Incluso su manera de hacerle el amor había cambiado. Sonreía y reía igual que en la luna de miel. Le hablaba de Martin y Lily, y de los cambios que deseaba hacer en la forma de llevar la propiedad. Los dos se divertían en la cama por la noche comentando lo ocurrido durante el día y las pequeñas flaquezas de los huéspedes, como cuando a lady Fenwick se le quedó atascado un tacón en una grieta del pórtico y la viuda intentaba ayudarla a liberarlo; las dos farfullaban y gemían, las dos profundamente azoradas, y después fingieron que no había pasado nada. Se rieron tanto que James se cayó de la cama.

Claro que él nunca le había dicho que la amaba, y tampoco ella le había dicho esas palabras desde que él volvió de su viaje a Londres, porque en algo percibía que él no estaba preparado para eso. Pero con todos los cambios de esos últimos días empezaba a pensar que había esperanzas de que esos sentimientos afloraran en el futuro. Eso solo le daba la fuerza para seguir adelante con una sonrisa.

No sabía si él se daba cuenta de lo distinto que estaba. Si alguna vez lo diría o lo reconocería. Tal vez algún día sí.

James no tardó en empezar a considerar que la fiesta-cacería estaba siendo la mejor de que tenía memoria, porque había cierta relajación en las celebraciones. Gracias a Sophia, brillaban por su ausencia las actitudes y expectativas de intelectualidad y estiramiento, lo que su madre siempre había transmitido en el pasado, y él se lo estaba pasando en grande.

Como una brisa de aire fresco, Sophia, su duquesa, había acabado con las tensiones de los años anteriores. Había contratado a un acordeonista americano al que ella acompañaba en el piano tocando animadas cancionetas por las noches (su madre hacía una mueca con cada una). Sophia organizaba juegos, como el adivina quién te eligió, batiendo palmas, o la gallina ciega, con los que, teniendo encima unas cuantas copas de vino, todos ya reían a carcajadas más avanzada la noche. No lograba recordar ningún periodo de su vida en que se hubiera reído con tanta frecuencia ni tan escandalosamente como esa semana.

Una tarde, cuando estaba con los otros caballeros cazando, Whitby se fue a poner a su lado. Durante la mayor parte del tiempo se habían evitado, sólo hablaban cuando era necesario, y con indiferencia, reconociendo ambos así que su amistad se había deteriorado. La última vez que hablaron de verdad, fue aquella en que Whitby le manifestó su indignación por haberle propuesto matrimonio a Sophia y él se limitó a alejarse. Después se lo había quitado de la cabeza, como hacía con tantas otras cosas desagradables de su vida.

Whitby apuntó el rifle y apretó el gatillo. Salió el disparo y uno de los pájaros de la bandada que volaban más bajo cayó a tierra.

—Buen tiro —dijo James.

—No tan admirable como el último tuyo, pero tú siempre apuntas alto.

James notó que se le tensaban los hombros. Recargó su rifle.

—¿Y cómo va tu vida de casado? ¿Todo va como pensabas que iría?

—Todo y más. Sophia es una buena duquesa.

Whitby apuntó y disparó.

—Eso nunca lo puse en duda. —Bajó el arma y lo miró—. Salta a la vista que ha hecho algunos cambios drásticos por aquí.

James se limitó a asentir.

—Me imagino que tu madre no se lo ha tomado bien.

—Madre se lo sabe tomar. —Dios, qué desagradable.

—Bueno, no puede decir que Sophia haya descuidado ni un sólo detalle en la programación de esta reunión. El solo volumen de comida que hemos devorado esta semana no tiene precedentes, James. La sopa de camarones estaba fantástica. Tu mujer tiene talento en ese aspecto, te lo aseguro. Es una excelente anfitriona.

Whitby recargó el rifle mientras James esperaba que los ojeadores espantaran la caza.

—¿Quién es el francés, por cierto? Ha estado presente en todas las comidas, pero nunca se queda para los cigarros. ¿Es un amigo de Sophia?

—Noo, es un invitado de Manderlin —repuso él, acentuando «Manderlin»—. Billaud alquila una casa del conde.

—Ah. —Pasó volando otra bandada de pájaros y los dos apuntaron y dispararon—. Es un tipo algo raro. No habla mucho, sólo a las damas. ¿No le gusta la caza?

—Supongo que no, si le gustara estaría aquí, ¿no?

Estuvieron varios minutos callados, los dos concentrados en sus disparos, y finalmente Whitby bajó el arma.

—Oye, James, hemos sido amigos muchísimo tiempo, y creo que debo pedirte disculpas por haber hecho suposiciones acerca de ciertas cosas. Todo ha resultado como debía, y querría olvidarlo si tú estás dispuesto.

James miró la hierba amarronada. No había esperado eso ese día. Tampoco había querido reconocer lo mal que se sentía por ese distanciamiento con su más viejo amigo. Exhalando un largo suspiro, lo miró y le tendió la mano.

Se estrecharon las manos.

—Por supuesto que estoy dispuesto. Yo también lo siento, amigo mío. Espero que no... que no sufrieras por nada de eso.

—¿Sufrir? ¿Yo? Cielos, no. El mercado del matrimonio no es otra cosa que una competición encarnizada, sobre todo cuando hay herederas en medio. Mi orgullo se melló un poco, nada más.

—Me alegra saberlo —sonrió James.

Pasó otra bandada y los dos apuntaron y dispararon.

Mientras recargaban, Whitby le dio un codazo.

—No he renunciado, ¿sabes? Siempre hay una próxima temporada. Sin duda otro vapor lleno de beldades americanas va a cruzar el charco tan pronto como cambie el tiempo.

James lo miró sonriendo.

—¿Y tú estarás allí para recibir el barco de oro?

Whitby arqueó una ceja con expresión astuta:

—Naturalmente. Me aguarda el verdadero amor, está justo sobre el horizonte azul, creo. O al menos, siempre puedo esperar.

Dos invitados retrasados llegaron a pasar los dos últimos días de la cacería, por lo que Sophia se tomó un momento para volver a sus aposentos a organizar la nueva disposición de los asientos para la cena. Se sentó con su libreta encuadernada en piel, que tenía ranuras para insertar las tarjetas con el nombre y el lugar donde se sentaría cada huésped, pero cuando llegó a los recién llegados, no vio claro dónde debían sentarse. De pronto sintió miedo a cometer un terrible error en la distribución y que algún noble pomposo chillara amenazando con un sangriento asesinato.

Necesitaba el *Debrett's Peerage* [Guía nobiliaria de Debrett], que asignaba un número a cada noble y a sus familiares. Por desgracia, Marion prefería tenerlo en su habitación, puesto que, como todo lo demás, había sido suyo primero.

Se apresuró a salir de la habitación y se dirigió a los aposentos de la viuda. Estaba a punto de llamar a la puerta cuando oyó un desgarrador sollozo. Pegó la oreja a la puerta y escuchó. Oyó otro sollozo y entonces tuvo la seguridad de que era Marion la que estaba llorando.

Se quedó escuchando un momento, pensando que no debía entrometerse, pero al oír otro sollozo sintió en el estómago una punzada de compasión por la mujer, aunque le fastidió sentirla. No pudo evitar golpear la puerta.

Hubo un breve silencio.

—¿Sí? ¿Quién es?

Sophia no se molestó en contestar, porque sabía que Marion le diría que se marchara. Simplemente abrió suavemente la puerta y asomó la cabeza.

—Soy yo. Sophia. ¿Te sientes mal, Marion?

La viuda se limpió los ojos y enderezó la espalda en el sillón.

—Estoy muy bien. No te dije que podías entrar.

Sophia continuó en la puerta.

—Te oí llorar. ¿Puedo hacer algo por ti?

—No, lo único que puedes hacer es marcharte. Necesito estar sola.

Tragándose el deseo de hacer lo sencillo, hacer lo que se le decía y marcharse, se quedó. Entonces recordó a qué venía. Entró en la habitación.

—Venía a pedirte prestado el *Debrett's Peerage* otra vez. Tengo que cambiar la distribución de los asientos para la cena.

—¿Por qué? ¿Alguien se marcha?

Su voz sonó esperanzada. Tal vez estaba cansada del bullicio y deseaba recuperar su casa.

—No, esta tarde llegaron lord Witfield y su esposa.

Marion se aclaró la garganta, se tomó un momento para serenarse y se levantó lentamente del sillón para ir a coger el libro de su escritorio. Se lo pasó sin hacer ninguna de sus críticas habituales. Tenía los ojos rojos e hinchados.

—Marion, dime, por favor, qué te pasa. Tal vez yo pueda ayudarte.

La viuda frunció los labios.

—No me pasa nada. Ciertamente nada que tú puedas entender. Así que vete, por favor.

Sophia se mantuvo en sus trece.

—No puedo. No puedo irme sabiendo que estás sufriendo.

La viuda pareció encogerse ante esa declaración. Después se dio media vuelta y caminó hasta la ventana.

—No quiero hablar de eso.

¿Por qué sería tan fría con todo el mundo cuando un poco de cariño podía abrirle un mundo de felicidad?, pensó Sophia. Supuso que a Marion nunca le habían enseñado a transmitir cariño a otro ser humano y jamás en su vida lo había recibido tampoco. Por lo tanto, no sabía lo que se perdía.

Se le acercó otro poco.

—Puedes confiar en mí, ¿sabes? Lo que sea que me digas no saldrá fuera de estas cuatro paredes.

—No tengo nada que decir.

—Marion, veo claramente que eso no es cierto.

La viuda continuó mirando por la ventana.

—¿Por qué tienes que ser tan atrevida, Sophia? Eso no sienta bien a una duquesa.

—En mi corazón soy tu nuera en primer y principal lugar. En segundo lugar soy duquesa. Como nuera tuya, deseo ayudarte.

Marion guardó silencio, y al final se volvió a mirarla. Los duros contornos de su cara estaban totalmente contorsionados, las arrugas profundas; estaba a punto de echarse a llorar. Sophia avanzó otro paso, preocupada.

—¿Qué te pasa, Marion? ¿Qué podría ser tan terrible? Dímelo, por favor, y te prometo que quedará entre nosotras. Podría hacerte bien decirlo.

Ocurrió lo inconcebible. Marion bajó la cabeza, se la cubrió con las manos y se echó a llorar, caminando con pasos inseguros hasta echarse en sus brazos.

Sophia sintió que el mundo se movía bajo sus pies, abrazando a su suegra, sacudida por sus desgarradores sollozos. Le friccionó la espalda susurrándole palabras de consuelo.

Pasado un momento, Marion se calmó y retrocedió. Mantuvo los ojos bajos, como avergonzada por haber mostrado sus emociones. Sacó un pañuelo y se sonó.

—Perdona. No sé qué se apoderó de mí.

—No hay nada que perdonar, Marion. Algo te ha afligido. ¿Qué?

Sin levantar la vista, Marion negó con la cabeza, sin decir nada. Sophia le cogió la mano, la llevó hasta la cama, la sentó y se sentó a su lado.

—Evidentemente, no hay nadie aquí con quien puedas hablar. Permíteme por favor que sea yo. Puedo ayudarte. Sé que puedo.

—¿Cómo podrías ayudarme? —dijo Marion con una vocecita débil—. He guardado un secreto y no puedo revelarlo. A nadie.

—Pero debes, por tu paz mental. Tienes que tener a alguien de tu lado. Tienes que tener por lo menos una persona amiga en tu vida, una persona en la que puedas confiar, aunque lo único que pueda darte esa persona sea oírte y comprenderte.

Marion volvió a negar con la cabeza, como si no pudiera creer nada de lo que le decía.

—¿No hay nadie en quien puedas confiar?

Marion se levantó y volvió a alejarse.

Tal vez era un hábito ese de alejarse, pensó Sophia, para evitar la intimidad, un hábito de toda la vida, difícil de romper. Continuó sentada en la cama, esperando una respuesta.

La viuda se paseó un momento por la habitación, y finalmente volvió a sentarse en el borde de la cama.

—Hay algo que no sabe nadie, ni siquiera James.

Sophia tragó saliva, nerviosa.

—No es el verdadero heredero de este ducado.

21

Sophia sintió una nauseabunda opresión en el estómago. Se había imaginado algo trivial: algún embarazoso error de protocolo durante la fiesta, o algún escándalo de poca monta, tal vez dos invitados se habían liado en una aventura amorosa indebida. Pero eso...

—¿Estás segura?

—Sí. Hay un secreto en nuestro pasado, y me he pasado toda la vida tratando de impedir que lo sepa el mundo.

—¿Qué secreto?

Marion bajó la cabeza.

—Todo se debió a mi marido, Henry. Es culpa suya que haya ocurrido esto. Por su culpa estamos todos en esta horrible situación. —La miró—. Yo no fui su primera esposa.

Sophia trató de calcular qué significaba eso.

—¿Quieres decir que tuvo un hijo de su primer matrimonio?

—Sí. Pero él no lo sabía cuando se divorció. Se fue a vivir a Francia cuando era muy joven y allí se casó con Genevieve, una mujer que nadie habría aprobado. Era una actriz, y actuaba en uno de esos teatros de mala muerte. Conociendo a Henry, igual se casó con ella sólo para fastidiar a su padre, porque te aseguro que ese hombre no era ningún santo.

Sophia le apretó la mano y le acarició el dorso.

—En todo caso, Henry nunca le dijo que era heredero de un duque, y tampoco le dijo a nadie de Inglaterra que se había casado. Lo único que hizo fue cambiar de identidad y vivir otra vida. Se casó con Genevieve en París, donde vivían en una de las peores partes de la ciudad, pero cuando se enteró de que había heredado el título, se divorció de ella, volvió a Londres, y se casó conmigo muy poco después. No creo que Genevieve lamentara la separación, porque nunca le dijo lo del hijo. Muchos años después descubrió quién era él, pero entonces ella regentaba un burdel, y Henry no quiso traer ese tipo de escándalo aquí, donde estaba formando a su respetable hijo inglés para heredar. Así que empezó una aventura con ella. Y allí se fue todo nuestro dinero, en mantenerla callada. —Volvió a echarse a llorar—. Después de que murió Henry, no volví a saber de ella durante un tiempo, pero de pronto me escribió diciendo que yo debía ayudarla financieramente, si no, revelaría al mundo el secreto de su hijo. Y acabo de recibir este telegrama, en que me pide más dinero para antes del fin de semana.

—Pero eso es chantaje —dijo Sophia, cogiendo el telegrama para leerlo.

—Llámalo como quieras, pero pagarle lo que pide es la única manera en que puedo impedir que James lo pierda todo. ¡Ooh, si simplemente desapareciera!

Sophia volvió a apretarle la mano.

—¿Estás segura de que no deberías decirle esto a James? Tal vez él podría hacer algo. Tal vez hay una manera. Tal vez ese matrimonio no era legal. Dices que ella no sabía que Henry era duque. ¿Él usó un nombre falso para casarse? Porque eso haría nulo el matrimonio.

—Usó su verdadero apellido. He visto el certificado de matrimonio. Lo miré bien hace años. Estaban casados legalmente.

—Pero ¿por qué sencillamente no viene a reclamar lo que le corresponde a su hijo por derecho? ¿Por qué insiste en que le pagues? Eso lo encuentro muy sospechoso.

—Siempre supo que la propiedad no era lucrativa. No le gustaría este tipo de vida en el campo. Sólo desea dinero y joyas para poder tener el tipo de lujos que le gustan y continuar actuando como... mujer de negocios.

Sophia movió la cabeza.

—Deberías decírselo a James, de verdad.

—No. Me he esforzado toda la vida en protegerle de esta inmundicia, y no permitiré que pierda lo que le pertenece. Él tiene un cierto sentido de la justicia y temo que podría...

—¿Temes que podría cederle el ducado a su hermanastro?

—Podría.

Sophia se levantó y comenzó a pasearse por la habitación.

—Pero al menos sería decisión suya.

Marion hizo una inspiración entrecortada.

—Me prometiste que esto quedaría entre nosotras, Sophia.

Buen Dios, sí que lo había prometido.

—Sí, lo sé, pero...

Marion se levantó y se le acercó.

—Lo prometiste, Sophia. No te habría dicho nada de esto si no me hubieras convencido de que podía confiar en ti.

¿Qué podía hacer? ¿Ocultarle ese secreto a su marido para ganarse la aprobación de su suegra, que hasta ese momento no había sido otra cosa que odiosa con ella? ¿Y si James lo descubría?

Pero tal vez por eso Marion había sido tan odiosa toda su vida, porque no tenía a nadie en quien confiar, a nadie en quien creer. ¿Cómo podía ser una persona otra cosa que odiosa sin haber conocido jamás el amor en su vida?

Se pasó las manos por la falda sin saber qué hacer. Marion la observaba con ojos suplicantes, vulnerables, esperando.

El *Debrett's Peerage* estaba sobre el escritorio. Sus deberes de duquesa la esperaban.

Quizás una vez que le demostrara que era mejor confiar en las personas que cerrarse a ellas, pensó, Marion podría decidir confiar en James también. Trabajaría en eso, en lograr que se lo dijera a James.

Se acercó a ella y le cogió las manos.

—Guardaré tu secreto por ahora, pero también trataré de hacer algo para mejorar las cosas. Has hecho bien en decírmelo.

Disminuyó ligeramente la desesperada angustia en los ojos de Marion. Entonces se le acercó más y la abrazó. Sophia trató de no soltar una exclamación de sorpresa ante ese inesperado gesto de esa mujer fría e insensible.

—Hay una cosa más —dijo Marion, apartándose.

¿Una cosa más? ¿Qué más podía haber después de ese espantoso diluvio?

—El hermano de cuya existencia James no sabe nada... Se llama Pierre. Es Pierre Billaud.

Después del té los huéspedes pasaron el tiempo paseando por los jardines y finalmente subieron a sus habitaciones a vestirse para la cena.

Sophia iba de camino a sus aposentos con algo de retraso, pues había tenido que hablar con el cocinero acerca de la sopa de tortuga y recordarle que cuatro de los invitados tenían aversión a la cebolla. Todo eso mientras en la cabeza le daba vueltas y vueltas lo que le había dicho Marion. ¿Pierre Billaud hermanastro de James?

Recordó todas las veces que habían conversado esos días. Él no había hecho nada que sugiriera que sus intenciones al ir allí fueran otras que las que decía. Parecía ser lo que decía que era: una visita de Francia, nada más. Ni siquiera había hablado con Marion acerca de su identidad. No había habido ninguna amenaza de su parte; ella no había visto en él ninguna mirada ni expresión rara. Sólo había llegado el telegrama de *madame* La Roux, exigiendo otro pago.

¿A qué había ido Pierre allí? ¿Simplemente a presionar a Marion con su presencia? ¿O a echar una mirada a la propiedad que esperaba heredar?

Cuando por fin entró en su habitación y cerró la puerta, comenzó a desabotonarse el corpiño. ¿Cómo iba a lograr convencer a Marion de que confiara en James y le dijera lo del chantaje?

Estaba a punto de llamar a Alberta para que la ayudara a vestirse cuando una voz la pilló desprevenida y la hizo pegar un salto. Se giró bruscamente a mirar la cama.

—¿Hay tiempo? —preguntó James, con la comisura de la boca levantada en una pícara sonrisa.

Sin camisa, estaba echado sobre la colcha, con aspecto relajado, con una pierna cruzada perezosamente sobre la otra. Tenía puestas las calzas y las botas de montar.

Asimilando el signficado de esa seductora proposición, ella soltó el aliento y coquetamente fue a mirarse en el espejo, sin dejar de soltarse botones.

—¿Tiempo para qué? —preguntó, simulando inocencia, fingiendo que no había nada en su mente fuera de lo que estaba ocurriendo en ese momento en el dormitorio.

Con una encantadora sonrisa y los ojos alertas, él bajó los pies de la cama y se levantó.

—Tiempo para tomar el postre antes de que bajemos a cenar.

Ella lo miró por el espejo, quitándose un pendiente.

—No sabía que te gustaran tanto las natillas de frambuesa —dijo, en tono absolutamente serio—. Supongo que puedo ordenarle a una de las criadas que nos traiga un par de raciones.

La intensa mirada de James se hizo voraz.

—Natillas en una copa no era lo que tenía en mente. Estaba pensando en otro sabor. —Añadió en un ronco susurro—: No he hecho otra cosa que pensar en ti todo el día, Sophia. Lo hice fatal en la caza esta mañana debido a eso, y ese vestido que llevabas en el almuerzo...

—El verde...

—Sí, el verde. Deseaba meterte debajo de una de las mesas para ver de qué color eran las medias que llevabas debajo.

Sophia lo miró sintiendo explotar en el corazón un relámpago de hermosa y cálida luz. Era la primera vez, desde su luna de miel, que él reconocía que se sentía al menos un poco descontrolado por ella, descontrolado por algo, en realidad, y la invadió un repentino optimismo. Las preocupaciones que le ocupaban la cabeza empezaron a desvanecerse, reemplazadas por un renovado y melado deseo.

—Yo también te he deseado.

Se contemplaron en silencio a la tenue luz crepuscular que entraba por la cortina de encaje. James sonrió, y ella recordó las suaves caricias de sus manos la noche anterior, cómo la hizo sentir un placer tan intenso que había deseado llorar a gritos de felicidad. Sintió un hormigueo en las regiones bajas, una violenta necesidad femenina.

Él avanzó un paso.

—Mi doncella estará aquí pronto.

Él se detuvo a considerar eso y luego fue a echarle la llave a la puerta.

—Llegaremos retrasados a la cena —añadió ella.

Él se le acercó lentamente y le tocó los labios con la yema del dedo.

—Pero tendremos un apetito soberbio.

Cogiéndola en sus brazos, James la llevó a la cama. A Sophia ni se le ocurrió resistirse o discutir. Lo único que deseaba era sentir su húmeda piel en la de ella y contemplar su hermosa desnudez a la última luz del día. Se sentó en el borde de la cama y descaradamente comenzó a desabotonarle los pantalones, donde su abultada erección estaba esperando la liberación. A los pocos segundos él ya se había quitado las botas y el resto de la ropa y ella estaba mirando anhelante su magnífico cuerpo desnudo.

Suavemente él la tendió de espaldas. Jamás se habría imaginado ella el escandaloso placer de sentir el cuerpo desnudo de un hombre sobre ella a plena luz del día estando todavía totalmente vestida.

Pero eso no le duró mucho. James terminó de desabotonarle el corpiño y le desabrochó el corsé. Y entonces ya estaba acariciándole los pechos, besándoselos, saboreándoselos, hasta que ella estaba obnubilada por un ardiente deseo. Rápidamente salió el resto de su ropa y empezó a vibrarle el cuerpo con unas ansias profundas, potentes.

Y a los pocos minutos James ya estaba dentro de ella, con un rápido y placentero embite que la estremeció.

Los labios de él encontraron los suyos y ella se embebió de su exquisito sabor, de la sensación de su lengua explorándole la boca. La respuesta orgásmica llegó rápido, después de dos o tres profundos embites y retiradas, y la culminación del orgasmo la hizo temblar. Él se estremeció con el suyo al mismo tiempo y después susurró su nombre:

—Sophia.

Ella detectó afecto en su voz, y mientras su cuerpo recuperaba su ritmo normal, una trémula sensación de culpa se abrió camino por su estado de dicha.

Le ocultaba algo a su marido, algo terrible, cuando no quería tener ningún secreto con él. Deseaba tener su total confianza y su amor, y deseaba confiar en él y amarlo sin reservas también.

Pero le había hecho la promesa a Marion, y creía que estaba cerca de salvar la brecha que había entre ellas. De ninguna manera podía traicionarla en ese momento.

¿Por qué le ocurría eso justo cuando ella y James estaban por fin haciendo un cierto progreso en su relación?

Lo abrazó fuertemente. Necesitaba tiempo, tiempo para asimilar lo que significaba todo eso y ver la mejor manera de ser útil a esa familia.

En el salón donde estaban reunidos los invitados antes de la cena, Sophia fue pasando de uno a otro grupo, avanzando en dirección a Pierre. Marion no sabía a qué había ido él allí, porque él no se había identificado ante ella ni hecho ninguna petición; tampoco le había dicho a nadie que tenía una conexión anterior con la familia. Simplemente asistía a los almuerzos y cenas, conversaba sobre temas intrascendentes con los demás invitados y por las mañanas daba largos y tranquilos paseos mientras los hombres cazaban.

—Monsieur Billaud, ¿cómo lo está pasando en Inglaterra ahora que ha tenido unos pocos días para explorarla? —le preguntó cuando llegó hasta él.

—Muy bien, excelencia —contestó él con su marcado dejo francés.

Era un hombre guapo, pero no tenía mucho parecido con James.

Aparte del color de su pelo, que era exactamente el mismo. Pero ¿cuántos hombres tienen el pelo negro?, pensó. Casi la mitad de la población, sin duda.

En eso se les acercó Lily, con una radiante sonrisa.

—Monsieur Billaud, anoche no se quedó para las diversiones. Esta noche debe quedarse. Esta tarde llegaron músicos de Londres, y creo que tendremos baile. ¿No es así, Sophia?

—Sí, hemos abierto el salón de baile pequeño del ala este.

—¿Baile, dice? —dijo Pierre arqueando las cejas—. Bueno, supongo que tendré que asistir, ¿con la promesa de que me hará el honor, lady Lily?

Los ojos de Lily se iluminaron con su sonrisa.

—Será un placer. ¿Me disculpáis, por favor? —añadió, volviéndose a saludar a otros huéspedes.

Por el rabillo del ojo Sophia vio a Pierre mirando a Lily alejarse.

No, no la estaba mirando, la estaba devorando con los ojos.

Por un momento se sintió enferma al verle esa expresión. ¿Acaso no sabía que Lily era su hermanastra? Supuso que él creía que nadie lo sabía.

Entonces se le ocurrió pensar que tal vez él no lo sabía. ¿Podría ser eso? ¿Podría su madre haberle ocultado la verdad, y enviarlo ahí a amenazar a Marion sin que él supiera lo que estaba haciendo?

Se puso una sonrisa en la cara.

—¿Me contaría algo sobre su país, *monsieur* Billaud? ¿De qué parte de Francia procede?

En los minutos siguientes le hizo otras preguntas acerca de su vida, pero no salió nada fuera de lo común. Si mentía, tenía que ser un mentiroso consumado, porque en ningún momento habló de una madre que regentara un burdel ni de un padre que lo abandonó antes que naciera. Le dijo que sus padres eran unos prósperos comerciantes.

Después se les acercaron otros invitados y Sophia pudo alejarse sin ser descortés.

—¿Me disculpáis, por favor?

Con la sensación de no haber logrado más conocimiento de lo que realmente ocurría, se giró y vio a James justo a la entrada del salón, mirándola. A los pocos minutos se encontraron junto al hogar.

—Señora, vuestra magnificencia me pasma.

—Y vuestra... mmm... virilidad me pasma, excelencia, sobre todo cuando aparece inesperadamente en mi cama antes de la cena.

—Trataré de avisarte la próxima vez —sonrió él.

—No es necesario ningún aviso. Me encantan las sorpresas. También me encanta sentirme... pasmada.

Él la miró con un destello seductor en los ojos, y comenzaron a recorrer el perímetro del salón. Sophia eligió adrede la dirección opuesta a donde se encontraba Pierre.

Conversaron y rieron con diversos grupos de invitados hasta que sonó el gong que llamaba a cenar; entonces, con estricta observancia del orden de precedencia, entraron todos en el comedor para cenar.

Al día siguiente, James esperó en el dormitorio de Sophia a que ella volviera del habitual paseo de la tarde con los invitados, pero iba pasando el tiempo y ella no llegaba, aun cuando ya habían subido muchos invitados a sus habitaciones a cambiarse para la cena. Cuando vio que ya era demasiado tarde para intercalar alguna «actividad» conyugal antes de vestirse para la cena, fue a asomarse a la ventana, frustrado.

Ahí, sobre la extensión de césped, de regreso de un aparente paseo por el retirado jardín del lado sur, estaban su mujer y el francés. Sophia tenía pasado el brazo por el de él y se estaba riendo de algo que él había dicho.

Sintió una desagradable punzada de celos, aun cuando se dijo que era irracional. Confiaba en su mujer, de verdad confiaba. Ni por un momento se le pasó por la mente que ella estuviera alentando un coqueteo con *monsieur* Billaud. Pero de todos modos, no le gustaba verla caminar en compañía de otro hombre, cogida de su brazo a la rosada luz del crepúsculo, cuando tenía que saber que su marido la estaría esperando.

Desechó esa tonta idea y se puso la camisa, decidiendo que era mejor que no estuviera allí cuando ella volviera. No quería que supiera que la había estado observando; tampoco quería hacerle preguntas fisgonas, acusadoras, sobre dónde había estado y por qué había tardado tanto. Eso era algo que habría hecho su padre, golpeando al mismo tiempo el tocador, y él no era su padre. No era excesivamente desconfiado, se dijo; tampoco era irracional, y cualquier rasgo de carácter asesino que hubiera heredado de aquel hombre lo había aplastado hacía mucho tiempo, cuando aplastó tantas otras cosas de su naturaleza.

Entonces, ¿por qué sentía la necesidad de evitar ver a Sophia en ese momento?

Volvió a su dormitorio recordando un día de su niñez, cuando tenía cinco o seis años, y su madre lo encontró asomado a la ventana llorando porque unos niños que estaban de visita habían salido a jugar sin invitarlo a él. Su madre lo metió en un arcón y le ordenó que no llorara, porque si lloraba se enteraría su padre. Ese día, suponía, había aprendido a ocultar sus sentimientos.

Abrió la puerta de su dormitorio y se detuvo en seco al ver a un visitante sentado junto al hogar.

—Martin, no te esperaba hasta mañana.

Tampoco había tenido tiempo para decidir cómo iba a llevar su incómoda llegada a casa.

Su hermano menor se levantó al instante. La expresión de sus ojos varió entre confiada rebeldía y miedo.

—He llegado hoy, como estaba programado.

James entró y cerró la puerta. Thompson, su ayuda de cámara, estaba en el vestidor cepillando sus chaquetas.

—Thompson, eso será todo por ahora.

Tan pronto como salió el hombre, Martin se sentó y se arrellanó en el sillón.

James vio que su hermano estaba en guardia, asustado, aun cuando aparentaba despreocupación. Le recordó todas las veces que él se había enfrentado a su padre en situaciones similares, bien agarrado a su dignidad aun sabiendo que se la aplastarían.

Pardiez, jamás se imaginó que se encontraría en ese lado de la discusión.

—Supongo que ahora quieres imponerme alguna forma de castigo —dijo Martin—. Bueno, adelante. Estoy esperando.

James atravesó la habitación y fue a situarse junto a la ventana.

—Entiendo que tienes ciertas deudas por pagar.

—No más que cualquier otro hombre de mi edad.

Hombre. Apenas podía llamarse hombre, pensó James, mirando a su larguirucho hermano repantigado en el sillón.

—Lo que hagan tus amigos no es asunto mío —contestó secamente—. Hay conducta responsable y conducta imprudente. Prefiero verte en la primera categoría.

Martin se pasó una mano por el pelo y se levantó.

—Quieres verme aburrido de muerte aquí en el campo sin nada que hacer aparte de vagar o ir a pescar. —Lo miró cauteloso, inseguro, sin duda para catar las aguas de su rabia, y continuó—: Si mal no recuerdo, tú no eras mejor a mi edad, tú y Whitby. Sé los tipos de problemas en que os metíais. Sé con qué frecuencia te expulsaban temporalmente del colegio.

James hizo una honda inspiración, para calmarse.

—Sí que me expulsaban. Ese, desgraciadamente, era el menor de mis castigos.

Martin bajó los ojos al suelo, pues sabía muy bien a qué se refería James.

—De todos modos, no soy peor que tú —dijo—. Sin embargo me miras como si yo fuera una terrible decepción, como si debiera saberlo todo cuando tú no lo sabías todo cuando tenías mi edad.

James empezó a pasearse.

—Entonces qué, ¿debo sencillamente pasarlo por alto? Si vamos a compararnos tú y yo, te aseguro que nadie pasó por alto ninguno de mis delitos.

Martin volvió a pasarse la mano por el pelo.

—Esto es condenadamente aburrido, James.

—¿En qué sentido?

—No hay nadie de mi edad.

—Lily sólo te lleva dos años.

—Lily sólo habla de vestidos y cuentos de hadas.

James cruzó la distancia entre ellos.

—Supongo que sabes que debes sufrir las consecuencias de tus actos, Martin. Te pillaron una segunda vez con coñac y una mujer en tu habitación en Eton, y tu tía se confiesa absolutamente incapaz de encarrilarte. —Volvió a alejarse y darle la espalda—. No habrá ningún aumento en tu asignación el resto del año, ni se te permitirá marcharte de Wentworth mientras yo no lo considere apropiado.

—¿Me vas a encerrar con llave?

—Nada tan drástico. Contrataré a un profesor particular para que puedas continuar tus estudios, y cuando esté convencido de que has cambiado, tomaré en cuenta tus deseos. Mientras tanto, te recomiendo que le tomes el gusto al aire del campo.

—Eso es terriblemente cruel de tu parte, James.

James se giró a mirarlo.

—¿Cruel? ¿Preferirías que te diera una buena paliza? ¿O te sostuviera la mano sobre una vela encendida hasta que chillaras pidiendo perdón y prometieras no volver a hacerlo?

Martin se quedó boquiabierto de asombro, al comprender.

—No, James —dijo en voz baja. Después enderezó los hombros—. ¿Puedo irme ahora?

—Sí. Tienes permiso para reunirte con los invitados en la cena, si quieres.

Martin se detuvo en la puerta.

—Estoy bastante cansado del viaje. Preferiría que me llevaran algo a la habitación.

—Muy bien. Los invitados se van mañana, así que te pediría que organizaras tus cosas para reunirte con la familia mañana por la noche. Seguro que Lily y Sophia querrán verte.

Martin asintió y salió.

James fue al vestidor a prepararse para la cena.

22

Seguía al mando de sus emociones, se dijo James para tranquilizarse, observando a su mujer, que estaba conversando con un grupo de invitados en el otro lado del salón. Por qué se decía eso, no tenía ni idea. Tal vez se debía a que la había estado observando toda esa noche y no lograba sobreponerse a lo deslumbrante que estaba ella como anfitriona. Tenía un don para tratar a la gente, irradiaba una simpatía que hacía aparecer sonrisas en las caras de todas las personas reunidas allí.

De todas, a excepción de su madre, que estaba sentada en el extremo más alejado con otras señoras mayores, abanicándose. No estaba disfrutando en absoluto. Pero eso no era nada nuevo.

Miró hacia la puerta en el momento en que entraba un impresionante joven; con cierta sorpresa cayó en la cuenta de que era Martin. Era curioso cómo un frac negro podía madurar a un jovencito instantáneamente. Martin se detuvo, erguido, seguro de sí mismo, con las manos en guantes blancos a los costados, paseando la vista por el salón.

James fue a recibirlo.

—Así que decidiste venir.

Echaron a caminar juntos por el brillante suelo de madera cerca de la pista de baile.

—No pude evitarlo. Estaba tratando de armar una bomba de agua que explotara en la puerta de lord Needham cuando la abriera esta noche, pero la música y el ruido me distrajeron. No logré concentrarme.

James se detuvo a mirarlo. Martin también se detuvo, moviendo la cabeza con aire de incredulidad.

—Era una broma, James. ¿Por quién me has tomado?

En ese momento se les acercó Sophia, su cara iluminada por una sonrisa; alargó la mano enguantada para saludar a su cuñado.

—¡Martin! ¡Qué maravilloso verte! No te había visto desde la boda. James me dijo que habías vuelto. Cuánto me alegra que hayas venido a reunirte con nosotros.

A Martin se le iluminó la cara con esa calurosa bienvenida y se inclinó a darle un beso en la mejilla. Ella se cogió de su brazo y echó a caminar junto a él.

—¿Cómo fue el viaje? Espero que no haya sido muy tedioso ese viaje en tren.

Martin le explicó lo tedioso que había sido, y Sophia manifestó su acuerdo a todo lo que dijo, asintiendo y contándole algunas experiencias similares. Muy pronto Martin estaba sonriendo y riendo, mientras James pensaba cómo era posible que hubiera tenido tanta suerte para encontrar una esposa así, que no sólo era asquerosamente rica sino también deslumbradoramente encantadora. Una mujer capaz de hacer milagros, como el de hacer sonreír a su cínico hermano menor.

Los tres continuaron caminando por la parte de atrás del salón.

—Hay unas cuantas jovencitas aquí —dijo Sophia—. ¿Quieres que te presente a algunas?

—Sería espléndido —repuso Martin.

Algo más allá se encontraron con un grupo se damas. Todas le sonrieron a Sophia, sin poder quitarle los ojos de encima mientras ella les hablaba. James comprendió que todo el mundo parecía estar embelesado por su mujer.

—Lady Beecham —dijo Sophia—, ¿me permite que le presente a mi cuñado, lord Martin Langdon? Martin, lady Beecham, y ella es su hija, lady Emma Crosby.

Martin se inclinó cortésmente y enseguida solicitó el próximo lugar en la tarjeta de baile de lady Emma. Cuando comenzó la música la acompañó a la pista.

—Eres una mujer extraordinaria —le dijo James a Sophia cuando salían al balcón para estar unos minutos solos.

Encontraron un rincón cerca de un retoño de olmo plantado en una maceta. La noche estaba cálida para ser octubre, sin un asomo de brisa. En el aire flotaba la fragancia de las hojas recién caídas.

—¿En qué? —preguntó ella en tono coqueto—. Y no me ahorres ningún detalle.

Él sonrió de oreja a oreja.

—Haces sentir estimadas y valoradas a las personas, como si hubieras estado esperando todo el día para verlas. Todo el mundo te adora.

Sophia apoyó sus elegantes manos en la baranda y sonrió modestamente:

—¿A mí? ¿Una americana? ¿Quién lo habría pensado?

Él le cubrió una mano con la suya.

—Eso es tristemente cierto, cariño, pero has conquistado a todo el mundo. Has conquistado Inglaterra.

Ella se rió.

—Uy, James, nunca he pretendido conquistar nada, sólo encontrar felicidad.

—¿Y la has encontrado?

Lo sorprendió tremendamente su deseo de oír la respuesta de ella, porque jamás había tenido la intención de ocuparse de si era o no feliz. No había deseado sentir nada respecto a ella.

Sin embargo había encontrado la dicha con su mujer esas últimas semanas y no deseaba renunciar a ella.

Sophia le puso la palma en la mejilla.

—Sí. Nunca había sido tan feliz. Estoy contenta de que hayamos encontrado cierto... disfrute el uno en el otro.

Disfrute. Recordó haber empleado esa palabra hacía un mes, la noche anterior a su partida para Londres sin despedirse de ella. Le había dicho que no había nada malo en disfrutar el uno del otro, pero que jamás había tenido la intención de amarla.

Entonces ella le dijo que lo amaba. Esa noche él no le creyó. No se lo había imaginado posible. Pensaba que el amor no era algo fácil de sentir ni podía desarrollarse tan rápido. Estaba seguro de que ella se había casado con él por su título.

Sin embargo, ese arrobamiento que sentía en ese momento al mirarla a los ojos... había caído sobre él como un maremoto; su fuerza se componía de todas las noches pasadas en sus brazos y de cada mañana, en que despertaba con su dulce persona junto a él.

¿Eso era amor?

Y si lo era, ¿en qué momento comenzó? ¿La primera vez que la vio en Londres? ¿Había ido aumentando y profundizándose todo ese tiempo?

Recordó esa noche, bastante reciente, cuando ella le hizo preguntas acerca de su infancia. Después él le hizo el amor y notó que en su interior se había abierto una pequeña puerta. Tal vez ese fue el momento decisivo, pensó. Esa noche había sentido un desconocido estremecimiento de ternura, y puesto que él no lo desechó, se había convertido en algo más.

—Has sido muy amable con Martin hace un momento —dijo. Se llevó su mano enguantada a los labios y se la besó—. Gracias.

—No tienes nada que agradecerme. De verdad me alegró mucho verlo. Espero que ahora sepa lo mucho que lo queremos, y que realmente deseamos que esté aquí.

James sintió otro estremecimiento muy en el fondo de él.

—Nunca había conocido a nadie como tú, Sophia. Nunca había conocido a nadie que expresara sus afectos con tanta espontaneidad y valentía.

Ella lo miró a los ojos.

—Tal vez deberías probar a hacerlo alguna vez.

Él se deleitó en su calor y belleza y se inclinó a besarla en los labios. No encontró otra manera de expresar lo que sentía en ese momento, porque no sabía si lo entendía lo bastante bien para decirlo con palabras.

Esa noche, más tarde, fue a su habitación. Ella estaba sentada desnuda junto al crepitante fuego del hogar, esperándolo.

Cuando se acercó y ella se levantó para arrojarse en sus brazos, supo sin la menor sombra de duda que el maremoto había caído sobre su playa.

Eso, Dios lo amparara, era amor.

* * *

Ya bastante avanzada la mañana siguiente, Sophia se asomó a su ventana y vio a Pierre Billaud caminando hacia los jardines acompañado por un grupo de damas y varios de los maridos.

La tarde anterior cuando estuvo paseando con él no había logrado recabar la más mínima información acerca de él, ni hacerse una idea acerca de sus intenciones. Él no había dicho nada que fuera en lo más mínimo incriminatorio, y eso continuaba preocupándola, porque ¿qué chantajista no tiene planes secretos? Tal vez no era tan peligroso como creía Marion. O tal vez lo era aún más.

Salió al corredor con el fin de ir a informar al mayordomo de las horas de partida de los invitados, pero se detuvo delante de la puerta de la habitación de Pierre. Se sintió envuelta en el silencio de la casa. Miró con curiosidad la puerta, deseando tener alguna manera de enterarse de algo de él, de cualquier cosa. Cualquier cosa que le sirviera para convencer a Marion de dejar de guardar secretos e ir a James con su problema. Si querían ser una familia unida, lo único que tenían que hacer era abrirse, tener confianza entre ellos.

Pero ese era justamente su problema. Deseaba decirle a James lo que ocurría, pero le había prometido a Marion que no se lo diría, y estaba escasamente comenzando su precaria relación con la mujer. No podía traicionarla, porque entonces se acabaría toda esperanza de formar con ella una alianza personal profunda.

Miró el pomo de la puerta. ¿Habría allí dentro alguna pista sobre lo que él sabía o sobre cuáles eran sus intenciones? ¿Un diario tal vez?

Un diario. Eso era esperar demasiado.

En todo caso, si quería convencer a Marion de que confiara en James y le dijera la verdad, ella necesitaba saber cuál era esa verdad. No podía continuar ocultándole ese nebuloso secreto a él, y mucho menos cuando estaba esforzándose tanto en acercarlo a su corazón, en ayudarlo a abrirse a ella, a aprender a confiar en ella y amarla.

Escuchó atentamente por si oía algún ruido en el corredor; esa era una oportunidad que no se le volvería a presentar. Tal vez podía entrar a echar una mirada.

Miró una útima vez por encima del hombro para verificar que no había nadie mirando, y abrió suavemente la puerta de Pierre.

La cama estaba hecha, el hogar estaba recién limpiado, su maletín estaba abierto bajo la ventana, su navaja de afeitar y sus cepillos estaban ordenaditos en el tocador.

De puntillas se dirigió hacia el maletín. Lo cogió pero no encontró nada dentro. Fue al ropero y abrió las puertas. Vio varios trajes y camisas caros colgados. Con una desagrable sensación de culpabilidad, metió las manos en los bolsillos, en busca de vete a saber qué.

Todos los bolsillos estaban vacíos.

Cerró el ropero y pasó a la cómoda, donde encontró un libro de viajes sobre Londres. Paseó la vista por la habitación, pero no vio nada fuera de lo común.

Pensando que no le convenía que la sorprendieran ahí, decidió que lo mejor sería salir. Fue a la puerta, la entreabrió para mirar el corredor y comprobar que no había nadie. Todo estaba en silencio, por lo tanto salió.

Cuando estaba en medio del corredor, oyó la voz de James:

—Cariño...

Se detuvo al instante, sintiendo subir un ardiente rubor a las mejillas. Se obligó a sonreír y se volvió.

Su marido venía caminando hacia ella.

—¿Tienes un momento?

¿Habría visto él dónde estaba?, pensó angustiada.

—Por supuesto.

Él le dio alcance y la besó en la mejilla.

—Estás abrumada con tus deberes de anfitriona, supongo.

—Abrumada, sí. Todos se marcharán después del almuerzo, y todavía estoy liada en la organización de los coches. Algunos van a tomar el tren temprano mientras que otros cogerán el tren de la noche; es una verdadera pesadilla de organización.

—¿Puedo ayudarte en algo?

—No, de verdad, estoy bien.

Él miró hacia la habitación de Pierre.

—Te vi salir de la habitación de *monsieur* Billaud. Ha encontrado satisfactoria tu visita, espero.

Ella sintió resonar los latidos de su corazón en plena cacofonía.

—Sí, sólo estaba mirando los tinteros de todas las habitaciones para ver si estaban llenos.

—¿Y lo estaban?

Ella arqueó las cejas.

—Sí.

Él la miró un largo rato. Ella hizo lo que pudo para sonreír y parecer relajada, porque no quería que él supiera que le ocultaba algo. Eso los pondría de vuelta en el punto de partida.

Él volvió a besarle la mejilla.

—Estás ocupada. No te detengo más, pero me hace ilusión la cena solos esta noche. Será agradable tener la casa para nosotros otra vez.

Dicho eso, la miró con un destello seductor en los ojos, se dio media vuelta y se alejó por donde había venido.

Sophia continuó su camino, preocupada por lo que acababa de hacer. Tal vez debería haber confiado en James. Ojalá hubiera tenido un momento para pensarlo, en lugar de mirarlo así y verse obligada a responder a una acusación (que ni siquiera sabía si había sido una acusación) que no deseaba reconocer todavía.

Pronto, se prometió. Pronto lo sabría todo y, si tenía suerte, todos trabajarían unidos para ponerle fin a ese perturbador problema.

Diez minutos después, James estaba mirando por la ventana de su estudio, pensativo. ¿Sería cierto que Sophia había estado comprobando si los tinteros estaban llenos?

¿Que fue lo que lo hizo sospechar que estaba haciendo otra cosa? ¿El rubor de sus mejillas? ¿El tono de su voz?

Se sentó en el sillón junto al hogar sin encender, frotándose el mentón con el pulgar. Había notado que algo no andaba bien, y estaba seguro de que no había sido una actitud irracional suya ni un exceso de suspicacia. Su mujer le había mentido, y él se dio cuenta.

La realidad era que había un algo en Billaud que no le caía bien, desde el primer momento en que lo vio. No se fiaba de él, y esa circunstancia no tenía nada que ver con Sophia.

Pero ¿qué podía estar haciendo ella en la habitación de Billaud, cuando el hombre estaba paseando por el jardín? ¿Habría algo entre ellos?

Horror.

Se levantó del sillón y volvió a asomarse a la ventana. Detestaba el solo hecho de que se le pasara por la mente esa idea.

¡Dios! Eso no sería el comienzo de un lento descenso al infierno.

No, no, de ninguna manera.

¡No! No saltaría a ridículas conclusiones melodramáticas sin tener un buen motivo para sospechar. Sophia no había sido otra cosa que cariñosa y leal desde el momento en que aceptó ser su esposa, incluso cuando se enfrentó a la cruel y desagradable realidad de su temperamento, que él le había ocultado. Sospechar que ella hiciera algo a escondidas sería absurdo.

Apoyó la cabeza en el marco de la ventana. Tal vez debería ir a la habitación de Pierre para poner fin a su curiosidad. Comprobaría lo del tintero.

Un momento después entró en el dormitorio azul y lo recorrió con la mirada alerta, exploradora. Miró el maletín vacío, y se paseó por la habitación observándolo todo. Fue a ver el tintero. Estaba vacío.

Sophia había dicho que estaba lleno.

Entonces su mirada se posó en la cama; había una nota sobre la almohada con una rosa roja encima. La cogió al instante. Estaba escrita en papel con el timbre ducal, en una elegante letra muy parecida a la de su mujer. Decía:

Mi querido Pierre, disfruté muchísimo de nuestro paseo por el jardín. Ojalá hubiéramos podido estar otros momentos más a solas. No te vayas a Londres todavía, por favor. Quédate en el castillo unos cuantos días más, porque aun no estoy preparada para decirte adiós.

James se sentó en el borde de la cama y volvió a leerla. No quería creer lo que estaba viendo, y no quería sentir ese escalofrío que como hielo le estaba pasando lenta y dolorosamente por las venas.

Tal vez Pierre había iniciado un romance con una de las invitadas, cuya letra se parecía a la de Sophia, pensó, con una fugaz y angustiosa esperanza.

Pero no, la autora de la nota le pedía a Pierre que se quedara en el castillo. Todas las demás se marcharían.

¿Una criada tal vez?

Empezó a hervir de una rabia profunda, no invitada. Ese era papel con timbre ducal. Una criada no lo habría usado jamás.

Se apretó la frente entre el pulgar y el índice. Eso era locura. No lo creería. No.

¿Qué podía hacer entonces?

Hizo lo único que podía hacer para protegerse de perder el juicio. Recorrió toda la casa buscando a Sophia, y cuando la encontró en el comedor, verificando la distribución de los puestos en la mesa para el almuerzo, se puso frente a ella.

—¿Podría hablar contigo un momento, querida?

—Sí, claro —dijo ella, y continuó dando la vuelta a la larga mesa mirando los puestos.

Él levantó y bajó los hombros al hacer una respiración profunda.

—En mi estudio, por favor.

23

Sophia siguió a James hasta su estudio. Él se sentó detrás de su enorme escritorio de caoba y le hizo un gesto para que se sentara al otro lado, frente a él.

Él estuvo en silencio un par de segundos, mientras ella se sentaba con la espalda muy recta y se estrujaba las manos en la falda, sintiéndose como si estuviera en la oficina de la directora del colegio por haber sido sorprendida haciendo trampas en un examen. Eso era extraño, surreal, no tenía la impresión de estar mirando al marido que había llegado a conocer esa semana pasada.

Finalmente, después de un silencio que a ella se le antojó interminable, él se metió la mano en el bolsillo superior de la chaqueta y sacó una carta. Se levantó del asiento para pasársela por encima del escritorio.

—Quiero saber qué es lo que significa todo esto —le dijo fríamente.

Sophia la leyó. Sintió subir ruidosamente la sangre desde los pies a la cabeza, hasta que le vibraban las sienes.

—¿Dónde encontraste esto?

—Sobre la almohada de Pierre Billaud.

—¿Cuándo?

—Hace un momento.

Ella tragó saliva, nerviosa.

—¿Por qué, puedo preguntarte, esperas que yo sepa qué significa?

—Se parece a tu letra, ¿verdad?

Lo que hacía un breve instante era simple nerviosismo, explotó en una verdadera furia, pero logró sacar la voz calmada:

—¿Crees que yo escribí esto?

—¿No lo escribiste?

—¡No! ¡Jamás escribiría una carta así a otro hombre!

Él arqueó una ceja.

—¿Cómo puedo estar seguro de eso? No nos conocemos desde hace mucho tiempo. Todavía nos conocemos muy poco, para ser francos.

Eso ya lo sabía ella muy bien. Era igual que aquella horrenda noche cuando él separó brutalmente su corazón de ella, antes de escaparse a Londres. Se había mostrado en extremo frío e insensible entonces, y así de frío e insensible estaba en ese momento. Tenía la misma expresión en sus ojos, la expresión que le decía que no le importaba si ella lo amaba o lo odiaba.

—Si no me conoces lo suficiente para estar seguro de que yo nunca escribiría algo así... eso me decepciona profundamente.

Se levantó y se dirigió a la puerta.

—Detente ahí —dijo él, levantándose también—. Esta conversación no ha terminado.

A ella le habría gustado salir a pesar de la orden, pero al detectar su sombrío tono autoritario, se detuvo.

Después de todo el progreso que habían hecho en su relación esas últimas semanas, sentir miedo en ese momento le resultaba horriblemente doloroso.

—Siéntate —dijo él.

Ella volvió al sillón. James esperó a que estuviera sentada para volver a sentarse él también.

—¿Qué estuviste haciendo en su habitación? Y no me digas que estabas viendo lo del tintero, porque me mentiste en eso, me dijiste que estaba lleno cuando no lo estaba.

—¿Entraste en la habitación a verificar lo que yo te había dicho?

—Cuando nos encontramos en el corredor, vi claramente que no eras totalmente sincera conmigo. Simplemente intenté tranquilizarme. Por desgracia, no fue ese el resultado.

Sophia cogió la carta y volvió a leerla.

—Te aseguro que yo no escribí esto. No estaba en la almohada cuando estuve yo ahí. La habría visto.

—Sophia, has omitido explicarme qué estabas haciendo en la habitación de *monsieur* Billaud.

El pánico cayó sobre ella con una velocidad arrolladora. ¿Qué podía decir? Le había prometido a Marion que podía fiarse de ella, y si le decía el secreto a James, él iría al instante a ver a su madre con toda su furia y la pondría de vuelta y media. Ese asunto no debía acabar así. Se destruiría toda esperanza de que la familia aprendiera la confianza y el apoyo mutuo.

Bajó la cabeza.

—James, de verdad no sé quién escribió esta carta. Podría haber sido cualquiera. Sí, la letra se parece a la mía, pero no la escribió mi mano. Sólo puedo pedirte que me creas.

—Muy bien, te creo. Ahora puedes decirme qué estuviste haciendo en la habitación de Pierre.

Su voz era cortante como una espada, y le hizo bajar un escalofrío por toda la columna.

Se le llenaron los ojos de lágrimas, no porque él la estuviera obligando a decir lo que no quería decir, sino porque le hablaba con esa fría y áspera reserva. ¿Cómo era posible que un hombre pudiera enterrar sus sentimientos con tanta facilidad? ¿Y tenía sentimientos? Tal vez era eso. No sentía ni siquiera un poquito de cariño por ella. Sólo disfrutaba usando su cuerpo para encontrar un placer corto y superficial, y aquella noche le había dicho la verdad, cuando le dijo que nunca había tenido la intención de amarla. Debería haberle creído. Ay, cómo deseaba haberle hecho caso.

Le brotaron las lágrimas saladas y comenzaron a bajarle por las mejillas. Se las limpió, detestándose por mostrar esa debilidad delante de un hombre que detestaba las emociones. Tragó saliva, pero no pudo evitar que le temblara la voz al decir:

—Tienes razón. Te mentí en lo del tintero. —Aunque se estaba mirando las manos, notó que él se ponía tenso. Se obligó a continuar—: Pero eso no es lo peor. Hay más. Reconozco que te oculto algo. Una persona me ha confiado un secreto, pero no puedo traicionar su confianza diciéndote qué es. Sólo puedo prometerte que trataré de hacer lo correcto y encontrar una manera de decírtelo tan pronto como pueda.

Él se levantó y fue a apoyar las manos sobre la repisa del hogar, dándole la espalda.

—Esa persona que te confió ese secreto... ¿es de ella la carta?

Ella no podía imaginarse que lo fuera.

—Sinceramente no lo sé —repuso, encogiéndose de hombros.

—La verdad es que no me importa quién la escribió, mientras no fueras tú.

Sophia intentó respirar parejo, pensando que podría haber encontrado consuelo en esas palabras si él no las hubiera dicho con un filo de advertencia en la voz. Le decía que ella le pertenecía a él y sólo a él. Ella era su posesión, nada más, y si era inteligente, no pondría jamás a prueba esos límites.

Recordó entonces la historia de la duquesa que se arrojó por su ventana. Esa mujer llevaba unos grilletes mentales. ¿Qué le podría ocurrir a ella si continuaba desagradando a su marido?

—No te obligaré a traicionar a esa persona que te confió su secreto —dijo James—, pero quiero que sepas que si ese secreto tiene que ver de alguna manera contigo, conmigo o con mi familia, actuaré rápidamente en apagar ese incendio de un modo u otro, y no me importará nada si tu «amiga» se siente traicionada o no. ¿Entiendes?

Pues sí que entendía, faltaría más. Entendía que habían llegado a su fin sus gloriosas y placenteras noches, y que James no la perdonaría fácilmente cuando la terrible y escandalosa verdad despertara como el temible dragón durmiente que era.

A las cuatro de la tarde ya se habían marchado todos los invitados, incluido Pierre Billaud. A la hora de la cena la familia se reunió como siempre, con la presencia añadida de Martin, que estuvo callado, pero no de modo grosero. En opinión de Sophia, el muchacho no era diferente de los jóvenes que ella había conocido a esa edad, indiferentes, callados, sólo comenzando a aprender el encanto que inevitablemente adquirían cuando maduraban.

James también estuvo callado, pero ella no pudo dejar de pensar que ese silencio se debía a algo más que a una sola causa. Sí, él mantenía contacto visual con ella durante la comida, y habló superficialmente acerca del éxito de la fiesta, pero todo de un modo indiferente y educado. Era como si quisiera asegurarle que no estaba enfadado con ella y, más importante aún, que ella no le importaba nada en absoluto.

De todos modos, se puso una radiante sonrisa en la cara, como hacía siempre, y escuchó a Lily hablar de lo mucho que había disfrutado de la fiesta, en especial de los juegos por las noches. Durante todo ese tiempo ella tenía los nervios más enroscados que un reloj, lamentando su forma de llevarlo todo desde que Marion le confiara su secreto. Deseaba volver atrás, no haber insistido tanto en saber qué afligía a su suegra, porque el conocimiento que ahora tenía amenazaba con arruinar su matrimonio, que ya era frágil.

Esa noche esperó a James en la cama, con la esperanza de que fuera a verla, pero él no fue. Eso no la sorprendió, dado el tono y el resultado de la conversación de ese día.

Por un instante consideró la posibilidad de ir ella a su habitación a arreglar las cosas, pero ¿cómo? Aún no podía decirle la verdad, no, ¿cómo entonces iba a reparar lo que estaba roto?

Primero tendría que hablar con Marion. Apagó la lámpara y continuó pensando a oscuras. Al final decidió que lo primero que haría por la mañana sería ir a ver a la viuda. Ya se le ocurriría alguna manera de convencerla de que confiara en su hijo.

Unos cuantos golpes en la puerta, en rápida sucesión, despertaron a Sophia. Con el corazón retumbante, se incorporó, cubriéndose el pecho con las mantas.

—¿Quién es?

—Soy Lily —susurró la voz—. ¿Puedo entrar?

Sophia se bajó de la cama y fue a abrir la puerta.

—¿Qué pasa? Es medianoche.

—Sí, pero no podía dormir, y tú eres la única persona con la que puedo hablar.

Sophia la hizo pasar y encendió la lámpara.

—No estarás enferma, ¿verdad?

—No, no, nada de eso. —Las dos se subieron a la cama—. O tal vez sí es algo así. Me siento rara, como si no fuera yo. Ay, Sophia, gracias a Dios que estás aquí. A ninguna otra persona podría confiarle este secreto. Prométeme que esto quedará entre nosotras.

Unas campanillas de aviso sonaron en la cabeza de Sophia. Ya había prometido guardar un secreto y eso había introducido una dificultad en su matrimonio. No podía volver a hacer esa promesa.

—Lily, tal vez no soy la persona más indicada para...

—Eres la única persona, Sophia. Ya no puedo seguir viviendo con este anhelo. Me siento como si fuera a morir por su causa.

Mirando en silencio a su cuñada, sintió descender sobre ella una deprimente sensación.

—¿Qué quieres decir con «anhelo»?

Lily se dejó caer de espaldas en la cama.

—Estoy enamorada.

—¿De quién? —preguntó Sophia, temiendo saber ya la respuesta.

Lily volvió a sentarse.

—¿De quién va a ser? ¡De Pierre! ¿No te diste cuenta de que estamos locamente enamorados?

Sophia sintió cerrarse las paredes a su alrededor. Si lo que le había dicho Marion de Pierre era cierto, era hermanastro de Lily.

—¿Estás segura? —preguntó, tratando de no tartamudear—. Es decir, ¿él siente lo mismo? Casi no te vi hablar con él más de dos palabras.

Oh, ojalá eso sólo fuera una de las fantasías románticas de Lily.

—Sí que lo siente, Sophia. Por eso estoy tan delirante de pena ahora que no está. ¿Cómo voy a sobrevivir a esta separación?

La carta. Era de Lily.

—¿Cómo sabes que... que está enamorado de ti? ¿Te lo dijo?

—No tenía necesidad alguna de decirlo con palabras. Nos comunicamos con nuestros ojos, con nuestros corazones. Es mágico, Sophia. No tenía idea de que el amor pudiera ser así.

Sophia agitó la cabeza, todavía con la esperanza de que Lily estuviera imaginándose sentimientos románticos por parte de Pierre.

—¿Ocurrió algo entre vosotros?

—Nada de lo que tengas que preocuparte, aunque no sé que habría ocurrido si él no se hubiera marchado cuando se marchó. Hacíamos largas caminatas mientras los caballeros estaban cazando y, por favor no se lo digas a madre, nos escabullíamos juntos a veces, cuando podíamos. No te preocupes, él siempre se portó como un caballero, lo cual sólo me hace amarlo más.

Sophia se aclaró la garganta.

—Amor es una palabra fuerte, Lily. No te apresures tanto a emplearla. Sé que Pierre es un hombre guapo, pero en realidad sabemos muy poco de él.

Las delicadas cejas de Lily se arquearon.

—Creí que eras más romántica, Sophia. Pensé que creías en la pasión.

—Creo, pero tenemos que tener mucho cuidado en no permitir que el corazón nos gobierne la cabeza, si no, podemos meternos en problemas. Pierre es un extranjero, y nadie de aquí puede recomendarlo como...

—Tú eres extranjera, Sophia. No pensé que eso te importaría, a ti justamente.

Sophia agitó las manos, tratando de dar marcha atrás.

—No era eso lo que quería decir; no importa que sea de otro país, lo que importa es que... no sabemos nada de él. Igual podría ser un delicuente, por todo lo que sabemos.

—¡Un delincuente! ¡No es un delincuente, Sophia! Yo lo habría sabido si lo fuera.

—¿Cómo lo sabrías?

—Como te he dicho, nos comunicamos con nuestros corazones. Es como si estuviéramos conectados por una fuerza cósmica.

Buen Dios.

—Todavía no me has dicho qué ocurrió entre vosotros. ¿Te... te besó? —preguntó Sophia, recelosa.

Lily se quedó un buen rato mirando en la distancia, y volvió a tirarse de espaldas en la cama.

—¡Sí! ¡Y fue fabuloso!

Sophia sintió apretarse los músculos como tenazas alrededor de sus huesos.

—¿Lo has besado? Lily, eso no fue prudente —le dijo amablemente—. No deberías haber estado a solas con él.

Lily arrugó la nariz.

—Puah, Sophia. Tú estuviste a solas con James antes que él te propusiera matrimonio. Esa noche de la reunión política. Te vi entrar en el invernadero con él.

Sophia tragó saliva, incómoda.

—Eso fue distinto. Soy mayor que tú.

—No era distinto. Eras una joven soltera y las reglas son las mismas. —Agitó una mano en el aire—. Pero eso no importa, por cierto. Todo el mundo lo hace.

—¡Pues no, no lo hacen! Y si lo hacen, ciertamente no hablan de ello.

Los grandes ojos de Lily se entrecerraron.

—Sophia, esto no es propio de ti. Siempre eres tan amplia de criterio respecto a todo. —Se sentó, con la expresión nublada por la preocupación—. ¿Es por Pierre? ¿No te cae bien?

Sophia se pasó la mano por el pelo, tratando de encontrar una respuesta.

—No lo conozco lo suficiente para que me caiga bien o mal, y tampoco tú si es por eso.

Lily estuvo en silencio un buen rato, con la expresión malhumorada, como si ella le hubiera roto con un alfiler su eufórico globo de delirio.

Bueno pues, estupendo, pensó Sophia sin permitirse un sentimiento de culpa.

—Creí que lo entenderías —dijo Lily al fin, en tono afligido.

Exhalando un suspiro, Sophia le acarició la mejilla.

—Lo siento, Lily, sí que entiendo cómo te sientes. Lo que pasa es que... creo que tienes que actuar con prudencia antes de enamorarte demasiado de un desconocido.

—¿Es porque no tiene título?

—Noo, claro que no.

—A mi madre sí le importará eso, y a James. Jamás me permitirían casarme con él debido a eso.

Sophia asintió.

—Eso no es algo que haya que resolver ahora. Tienes mucho tiempo por delante.

Pero se resolvería, pensó con implacable determinación.

—¿Hablarías con James por mí?

—¿De qué? ¿De Pierre? —Esto no me puede estar ocurriendo—. No lo sé Lily. No puedo contestar a eso en este momento.

Lily la miró con una expresión de profunda decepción. Después se puso una forzada sonrisa en la cara y se bajó de la cama.

—Entiendo. De verdad lo entiendo. Tal vez puedas pensarlo, porque no querría... no querría indisponerme con mi familia. Necesitaría tener por lo menos a una persona de mi parte, pase lo que pase.

Perturbada y profundamente angustiada por todo lo que le había dicho Lily, Sophia le dio las buenas noches y la besó en la mejilla al salir de la habitación.

Tan pronto como la vio desaparecer por el corredor, entró a coger la lámpara y salió en dirección opuesta, hacia el dormitorio de Marion.

Golpeó fuerte en la puerta.

—¡Marion! ¡Marion! ¡Ábreme! Es urgente.

Se abrió la puerta, por fin. Marion la miró indignada.

—¿Qué demonios pasa?

—Tenemos que hablar. Se trata de Lily.

Se hicieron más profundas las arrugas de rabia en la cara de Marion.

—¿Qué pasa?

Sophia se cerró la bata en el pecho y entró en la habitación.

—Marion, tienes que decirle a James la verdad sobre Pierre.

—No —repuso Marion, altivamente.

—Esto es grave, Marion. James tiene que saber la verdad. Todos tienen que saberlo, al menos todos los miembros de esta familia.

A Marion se le arrugó aún más la cara de furia.

—¿Por qué? Es un escándalo de hace muchos años. ¿Para qué mancharlos a todos con él ahora y arriesgarse a que pierdan el puesto que les corresponde en el mundo? —Dio una palmada en el escritorio—. ¡No debería habértelo dicho jamás! Sabía que no entenderías lo que significa nada de esto.

Sophia avanzó un paso hacia su suegra.

—Entiendo muy bien lo que significa, Marion, y tienes suerte de habérmelo dicho, porque si yo no lo supiera, no te enterarías de lo que voy a decirte ahora.

Marion la golpeó con una mirada glacial.

Sophia no se dejó amilanar.

—Se trata de Lily. Está enamorada de Pierre.

24

Marion retrocedió unos pasos como si hubiera recibido un puñetazo.

—Mientes.

—¿Para qué iba a venir aquí a medianoche a mentir en algo así?

—No puede ser cierto. Él es... su hermanastro.

Se cubrió la boca con la mano; dio la impresión de que se iba a poner enferma.

—¿Estás absolutamente segura de que es hijo de tu marido, Marion? ¿Habló contigo Pierre? ¿Te dijo quién era, o aludió al chantaje?

—No, ni una sola vez. Era como si no me conociera.

Sophia dejó la lámpara sobre el escritorio.

—Bueno, es posible que no sepa que es pariente. Tal vez Genevieve nunca se lo ha dicho.

—Tiene que saberlo.

—Pero ¿por qué iba a besar a Lily si sabía que era su hermana?

—¿La besó? —Marion cayó desmoronada en la cama—. Santo Dios.

Sophia corrió a ayudarla a tenderse de espaldas.

—¿Quieres que te traiga algo? ¿Un vaso de agua? Podría llamar para que te traigan té.

—No, no llames para nada. No quiero que nadie me vea así.

Sophia le acarició la frente.

—¿La besó? ¿Estás segura?

—La propia Lily me lo dijo. Ciertamente ella no tiene idea de lo que hace, y sólo cabe esperar que él tampoco. Pensar de otra manera es simplemente... bueno....

Marion la hizo callar agitando una mano.

—¡Será una deshonra! ¡Para todos! ¿Qué vamos a hacer?

—Lo que deberías haber hecho hace años. Debes decírselo a James. Él sabrá manejar esto.

Marion se echó a llorar.

—No puedo decírselo.

—¿Por qué no, por el amor de Dios?

—Porque se lo he ocultado todo este tiempo. Él no sabe nada del matrimonio secreto de su padre, ni de que podría no ser el legítimo duque, y me detestará por no habérselo dicho.

Sophia se abstuvo de decir que la relación madre e hijo no era exactamente color de rosa en esos momentos.

—Te detestará más si continúas ocultándoselo ahora que Lily está en peligro. Marion, debes decírselo. Debes. Por el bien de tu hija.

Su suegra volvió la cara hacia la ventana oscura.

—¡Tiene que haber otra manera!

Sophia la cogió por los hombros y la obligó a mirarla a los ojos.

—No la hay, y no tenemos tiempo para pensar ni planear. Ya ha habido demasiado de eso, y mira a qué te ha llevado.

Ahora la situación está descontrolada, está involucrada Lily, y no puedes continuar llevando esto tú sola. Necesitas ayuda. Debes confiar en James. Él es el duque, y es fuerte. Él sabrá la manera de solucionar esto.

—¿De verdad lo crees?

—Lo sé.

Marion titubeó. Se mordió el labio.

—De acuerdo. Se lo diré. Por Lily. Pero necesito tenerte a mi lado cuando lo haga, porque no sé cómo va a reaccionar. Será una conmoción, seguro.

Sophia asintió y la ayudó a bajarse de la cama.

—Es tarde, pero tenemos que ir ahora mismo. James querrá empezar a actuar a primera hora de la mañana.

Unos pocos minutos después se encontraban las dos ante la puerta del dormitorio de James, y por tercera vez esa noche, sonaron golpes frenéticos en una puerta.

—¿James? Soy yo, Sophia. Estoy aquí con tu madre. Tenemos que hablar contigo.

No hubo respuesta inmediata, así que Sophia volvió a golpear.

—¿James? Abre, por favor.

Nada. Sophia giró el pomo y abrió la puerta. Entró con la lámpara, pero no había nadie en la cama. No había señales de que alguien hubiera estado acostado en ella.

Ya era muy pasada la medianoche cuando James y Martin entraron en la casa de Londres. Los criados, que habían recibido un telegrama notificándoles que el duque y su hermano menor iban de camino a la ciudad, corrieron a ocuparse del equipaje y dar una digna bienvenida a su excelencia y a lord Martin.

James entregó su abrigo a un lacayo e indicó a Martin que lo siguiera hasta su estudio. Lo primero que hizo nada más entrar, fue acercarse a la mesilla y llenar dos copas de coñac.

—¿Me convidas? —dijo Martin sorprendido, aceptando la copa—. ¿Qué pasa, James? Me invitas a venir a Londres sin un momento de aviso ni ninguna explicación sobre a qué venimos. Prácticamente no has dicho una palabra en el tren ¿y ahora quieres beber coñac conmigo? Está clarísimo que algo no va bien. ¿No será esta mi última comida líquida antes que me envíen a la horca?

Agotado, sabiendo que no podría dormir ni aunque lo intentara, James se las arregló para sonreír a su hermano menor y chocó su copa con la de él.

—No hay horca para ti esta noche. Aunque he de reconocer que me pasó por la mente esa táctica cuando recibí la última carta de tía Caroline.

Martin se rindió con un gesto de asentimiento y una expresión en los ojos en que había un asomo de disculpa.

—La verdad es que te necesito conmigo —dijo James—. Necesito a alguien de quien pueda fiarme.

—¿Y pensaste en mí? —exclamó Martin, agachando la cabeza—. Encuentro difícil de tragar eso.

James fue a sentarse en un sillón junto al crepitante hogar y se cruzó de piernas. Su hermano se sentó en el sillón de enfrente.

—Necesito a un familiar, Martin. Alguien que sepa decir mentiras y guardar secretos, y creo que has aprendido esas dos artes en Eton.

Martin puso un aire de inocencia.

—¿Por qué diantres crees eso?

—Porque yo aprendí esas artes bastante bien a tu edad. Además, por lo que me has dicho, y por lo que he tratado de olvidar acerca de mí mismo estos años, tenemos disposiciones muy similares.

Martin bajó la vista al líquido ámbar, haciendo girar la copa.

—Yo pensaba que te avergonzabas de mí, James —dijo en voz baja, reflexiva.

James alargó la mano y le tocó el brazo a su hermano. Jamás se le habría ocurrido hacer algo así antes de conocer a Sophia y casarse con ella, y esa realidad resonó ruidosamente en su mente.

No sabía muy bien qué decir, y de pronto se sorprendió preguntándose: «¿Qué diría Sophia en este momento?».

—Nunca me he avergonzado de ti, Martin. Frustrado sí me he sentido, pero sólo porque pensaba que no podía llegar a ti, aunque eso es todo culpa mía. Nunca he intentado ser un hermano para ti. Siempre he mantenido las distancias, y no sólo de ti, sino de Lily y de madre también, y ahora sé que debo encontrar la manera de cambiar eso. Debo encontrar una manera de hablar con vosotros, para que cuando algo vaya mal descubramos qué es y lo solucionemos, en lugar de intentar enterrarlo.

—Has cambiado —dijo Martin, sin levantar la vista de su copa.

James se limitó a asentir.

—Es Sophia, ¿verdad? Ella ha aportado algo nuevo a la casa. No está como era. Me di cuenta en el momento en que entré.

Dios. Al oír esas palabras, al oírselas decir a Martin, James sintió subir una intensa oleada de emoción por dentro. Empezó a dolerle el corazón, se le entrecortó la respiración.

Pero ¿por qué?

¿Era de felicidad?

¿Era de pena?

No estaba acostumbrado a sentir ningún tipo de asalto de emociones intensas, emociones que lo afectaran físicamente. No tenía idea de qué hacer con ellas.

Martin llenó el silencio, diciendo en voz suave:

—Sophia es especial, James. Elegiste bien.

James volvió a asentir, sólo porque no sabía si sería capaz de hablar. Ahí estaba, conversando francamente con su hermano, con el que nunca en toda su vida había hablado de verdad. Y estaban hablando de Sophia, a la que él amaba. ¡Amaba!

Lo que lo asustaba era que ella tenía el poder para reducirlo a eso, reducirlo a lágrimas, y él continuaba alejándola, como había alejado a todo el mundo.

Nuevamente se había marchado sin despedirse de ella.

Dios, cómo deseaba arreglar eso; si supiera cómo.

Si supiera la manera de abandonar el miedo de amarla y el miedo de ser amado. El miedo al gran más allá.

Martin se inclinó hacia él.

—Todavía no me has dicho a qué hemos venido aquí, James. Lo único que sé es que quieres que mienta y guarde secretos, y eso lo encuentro condenadamente interesante.

James encontró la energía para reírse.

—Interesante, sí, y espero que sólo sea eso.

—No será algo peligroso, ¿verdad?

—Eso no lo sabré mientras no descubra quién diablos es Pierre Billaud, y por qué tenía en el cajón de su escritorio una carta dirigida a Genevieve La Roux.

Martin frunció el entrecejo.

—¿Tendría que significar algo ese nombre para mí?

—Lo dudo, pero significa algo para mí. —Se inclinó y apoyó los codos en las rodillas, haciendo girar la copa de coñac entre las palmas—. Creo que ya es hora, Martin, de que te enteres de algunas cosas acerca de tu difunto padre.

Lo había vuelto a hacer; se había ido a Londres sin despedirse de ella, y esta vez sin decirle a nadie a qué iba. Esa mañana el mayordomo la informó que su excelencia se había marchado la noche anterior poco después de la cena, llevando a lord Martin con él. Eso ella lo encontró sorprendente, dado el deseo de James de mantenerse distanciado de sus hermanos.

También encontró inquietante que se hubiera marchado tan pronto, teniendo en cuenta la conversación con él, en la que la acusó de escribirle cartas de amor a Pierre Billaud. Como si ella fuera a preferir ese hombre a su marido, al que adoraba, aunque a veces deseaba no adorarlo.

¿Por qué se había marchado?, pensó, paseándose por su habitación después del desayuno. ¿Porque seguía sin creer que ella no había escrito esa carta? ¿Porque estaba enfadado con ella por reconocer que le ocultaba un secreto y no podía soportar estar en la misma casa con ella?

Tenía un buen motivo para marcharse, supuso. Ella también se sentiría dolida si el asunto hubiera sido a la inversa.

Pero si su marido no era capaz de sentirse «dolido», pensó tristemente, deteniéndose a mitad de la alfombra, con un dolor profundo encogiéndole el corazón. No había detectado en él ningún tipo de sensibilidad cuando hablaron en su estudio el día anterior, cuando le pasó la carta de esa manera insultantemente indiferente, tranquila. Estaba sentado en su lado del enorme escritorio como un poderoso administrador de una inmensa empresa que estuviera realizando un deber de poca monta.

La mañana transcurrió lentamente. Marion estaba durmiendo y lo único que podía hacer ella era pasearse por su habitación tratando de decidir qué hacer. No sabía qué urgencia tenía ese problema en esos momentos. Pierre se había marchado con los demás invitados, por lo tanto no había ningún peligro inminente para Lily. Por todo lo que sabía, igual James volvería esa noche en el tren de la tarde y podría hablar con él. Cielos, esperaba que Marion siguiera dispuesta a revelarle la verdad.

Ay, James, ¿por qué tuviste que decidir marcharte justamente ayer?

Totalmente incapaz de soportar otro minuto más en sus aposentos, con esa angustia e impotencia, bajó al comedor a almorzar. Pero estuvo un buen rato sentada a la mesa sin tener a nadie con quién hablar, hasta que llegó la comida.

—Watson, ¿dónde están los demás? —le preguntó al lacayo que estaba apoyado en la pared.

Él hizo una leve venia antes de contestar:

—La duquesa viuda pidió que le llevaran el almuerzo a sus aposentos, excelencia, y lady Lily..., bajará en cualquier momento.

Sophia miró el puesto de Lily, con su plato vacío.

—Nunca se retrasa para el almuerzo. ¿Se sentirá mal?

—No lo sé, excelencia.

Alisándose la servilleta que tenía en la falda, pensó que tal vez Lily estaba echando una siesta, para recuperar el sueño que había perdido esa noche. Cogió el tenedor para comenzar a comer.

Pero su apetito brillaba por su ausencia. Estaba preocupada, y no podría comer mientras no supiera dónde estaba Lily y qué se proponía.

—Iré a verla —dijo, sonriendo amablemente, dejando la servilleta en la mesa y retirando su silla—. Sólo para cerciorarme de que está bien. Esta ha sido una semana muy ajetreada, Watson, y todos están agotados.

Él le sostuvo la puerta abierta para que saliera.

Recogiéndose las faldas, echó a andar hacia la escalera, con la esperanza de encontrarlo todo como debía estar: Lily holgazaneando en su habitación. Si estaba holgazaneando probablemente se debía a que estaba besando la almohada, imaginando que era Pierre.

Tuvo que reconocer que se sentiría muy aliviada si fuera así. Deseaba creer que la mayor parte de lo que le había dicho Lily esa noche eran puras fantasías. La alternativa era demasiado inquietante para imaginarla.

Llegó a la puerta del dormitorio de su cuñada y golpeó.

Silencio.

Volvió a golpear.

Al no obtener respuesta, abrió la puerta y entró en la habitación. No había nadie.

—¿Lily?

Paseó la vista por el ordenado dormitorio color crema. Con todo lo que había ocurrido con Pierre, no pudo dejar de inquietarse. Se dirigió al enorme ropero de roble y abrió las puertas.

Buen Dios. Faltaban vestidos.

Se recogió las faldas y salió en busca de la doncella de Lily.

—¡Josephine! —gritó, sin saber hacia dónde corría ni dónde llegaría.

Sólo sabía que necesitaba que alguien contestara su llamada. Llegó a la escalera que bajaba al vestíbulo principal.

Apareció la señora Dalrymple en el vestíbulo y se detuvo al pie de la escalera con la mano en el poste central, mirando hacia arriba.

—¿Excelencia? ¿Pasa algo?

—¿Dónde está Josephine? —preguntó Sophia, volando escalera abajo.

—Fue al pueblo esta mañana.

—¿Fue lady Lily con ella?

—No, lady Lily pidió que la dejaran sola. Estaba muy cansada, excelencia, y no quería que la molestaran.

Imaginándose al instante lo que podría haber ocurrido, llegó al pie de la escalera y trató de calmarse. Por todos los medios debía impedir que los criados se enteraran de sus temores, que Lily podría haberse fugado con un total desconocido que muy bien podía ser su hermano.

Dios mío, te lo ruego, haz que esté equivocada.

Lily estaría deshonrada. Peor que deshonrada.

Hizo una honda inspiración.

—Comprendo. Entonces no la molestaré. Tal vez será mejor que vaya a ver cómo está Marion.

Sonrió y empezó a subir la escalera, tranquila, peldaño a peldaño, lentamente, pero tan pronto como estuvo fuera de la vista del ama de llaves, echó a correr. Cuando llegó a la puerta de Marion golpeó fuerte.

Apareció Marion en la puerta, con aspecto cansado. Al instante de ver la expresión angustiada de Sophia, se hizo a un lado para que entrara.

—¿Qué pasa? ¿Ha ocurrido algo?

—¿Sabes dónde está Lily?

—No. He estado en mis aposentos toda la mañana. ¿No bajó a almorzar?

Sophia se puso una mano en la frente.

—Será mejor que te sientes, Marion. Creo que podría haber ocurrido algo terrible.

La viuda se puso pálida.

—No hay tiempo que perder. Tengo que ir al grano. Acabo de estar en la habitación de Lily. Se ha marchado.

—¡Marchado! ¿Qué quieres decir?

—Faltan vestidos en su ropero, y la señora Dalrymple me dijo que Lily envió a su doncella al pueblo esta mañana. ¿Y si... y si se ha fugado y hecho algo estúpido?

Marion retrocedió hasta su sillón y se sentó.

—No, nunca haría algo así... —Se le cortó la voz y se quedó mirando la pared, sin expresión.

Sophia le tocó el hombro y se arrodilló delante de ella.

—Tenemos que suponer lo peor y hacer lo que podamos para encontrarla. —Golpeó el brazo del sillón con el puño—. Ay, Dios, dónde está James. ¿Por qué eligió justamente este día para marcharse a Londres?

Marion le cogió las mangas.

—Tenemos que llamarlo. ¿Un telegrama tal vez?

—Sí, eso, un telegrama —dijo Sophia—. Le diremos que vuelva inmediatamente, que es urgente. —Se levantó y se dirigió a la puerta, pero allí se detuvo a mirar a su suegra, que estaba llorando—. Ruega que yo esté equivocada en esto, Marion. Ruega que Lily haya salido simplemente a hacer una larga caminata a alguna parte para estar sola.

Marion negó con la cabeza.

—No. Conozco a mi hija. Tiene la sangre caliente de los Langdon. Me temo lo peor.

25

Agotadísimo por el viaje, James bajó del coche con blasón y subió de dos en dos los peldaños de la escalinata de entrada del castillo Wentworth. Entró en el vestíbulo y entregó su abrigo al lacayo.

—¿Dónde está la duquesa? Debo verla inmediatamente.

—En el salón, excelencia.

James echó a andar por el inmenso vestíbulo. El telegrama era inquietantemente vago y urgente, y durante el viaje en tren habían pasado los más desagradables pensamientos por su cabeza. ¿Estaría enferma Sophia, o herida? Tal vez era su madre.

Había dejado a Martin en la casa de Londres, con órdenes de llevar a cabo una investigación concerniente a Pierre Billaud. Martin tenía en su posesión una corta lista con los nombres de personas que conocieron a su padre y debían saber lo de Genevieve. Deseando saber la verdadera conexión entre Pierre y Genevieve había depositado toda su confianza en su hermano menor. Le pareció que Martin le agradecía el haberle encomendado esa tarea, el haberle dado una finalidad. Cuando iba saliendo lo abrazó.

Ese fue un momento que no olvidaría. Ni perdería esa oportunidad para un nuevo comienzo con su hermano.

Con el corazón extrañamente acelerado, entró en el salón.

Su mujer estaba sentada en el sofá de cretona.

Le pareció una especie de sueño extraño, perturbador. Estaba llorando.

En el hombro de Whitby.

Se detuvo. Sophia levantó la vista. Tenía los ojos hinchados y enrojecidos.

—¡James, has vuelto! —exclamó ella, levantándose y dirigiéndose hacia él—. ¡Gracias a Dios!

El hecho de que Whitby se quedara en el otro extremo del salón no le pasó inadvertido. Miró la cara afligida de su mujer, y por encima de su hombro miró a su viejo amigo.

—¿Qué pasa?

—¿Recibiste mi telegrama? —le preguntó Sophia.

Pero él no era muy capaz de formular una respuesta, tenía toda la sangre agolpada tumultuosamente en la cabeza.

—Sí, por eso volví. —Miró a Whitby—. ¿Por qué estás tú aquí?

Whitby avanzó un paso, inquieto, como si no supiera qué contestar.

Sophia le cogió la mano.

—Está aquí porque yo lo mandé llamar. Necesitaba ayuda y no sabía cuándo llegarías. No contestaste mi telegrama.

—No sabía que necesitabas respuesta.

Ella movió la cabeza como para dejar de lado una discusión sin sentido y se volvió a mirar a Whitby.

—¿Nos disculpas, Whitby? Debo hablar con mi marido a solas. Iremos a la biblioteca. Sírvete otra taza de té, por favor.

Con la cara pálida como el papel, Whitby asintió.

James sintió una fuerte opresión en el pecho.

—¿Qué diablos pasa? —le preguntó tan pronto como salieron al vestíbulo—. Los dos estáis como si se hubiera muerto alguien.

Sophia negó con la cabeza y se puso un dedo en los labios para hacerlo callar.

Llegaron a la biblioteca. Ella cerró las puertas de doble batiente.

—Me alegra tanto que estés de vuelta, James. Ha ocurrido algo terrible. Tal vez te convenga sentarte.

—Prefiero estar de pie.

Ya no le quedaba paciencia. Acababa de sorprender a su mujer llorando en el hombro de otro hombre, un hombre que no hacía mucho había reconocido francamente que la deseaba para él. Quería saber la verdad.

—Tu mensaje era urgente. ¿Por qué?

¿Cómo empezar?, pensó ella, mirando aprensiva la severa cara de su marido. Avanzó lentamente hacia el centro de la sala.

—Son muchas las cosas que necesito decirte, James, y no hay ninguna manera fácil de decirlas, así que simplemente las diré. Hace un tiempo tu madre me confesó algo, algo que tiene que ver con tu familia. Hay un secreto que tú no sabes.

La expresión de James se ensombreció, pero ella no podía dejarse intimidar.

—Se trata de tu padre. Esto podría ser una sorpresa para ti, pero tu madre... tu madre no fue su única esposa.

—Un momento —dijo él levantando una mano para que no siguiera hablando—. ¿Me has llamado, has insistido en que volviera inmediatamente de Londres, para decirme «esto»?

—Bueno, sí... pero...

—Sé desde hace años lo de la escandalosa primera esposa de mi padre, Sophia. Lo que no sabía era que mi madre lo supiera. —Movió la cabeza, incrédulo—. ¿Y te lo dijo a ti?

—Sí.

—¿Cómo diantres conseguiste que reconociera algo así? ¡Ante ti! No, espera, no tienes por qué decírmelo. Tienes un verdadero don, Sophia. Te metes en la piel de las personas, lo quieran ellas o no.

Ella se quedó inmóvil, mirándolo, sin entender bien qué quería decir. ¿Acababa de insultarla o de hacerle un cumplido?

—James, no importa por qué me lo dijo. El hecho es que ha habido... novedades.

Él se sentó.

—¿Qué tipo de novedades?

Ella titubeó.

—Sabías lo de Genevieve. ¿Sabías también lo del chantaje?

Él pestañeó lentamente.

—¿Chantaje? Te sugiero que me lo expliques.

Sophia empezó a pasearse, temerosa, angustiadamente temerosa de lo que esa noticia le haría a su matrimonio, viniendo de ella. Él ya sabía que le ocultaba algo, le había permitido guardar el secreto, pero ahora su hermana estaba tal vez en el mayor peligro de su vida, y ella no había hecho nada por impedirlo.

Y todo eso después de la semana más gloriosa con él, cuando ella se permitió creer que en realidad había esperanzas de felicidad en su matrimonio. La esperanza de que algún día su marido llegaría a amarla.

Estaba segura de que en los siguientes minutos esas esperanzas quedarían reducidas a un fino y seco polvo.

—Genevieve ha estado amenazando a tu madre —dijo—. Genevieve asegura que tiene un hijo que es el verdadero heredero del ducado Wentworth, y que si Marion no le paga lo que le pide lo revelará al mundo, y le arrebatará todo a esta familia.

Observó a James un largo rato. Él no cambió su posición en el sofá. Lo único que hizo fue cerrar una mano en un puño.

—¿Ese es el secreto que no quisiste decirme?

—Sí.

—¿Que crees que yo tengo un hermano?

Ella asintió.

Él apretó las mandíbulas. Se levantó y fue a asomarse a la ventana.

—Esto no es un juego, Sophia. No deberías haberme ocultado esta grave información.

—No quería ocultártela —explicó ella con la voz trémula—. Le supliqué a tu madre que te lo dijera. Pero ella se negó.

Él se giró hacia ella.

—Deberías habérmelo dicho. Como mi mujer, tienes un deber hacia mí, primero y principal, ¡por encima de todos los demás!

Sophia pegó un salto ante el aterrador timbre de la voz airada de su marido. Jamás antes le había levantado la voz, ni siquiera cuando creyó que ella le había escrito una carta de amor a otro hombre.

—Eso lo sé ahora —dijo, estrujándose las manos en la falda—. Mirando atrás, pienso que ojalá lo hubiera hecho. Pero, como sabes, mi relación con tu madre no ha sido muy agradable. Me he sentido muy sola aquí, James, lejos de mi familia, y deseaba angustiosamente sentirme aceptada como de la familia. Deseaba que tu madre me quisiera como si yo fuera su hija, tal como yo deseaba quererla como a una madre. Y por eso, cuando le hice esa promesa, la de guardar el secreto pasara lo que pasara, sin saber cuál era ese secreto, no tenía idea de qué prometía. Después, pensé que estaba cerca de arreglar los problemas que existían entre Marion y yo y...

—No te corresponde a ti arreglar a esta familia —dijo él, glacialmente—. Eres una forastera. No entiendes nuestra historia.

Sophia sintió el aguijón de esas palabras como un hierro candente quemándole el alma. Apretó los dientes.

—Tal vez una forastera fuera exactamente lo que necesitabais todos.

Él no respondió a eso. Se limitó a darle la espalda y a volver a mirar por la ventana.

Sophia deseó chillar. Se levantó, se le acercó y cogiéndole del brazo lo obligó a mirarla.

—¿Qué te pasa? ¿Es que no tienes corazón? ¿No ves que esto es tan doloroso para mí como para ti? ¿Que deseo más que nada en el mundo formar parte de esta familia, y sin embargo tengo que contender con tu fría y dura reticencia día tras día, cuando lo único que he deseado siempre era que me amaras? Y ahora me siento como si hubiera estropeado toda posibilidad de que eso ocurra alguna vez, y he puesto a Lily en peligro, y todo debido a mi profundo deseo, que no tiene nada de insensato, de ser aceptada.

Él entrecerró los ojos.

—¿Qué quieres decir con eso de poner a Lily en peligro?

Sophia se sintió enferma. Eso no podría haber ido peor.

—Lily ha desaparecido.

—¡Desaparecido!

—Sí, eso era lo que te iba a decir. Por eso te envié el telegrama.

—Señora, vale más que me expliques ahora mismo el resto de la situación —dijo él con voz temblorosa, por primera vez.

Sophia asintió.

—Lily fue a mi habitación la otra noche para decirme que estaba enamorada.

—¿Enamorada de quién?

—De Pierre Billaud. El hombre que Genevieve asegura que es su hijo.

A James le relampaguearon de furia los ojos.

—¡Buen Dios! ¿Dice que Billaud es su hijo? ¿Y tú crees que Lily se ha fugado con él?

—Sólo es una sospecha por el momento, pero, como te dije, está desaparecida y faltan vestidos en su ropero.

Él se pasó una mano por el pelo y se dirigió a la puerta.

—¿Por eso está Whitby aquí? —preguntó caminando—. ¿Le has explicado todo esto?

—Sí —repuso Sophia, siguiéndolo—. Estaba desesperada. Necesitaba que alguien fuera a la casa de Pierre y la buscara en el pueblo. Temía fiarme de cualquier criado. Sabía que Whitby ha sido tu amigo durante muchos años, y era la única persona que conocía para llamar.

Cuando llegaron al salón, James abrió bruscamente la puerta. Whitby se levantó, con aspecto sobresaltado.

—¿Sabes lo que pasa?

—Sí —contestó James. Tan pronto como Sophia entró, cerró la puerta y se volvió hacia Whitby—. ¿Fuiste en busca de Lily?

—Sí, pero no la encontré. En la casa de Pierre no había nadie, y lord Manderlin no tenía idea de adónde se fue ni cuándo se marchó. Se marchó sin pagar el alquiler que le debía, puedo añadir. Después recorrí el pueblo. Fui discreto en mis preguntas, te lo aseguro. Nadie la ha visto.

James volvió su fiera mirada hacia Sophia.

—¿Desde cuando falta?

—Desde ayer por la mañana.

—¿Y nadie sabe nada? ¿Dónde está su doncella?

—Temía por la reputación de Lily, así que he tratado de mantenerlo todo callado. A su doncella la envié a pasar unos días de vacaciones. Los criados parecen aceptar ese tipo de cosas viniendo de mí. Aparte de eso, hemos estado jugando al gato y el ratón, haciéndolos creer a todos que Lily sigue aquí, pero no sé cuánto tiempo más podremos seguir con la farsa.

—Has hecho bien —asintió él—. Whitby, voy a necesitar tu ayuda.

—Estoy a tu disposición, James.

James se paseó por el salón, pensando.

—¿Lo sabe madre?

—Sí —repuso Sophia—. Se ha pasado todo el tiempo en su habitación, llorando.

—¿Qué seguridad tienes de que Lily se fue a alguna parte con Billaud?

—Seguridad, seguridad, ninguna, pero mis instintos me dicen que eso fue lo que ocurrió. Después de que fue a mi habitación la otra noche...

—¿Qué dijo?

—Me dijo que estaba muy enamorada, y me pidió que hablara contigo, que te convenciera de aceptar a Pierre.

—¿Aceptarlo? Si todo lo que me has dicho es cierto, está involucrado en chantajear a esta familia y, peor aún, podría ser su hermanastro.

—¡Lo sé! ¡Le aconsejé prudencia!

—Bueno, señora, tu consejo no sirvió de nada.

Sophia se erizó ante el tono acusador de su marido. La rabia y la furia que se le había estado acumulando durante semanas, como bolas de nieve, la golpearon con toda la fuerza de un alud.

—¡Esto no es culpa mía, James! —exclamó, furiosa—. Como has dicho, soy simplemente una forastera. Los escándalos de tu padre, los secretos de tu madre y este horrendo chantaje, ya ocurrían mucho antes de que yo pusiera un pie en suelo inglés. ¡No estaríais metidos en este enredo si simplemente hubierais hablado entre vosotros!

Los dos hombres se quedaron callados. Entonces Whitby se dirigió a la puerta.

—Tal vez sea mejor que os deje solos un momento.

James levantó una mano.

—No, Whitby, quédate.

Durante un rato nadie dijo nada. A Sophia le pareció que transcurría una eternidad; tenía la respiración agitada, tratando de dominar el miedo que le oprimía el corazón, miedo de haber provocado demasiado a su marido, miedo de que no le perdonara nunca el haberle hablado con tanta franqueza en un momento como ese, aun cuando cada palabra fuera cierta.

James caminó hacia ella, mirándola a los ojos.

—Tal vez mi mujer tiene razón —dijo.

Sophia lo miró incrédula. ¿Había oído bien?

—Ha habido demasiados secretos —continuó James—, y estamos en este maldito lío debido a eso.

Una violenta oleada de emoción avasalló a Sophia. James la había oído, la había escuchado y aceptado lo que le dijo.

No era mucho, pero era algo, una pequeña ofrenda. No exactamente una disculpa por todo lo que había ocurrido entre ellos, y nada que se acercara a una declaración de amor, pero era algo.

Él le puso la mano en el hombro y la dejó ahí un breve instante. Ese insignificante gesto la traspasó toda entera y le hizo brincar el corazón con un doloroso anhelo, de deseo de él como hombre. Como marido. Cómo deseaba que todo eso quedara atrás y olvidado de una vez por todas. Que Lily volviera a casa, sana y salva, que Marion dejara de llorar. Cómo deseaba derribar esa barrera infranqueable que había alzado su marido entre ellos.

—Necesitamos un plan —dijo James mirando a Whitby.

Whitby abrió los brazos con las palmas extendidas.

—Aquí estoy. ¿Por dónde empezamos?

26

Acababa de empezar a caer una lluvia torrencial cuando James entró en el tocador de su madre. La ventana estaba abierta y unas fuertes ráfagas de viento agitaban las cortinas hacia dentro. Entraba agua también.

Su madre estaba acurrucada en su sillón junto al hogar sin encender, con las piernas envueltas en una manta y un pañuelo en la nariz. Todavía estaba en camisón y gorro de dormir, y tenía los ojos hinchados y enrojecidos.

James atravesó la habitación y cerró la ventana, dejando fuera el ruido del viento y la lluvia. Desde allí se giró a mirarla.

Jamás antes la había visto tan abatida y vulnerable.

Algo le oprimió dolorosamente el corazón. Era una sensación desconocida en relación a su madre, y lo maravilló.

Últimamente lo maravillaba todo en él.

Se le acercó, se arrodilló delante y puso una mano sobre la de ella. La mano estaba fría y llena de manchas de la edad y venas azules; la contempló unos segundos, sorprendido por su tacto y apariencia.

¿Es que nunca le había tocado la mano?, pensó, receloso. No lo sabía. Si se la había tocado alguna vez, no lograba recordarlo.

Esperó a que ella levantara la vista hacia él.

—Estoy en casa, madre.

Ella asintió.

—Eso lo veo, pero has llegado demasiado tarde. Estamos deshonrados, James, y todo por culpa mía.

—No estamos deshonrados.

—Lily lo estará, sin duda. Eso si volvemos a verla alguna vez.

—Haré todo lo que pueda por impedir que ocurra eso. Voy a ir a buscarla para traerla de vuelta a casa.

—¿Cómo? ¿Cómo la vas a encontrar? Whitby ya salió a buscarla y no encontró nada, ni siquiera una pista de adónde podrían haber ido.

—Por eso estoy aquí. Necesito ver las cartas de *madame* La Roux. Todas.

A ella se le agitó la garganta al tragar saliva.

—¿Sophia te lo dijo?

—Sí, pero yo ya sabía lo del primer matrimonio de mi padre, y también lo que continuó entre ellos mientras él vivió. No fue ninguna sorpresa oírlo.

A ella se le agrandaron los ojos de horror y vergüenza.

—¿Sabías que me chantajeaba?

—Eso, lamentablemente, no lo sabía, y ojalá me lo hubieras dicho. Yo le habría puesto fin. Te habría ahorrado todos estos años de sufrimiento. ¿Por qué no me lo dijiste?

Ella se llevó el pañuelo a los ojos y se limpió las comisuras.

—Sólo eras un niño cuando comenzó —dijo, con la voz trémula—. Yo sabía que nunca podría protegerte de él, pero por lo menos podía protegerte del escándalo. Cuando llegaste a la edad para entender o hacer algo al respecto, yo ya estaba muy atrapada. Se había convertido en parte de mi vida, eso de recibir las cartas y enviarle lo que pedía. No quería alterar el acomodo. Tenía miedo de lo que ella podría hacer y, encima, nunca me sentí capaz de decirte la verdad. Temía que me odiaras más de lo que ya me odiabas. Temía que fueras como tu padre y reaccionaras con violencia.

James bajó la cabeza hasta apoyarla en el regazo de su madre. Sintió la desconocida sensación de su mano sobre su cabeza, y luego la de sus temblorosos dedos que empezaron a peinarle los cabellos.

¿Cuántas veces, de niño, había deseado poder acudir a ella y hacer exactamente eso?

—No tenías por qué tenerme miedo, madre. Jamás te habría hecho daño. He hecho la finalidad de mi vida controlar ese aspecto de mi naturaleza.

Ella continuó sorbiendo por la nariz, acariciándole el pelo.

—Estaba equivocada contigo, James. Ahora veo, con mis ojos, lo mucho, lo profundamente que te quiere Sophia, y eso me ha hecho comprender que de ninguna manera podrías parecerte en nada a tu padre.

James cerró los ojos y los mantuvo cerrados un largo y significativo momento.

Después levantó la cabeza, le cogió las manos en las de él y se las besó.

—Gracias.

Ella logró hacer una triste sonrisa.

James se puso de pie, acariciándole la mejilla al hacerlo.

—Las cartas, ahora, madre. Necesito verlas. Por el bien de Lily.

—Lo entiendo —dijo ella, apuntando hacia el otro extremo de la habitación—. Están en esa caja, y son tuyas, para que hagas lo que debas con ellas.

—Debo ver personalmente a esta mujer —le dijo James a Whitby y Sophia, ya en el salón.

—Pero *madame* La Roux está en París —observó Whitby—. ¿Puedes perder ese tiempo? ¿Y si Lily está con Pierre en otra parte por aquí cerca?

—Un momento —dijo Sophia, inclinándose hacia ellos—. Recuerdo la primera vez que hablamos de Pierre con Lily. Estaba desesperada por ver París; es posible que hayan ido allí juntos. De ninguna manera se quedarían aquí. Los dos saben que los buscaremos.

—Exactamente lo que estaba pensando —repuso James—. Por lo que me dijo mi madre, no le pagó nada a Pierre. Ni siquiera habló con él. Genevieve siempre le ordenaba que le enviara el dinero directamente a ella, lo cual me induce a pensar que Pierre deseará volver allí a recibir la recompensa de su viaje.

—Pero ¿para qué llevarse a Lily? —preguntó Whitby, con la voz preñada de furia—. No supondrás que la ha raptado para cobrar un rescate, ¿verdad?

A James se le hundieron los hombros.

—Esa es una posibilidad. Podría haberla seducido con la única intención de que se fuera con él. Pero ¿para qué hacer eso cuando el chantaje daba resultado?

Whitby apoyó los codos en las rodillas y juntó fuertemente las manos.

—Cabe la posibilidad de que se enamorara verdaderamente de ella. Pero si es su hermanastro... Dios mío, si eso es así, James, me gustaría retorcerle su cochino pezcuezo francés.

—Son demasiados los interrogantes —terció Sophia, tratando de calmarlos—, y las únicas personas que tienen las respuestas son Pierre y Genevieve. Creo que tienes razón, James. Deberíamos ir a París a hablar personalmente con Genevieve. Y otra cosa, podemos descubrir dónde vive Pierre e ir a buscar a Lily allí.

—Espera —saltó James levantando una mano—, no he dicho que tú pudieras venir. Pienso llevar a Whitby. Tú deberías quedarte aquí, por si vuelve Lily.

—Aquí estará tu madre, y Martin está en la casa de Londres, haciendo todo lo que puede allí. No puedes dejarme aquí, James. Necesitas mi ayuda.

—No, de ninguna manera. No puedo estar seguro de que...

Whitby se levantó con la intención de salir para dejarlos solos.

—Siéntate, Whitby —dijo James enérgicamente—. Te necesito aquí para que me ayudes a planear esto. Sophia, tal vez tú deberías ir a ver cómo está madre.

—¡No voy a ir a ninguna parte! Soy miembro de esta familia, James, y Lily ha confiado en mí, me ha hecho confidencias, y sólo a mí. Me necesitas en París, por lo menos para estar ahí cuando la encuentres. Creo que Lily me necesitará... un hombro femenino para apoyarse.

James la miró un largo y tenso momento.

—Sí que parece que has tejido una buena amistad y entendimiento con ella, y si con Pierre las cosas han avanzado hasta un grado... inconveniente, podría tener miedo de verme. Pero contigo sí que hablaría. Muy bien, acordado entonces.

Entre él y Whitby desplegaron un mapa de París y comenzaron a hacer planes, mientras Sophia guardaba silencio, escuchando y tratando de calmar el pulso. Acababa de enfrentarse a su marido por segunda vez y él se había doblegado a sus deseos. Otra vez.

¡Qué tremendo alivio saber que iría con él! No sólo para ayudarlo a buscar a Lily sino también para encontrar una manera de reparar lo que estaba roto entre ellos.

Decidió hacer todo lo que estuviera en su poder para aprovechar el tiempo que estuviera a solas con él, para llegar nuevamente a su corazón, donde sin duda él la necesitaba más.

Las aguas estuvieron calmas durante la travesía del Canal, pero mientras Sophia estaba sola en la cubierta con las manos enguantadas apoyadas en la baranda, sintiendo la fría niebla en las mejillas, pensó si eso no sería en realidad la «calma» anterior a una fuerte tormenta.

¿Encontrarían a Lily en París?

¿Y si la encontraban? ¿Qué habría que hacer?

Se volvió al sentir aproximarse a James, sus pasos largos y relajados sobre la mojada cubierta. Era un aristócrata de la cabeza a los pies; un hombre excepcionalmente hermoso. Ataviado con un abrigo de fina lana y un elegante sombrero, se movía con una seguridad innata, como si creyera sin lugar a dudas que triunfaría en su empresa de rescatar a su hermana.

Tenía la cara recién rasurada; debió sacar su navaja para afeitarse mientras ella estaba en la cubierta viendo desaparecer la costa de Inglaterra en la niebla.

Sus penetrantes ojos verdes se encontraron con los de ella, se detuvo a su lado y se puso de cara al mar.

—Está muy húmeda la tarde, Sophia. ¿No preferirías estar en el camarote?

—Quería respirar el aire marino un ratito.

Él continuó a su lado, observando planear a una gaviota, subiendo y bajando sobre el agua gris cerca de ellos.

Sophia exhaló un largo suspiro.

—Te gusta el mar —comentó él.

—Sí. Me gusta el enorme espacio abierto y el olor salobre del agua. —Se inclinó sobre la baranda a mirar el agua—. Quién sabe qué habrá allí abajo en esas negras profundidades. A veces me gustaría poder zambullirme como una sirena para bajar a descubrirlo.

Él la estuvo observando un largo rato.

—A las personas las miras de esa misma manera, Sophia, siempre deseando saber qué hay en las profundidades de sus almas y corazones.

Ese comentario la pilló con la guardia baja. Tratando de resistir el poder de su carismática presencia a su lado y ocultar lo mucho que la afectaba solamente con respirar, contempló su hermoso perfil, los contornos de sus labios llenos y de su fuerte mandíbula. Podría continuar ahí mirándolo todo el día y toda la noche; sería una visión embriagadora.

—Sí, supongo que me gusta saber qué hay en el corazón de las personas —repuso—, pero sólo si ellas quieren enseñármelo.

Él giró la cara hacia ella y lentamente subió la mano para acariciarle la mejilla con un dedo. Fue una caricia tierna y a ella llegó a dolerle el corazón de anhelo. Hacía mucho que no estaban juntos solos y en intimidad física. Cómo deseaba que su vida con él fuera normal en ese momento, para poder quitarse de la mente todo lo que no fuera el contacto de sus grandes y fuertes manos sobre su piel.

—Yo te he enseñado muy poco, ¿verdad? —dijo él suavemente.

Sophia sintió las rodillas débiles por la dulce sensación de la caricia de su marido y la gravedad de sus palabras.

—Y yo prometí no pedirte más de lo que estuvieras dispuesto a dar —contestó.

Él asintió, comprendiendo, y volvió a mirar hacia el mar. Ella también se volvió hacia el agua.

—Me he reconciliado con mi madre —continuó él—. Había cosas que era necesario decir.

Sophia pensó por qué él estaría diciéndole eso, y se agarró a la esperanza de que deseaba revelarle algo de su corazón.

—Eso es maravilloso, James.

—Hablamos de la mujer a la que amaba mi padre, si de veras sabía amar, y madre me dijo por qué, toda su vida, me había ocultado la verdad. Nunca se creyó con la fuerza suficiente para protegerme de mi padre, pero pensaba que tenía el poder para protegerme del escándalo, y eso era su único consuelo cuando se sentía débil y avergonzada de sí misma por lo que permitía que ocurriera en nuestra casa.

Sophia le cogió la mano, se la llevó a los labios y se la besó. Después se la soltó y lo miró a los ojos.

—Te amaba, James. Todavía te ama.

—Hablé con Martin también —continuó él—. Creo que hemos encontrado los principios de una sincera amistad. Es muy parecido a mí cuando yo tenía su misma edad. Me recordó eso.

—Me alegra que hayas encontrado la oportunidad de hablar con él.

Él negó con la cabeza.

—No era oportunidad lo que me faltaba, cariño. Era comprensión, empatía, y valor. No quería oír lo que creía que me enfurecería o me haría sufrir, y debido a eso, me distancié de todos. Tú me has enseñado, Sophia, simplemente hablando conmigo y sacándome de mí mismo, a abrirme a mi familia, y eso te lo agradezco.

Ella sintió encenderse un calorcillo de euforia en su interior.

Si no hubiera habido otras personas en cubierta, le habría echado los brazos al cuello entregándose a su abrazo. Pero las había, y ella seguía cautelosa respecto a su marido, de modo que tuvo que conformarse con ofrecerle una cálida sonrisa.

Estaba aprendiendo los usos ingleses.

—Eso significa muchísimo para mí, James.

—Fui duro contigo cuando me dijiste lo de Lily —continuó él—, y te pido perdón por eso. Tienes que entender que fue difícil para mí oírlo; difícil comprender que no había cuidado bien de mi familia.

—Eso no fue culpa tuya. Ahora estás aquí, haciendo todo lo que está en tu mano para llevar a tu hermana de vuelta a casa, y eso es lo único que puedes hacer. Sólo eres un ser humano, James, y has sufrido muchísimo. Me dijiste que no me correspondía a mí arreglar lo que estaba roto en tu familia. Yo ahora te digo lo mismo a ti. No se puede esperar que tú lo arregles todo tampoco.

Él le acarició la mejilla.

—En casa me dijiste que deseabas ser aceptada por mi familia, y he venido a decirte que lo eres. No querríamos perderte, Sophia.

¿De verdad él creería que la perdería?

—Yo tampoco quiero perderte a ti.

El barco seguía surcando las tranquilas aguas; de algún lugar de la cubierta les llegó un pitido.

James la miró a los ojos y le dijo con voz grave, seductora:

—Ven conmigo, vuelve al camarote conmigo. He estado sin ti demasiado tiempo y me siento cansado. No soporto pensar lo que podría haberle ocurrido a Lily. Necesito sentir el calor de tu piel junto a la mía.

Ella sintió un apasionado revoloteo en el pecho. Su marido deseaba consuelo de ella, no amor, pero lo aceptaría por el momento. Se deleitaría en el acto de darle consuelo y placer, porque con toda seguridad él le daría lo mismo a ella.

Él le tendió la mano, ella puso la suya dentro y lo siguió por la cubierta para bajar al camarote.

Whitby, James y Sophia buscaron alojamiento en una pequeña posada de las afueras de París y firmaron el registro con nombres falsos, para ocultar la finalidad de su visita a Francia, de modo que nadie se enterara de que probablemente Lily se había fugado a París con su supuesto hermanastro.

Después de una rápida comida en la posada, cogieron un coche de alquiler para que los llevara a la dirección que venía en el remitente de las cartas de *madame* La Roux, la casa en que esta llevaba su negocio, de la que James sabía desde hacía años. Pero esa sería la primera vez que entraría por sus puertas.

Traqueteando ruidosamente por las calzadas adoquinadas, el coche pasaba por serpenteantes y estrechas callejuelas bordeadas por casas decrépitas y cubiertas de basura y desperdicios.

James le cogió la mano a Sophia y se la apretó fuertemente. No sabía cómo habría pasado por todo eso sin ella. Nadie habría tenido la menor idea de adónde podría haber ido Lily; su madre jamás le habría dicho la verdad sobre el chantaje. No habría sabido qué hacer.

Más importante aún, no habría encontrado consuelo en ninguna parte, en nadie.

Eso era lo que le daba Sophia después de todo, además y por encima del placer que le daba en la cama.

Consuelo.

Solaz.

Amor.

Conceptos nuevos para él, aunque jamás había deseado ni necesitado ninguna de esas cosas. Jamás se había imaginado que las necesitaría. Había estado congelado en su interior, y esas cosas que le ofrecía Sophia contenían calor. No había deseado que el calor tocara su corazón endurecido. Deseaba evitarlo a toda costa; continuar congelado, intocable.

Ya no deseaba volver a ese duro caparazón, no, de ninguna manera, después de haber experimentado la pasmosa dicha que venía con el conocimiento de que alguien en el mundo lo quería. Alguien que estaba ahí con él, pasara lo que pasara, y estaría siempre con él.

Había llegado a conocer muchísimas cosas de Sophia esas últimas semanas, descubierto que ella poseía integridad, lealtad y compasión. Caminaría sobre las brasas por las personas que amaba, y agradecía al Dios de los cielos el haberlo bendecido a él, el haberlo hecho a él una de las personas del mundo a las que ella amaba con ese inmenso y sanador corazón suyo.

Le apretó suavemente la mano.

Ella lo miró a los ojos.

Él vio miles de preguntas escritas en su cara. Se merecía las respuestas a esas preguntas; le debía esas respuestas. Había muchísimas cosas que deseaba y necesitaba decirle. Muchísimas disculpas, y promesas también.

El coche se detuvo delante del prostíbulo de *madame* La Roux. Ni Whitby ni Sophia habían expresado su preocupación acerca de que hubieran llevado a Lily allí, porque no era necesario decirlo. Todos sabían que era una inquietante posibilidad.

James se inclinó para bajar del coche. Whitby se levantó para seguirlo, pero él lo detuvo levantando una mano.

—Quédate aquí con Sophia, por favor. No quiero que se quede sola aquí cerca de esta casa.

Whitby asintió y volvió a sentarse.

—Buena suerte, James —le dijo Sophia justo antes de que él cerrara la portezuela del coche.

Subió la escalinata de entrada a la casa de ladrillos y un portero oriental lo hizo pasar al interior. Paseó la vista por el lujoso mobiliario y los adornos del vestíbulo: una alfombra carmesí a juego con el papel en rojo y dorado de las paredes, un sofá de terciopelo rojo, una brillante lámpara de lágrimas en el centro. En la pared de la derecha colgaba un enorme retrato de una mujer desnuda tumbada a la orilla de un río con las piernas abiertas.

Pidió hablar con *madame* La Roux y lo llevaron a una sala de atrás, donde se quedó esperando.

Pasado un momento, se levantó una cortina de brocado en el otro extremo de la sala y apareció una mujer esbelta e impecablemente vestida. El pelo, naturalmente rubio y lustroso, lo llevaba recogido en un elegante moño en lo alto de la cabeza. No llevaba ningún tipo de cosmético, su tez no tenía el menor defecto, y la estructura ósea de su cara sería la envidia de cualquier mujer mayor de veinte años. Era una beldad pasmosa para su edad, tuvo que reconocer él, no era en absoluto lo que se había imaginado.

Tan pronto como ella posó su mirada en él, palideció y se cubrió la boca con una mano.

—Es usted.

James hizo una ligera inclinación de la cabeza.

—Pues sí.

Madame La Roux se repuso de la conmoción y entró del todo en la sala.

—Le ruego me disculpe, excelencia —dijo en un tono encantador, seductor—, pero no me había imaginado que el parecido fuera tan... tan asombroso. Es exactamente igual a como era su padre cuando lo conocí, hace más de treinta años.

—Le aseguro que el parecido acaba ahí —replicó él.

Ella esbozó una sonrisa educada, forzada, fue hasta una mesa lateral y cogió el decantador.

—¿Le apetece una copa?

—No, gracias.

Ella giró una copa para ella.

—Espero que no lo considere grosería que beba algo yo.

Observando cómo le temblaba la mano cuando sirvió la copa, él supuso que lo necesitaba.

—No, no.

Genevieve bebió un largo trago y atravesó elegantemente la sala hasta colocarse junto a la repisa del hogar.

—¿Qué le ha traído a París, excelencia?

—Yo habría pensado que me estaría esperando. Finalmente.

Ella lo miró insinuante.

—¿Deseaba conocerme?

Él se rió.

—Reconozco que tenía una cierta curiosidad por conocer a la mujer con que se casó mi padre, en contra de los consejos de mi abuelo, pero no es por eso que estoy aquí.

—Ese hombre era un cabrón, pero seguro que usted ya lo sabía, después de todo era su abuelo.

Extraño, pensó él, que una mujer como ella pudiera exudar tanta sofisticación femenina diciendo palabrotas. Muy inesperadamente, comprendió por qué su padre, dada su naturaleza salvaje, desafiante, se sintió atraído por ella todos esos años atrás.

—¿Deseaba saber algo más acerca de la otra vida que llevó su padre? —le preguntó ella en tono coqueto, insinuante—. ¿Ha venido en busca de un recuerdo de él?

La verdad era que a él le habría gustado enterarse de cosas de su padre por Genevieve, pero tenía asuntos más importantes que considerar en ese momento.

En todo caso, no tenía ninguna lógica que él se sentara ahí a tomar el té con la mujer que estaba chantajeando a su familia.

Avanzó un paso.

—No tengo tiempo para juegos, «madame». Tengo entendido que ha mantenido correspondencia con mi madre, la duquesa viuda.

Genevieve arqueó una ceja.

—Ah, claro, ahora ella es la duquesa viuda, ¿verdad? Supe que tomó esposa. Una norteamericana. Hizo furor cuando estuvo aquí, James, comprando su ajuar.

Que la mujer hablara de Sophia lo enfureció. El uso de su nombre de pila atizó más las llamas.

Hizo una inspiración profunda para aliviar la opresión de los pulmones. Basta de conversación ociosa.

—Quiero que comprenda, *madame*, que no habrá más cartas al castillo Wentworth. Si alguna vez se atreve a hacer otra petición de pago o trata de contactar con cualquier miembro de mi familia, volveré a París y la aplastaré. ¿Entiende lo que quiero decir?

A ella se le agitaron los hombros con un suspiro.

—¿Qué le hace creer que he pedido algún tipo de pago? Juro —añadió despreocupadamente—, que no he pensado en su familia desde... en toda mi vida.

—Dejémonos de mentiras, Genevieve. —Se le acercó y le arrancó el collar de ópalo del cuello—. Reconozco esto, y lo devolveré al lugar que le corresponde en el tocador de mi madre.

—¡Cómo se atreve! —exclamó ella, con las manos en el cuello, la cara contorsionada por una expresión de horror.

—Cómo se atreve «usted», *madame*. Su secreto ha salido a la luz, y esto se ha acabado.

Vio que a ella se le agitaba el pecho de indignación y por sus grandes ojos verdes pasaba una expresión de derrota, pero aún no había acabado con ella:

—Ahora, «madame», me dirá dónde puedo encontrar a Pierre Billaud.

—No sé de quién me habla.

—Yo creo que sí.

—¡Armande! —gritó ella—. ¡Ven aquí!

Un fornido caballero bien trajeado entró corriendo en la sala. James metió la mano bajo la chaqueta y sacó una pistola; la apuntó al pecho del hombre.

—Se quedará fuera de la puerta, señor, hasta que yo acabe de hablar con su empleadora. —Al ver que el hombre no se movía, apuntó a Genevieve—. O juro que les dispararé a los dos.

Pasados unos tensos segundos, Genevieve le indicó al criado que saliera.

James bajó la pistola a un costado pero mantuvo el dedo en el gatillo.

—Necesito la dirección.

—¿Para qué? Él no es nada para usted.

—¿Nada? ¿El hombre que usted asegura que es su hijo? ¿El hombre que supuestamente es mi hermanastro y legítimo heredero de mi título? Significa muchísimo para mí, «madame», y obtendré una de estas dos cosas. Un certificado de nacimiento o su dirección. —Volvió a levantar la pistola y la apuntó al corazón—. Ahora mismo.

Genevieve hizo unas respiraciones resollantes, mirando la pistola y considerando sus opciones.

—No tengo ningún certificado de nacimiento para enseñarle, pero eso no prueba ni niega nada.

James elevó más la pistola hasta apuntarle a la cara.

—De acuerdo, de acuerdo —dijo ella, levantando una mano—. Vive en la rue Cuvier. Pero será pura buena suerte si lo encuentra. No he sabido nada de él desde que se marchó de París. Por todo lo que sé, continúa en Inglaterra.

James se dio media vuelta y salió de la sala. Genevieve le gritó a la espalda:

—¡Te equivocas en una cosa, ¿sabes?! El parecido no acaba en tu apariencia. Eres exactamente igual que tu padre, ¡en todo!

James abrió la puerta principal y bajó la escalinata. En ningún momento miró atrás.

Veinte minutos después, el coche se detenía delante de una cochambrosa pensión al otro lado de la ciudad.

—Cielo santo —exclamó Sophia, mirando por la ventanilla.

Whitby se deslizó por el asiento:

—Esta vez no me quedaré en el coche, James. De ninguna manera, si existe la posibilidad de que Lily esté en esa detestable casa con ese gusano. Los dos iremos contigo, Sophia y yo.

—Sí —repuso James—, si está ahí, podría ser necesario convencerla para que venga con nosotros. Pero permitidme que os recuerde a los dos que ella podría creerse enamorada de ese gusano.

Whitby torció el gesto.

Los tres bajaron del coche y entraron en la pensión.

—*Madame* La Roux dijo que no había sabido nada de Pierre desde que se marchó a Inglaterra —dijo James—. No me siento muy optimista.

Un olor a orina de varios días les llegó a las narices mientras subían unos estrechos tramos de escalera con la baranda inestable. De una de las habitaciones salió el llanto de un bebé, y un gato les pasó corriendo por entre las piernas.

Cuando llegaron al rellano donde estaba la habitación seis, James golpeó enérgicamente la puerta.

El pomo giró.

Entonces, muy sorprendido, James se encontró mirando la cara de Pierre Billaud.

Esto es demasiado fácil, pensó James. O bien Pierre era un tonto imbécil o deseaba que lo cogieran.

Pierre trató de cerrarle la puerta en las narices, pero él alcanzó a meter el pie y se lo impidió.

—No sea tonto, Billaud. ¿Dónde está mi hermana?

—¡James!

Al oír la voz infantil de Lily dentro, hizo a un lado a Pierre y entró. Sophia y Whitby entraron detrás. Lily corrió a echarse en los brazos de James y él la abrazó con más fuerza que en toda su vida. Abrazada a él, ella se echó a llorar.

—¿Cómo me encontrasteis?

—No fue difícil, cariño. Había un rastro de cartas enviadas durante muchos años que nos trajo hasta aquí.

—¿Cartas? ¿Qué tipo de cartas?

Él le limpió una lágrima de la tersa y pálida mejilla.

—Eso lo explicaré después.

En ese momento Pierre pareció reunir su valor y avanzó un paso. Se detuvo entre Whitby y James, que lo sobrepasaban casi por una cabeza en estatura. James tuvo que reconocerle el mérito.

—¿Qué significa esto? —dijo Billaud—. Lily, esto no es lo que planeamos.

James lo miró ceñudo.

—Lo siento, Pierre —contestó Lily—, pero esto no es lo que yo creía que sería.

—¿No te raptó, Lily? —preguntó Whitby.

Ella bajó la cabeza, azorada.

—No, vine a París con él de buena gana. Él dijo que deseaba casarse conmigo.

—¿Por qué no se casó? —preguntó James, y miró a Pierre, esperando que contestara.

Curiosamente, Pierre guardó silencio.

Sophia le cogió la mano a Lily.

—No pasa nada, cariño. Ahora estamos aquí, para llevarte a casa. Todo irá bien.

Lily sorbió por la nariz y se limpió la nariz.

James se volvió hacia Pierre.

—Whitby, llévate a Sophia y a Lily al coche. Yo bajaré enseguida.

Avanzaron hacia la puerta, pero de pronto Lily se volvió para hablar en voz baja con James.

—No es culpa suya —le dijo entre lágrimas—. No le hagas ningún daño, por favor. Dijo que quería casarse conmigo.

James sintió pasar por él un temblor de inquietud. «No le hagas ningún daño, por favor». Lily tenía miedo, miedo del legado familiar.

Miró a Sophia, que lo miró insegura. Se le formó un apretado nudo en el estómago. ¿Es que ella también tenía miedo? ¿Miedo de que él explotara con una violencia rabiosa, incontrolable, como sus antepasados?

La verdad era que no tenía idea de lo que iba a hacer. Lo único que sabía era que tenía que llegar a un acuerdo con ese hombre; era necesario. Sólo esperaba que su hermana lo comprendiera cuando se enterara de toda la historia. Y que Sophia apoyara sus actos, fueran cuales fueran.

—No tienes por qué preocuparte, Lily —le aseguró dulcemente, besándole la frente—. Sólo necesito una explicación.

Ella asintió y echó a andar hacia la puerta, pero se detuvo a besar a Billaud en la mejilla; después se echó a llorar. Whitby la cogió en los brazos y empezó a bajar la escalera con ella. Pierre se los quedó observando con una expresión de hostilidad en sus ojos oscuros.

James miró a Sophia, que seguía junto a la puerta.

—Bajaré enseguida —le dijo—. Espera en el coche, por favor.

Después de un instante de titubeo, ella empezó a bajar la escalera. James se la quedó mirando, pensando que ese sería un momento decisivo en su matrimonio, porque estaba a punto de descubrir qué clase de hombre era.

Se volvió hacia Pierre. Lo observó con los ojos entornados. El hombre era de su edad, tal vez uno o dos años mayor, pero era débil; no entendía qué había visto Lily en él. Entonces recordó la actitud galante que exhibiera Pierre durante la fiesta, hablando con las damas, elogiándolas sin cesar con su cerrado dejo francés, y comprendió que, claro, con toda su romántica inocencia, Lily se había sentido hechizada por él.

—Se llevó a mi hermana de su casa, señor —le dijo—. La sacó de Inglaterra y la trajo a este tugurio sin mi permiso, y sola, sin una acompañante adecuada. Exijo una explicación.

—Me enamoré de ella, excelencia —contestó Pierre, con un desprecio que le irritó los nervios aún más.

—Entonces debería haber pedido el permiso para cortejarla adecuadamente.

—Con su perdón, pero usted no me habría dado ese permiso, y no me apetecía decirle adiós.

James tuvo que esforzarse para controlar la furia, producida por un intenso deseo de proteger a su hermana y por el desagradable conocimiento de que le había fallado en eso. Trató de distraerse de esa furia tratando de entender mejor lo ocurrido y el por qué.

—¿Cuál es su conexión con *madame* La Roux?

Había dado en el clavo, comprendió. Pierre se puso tenso.

—No sé de qué me habla.

—Yo creo que sí. —Se le plantó delante y lo miró de arriba abajo. Le observó los ojos, las mandíbulas, el contorno de la nariz—. ¿Nos parecemos en algo? —preguntó.

—No, excelencia.

—Algunos podrían pensar que sí.

Pierre guardó silencio.

James se dio una palmadita en el muslo y dio una vuelta por la habitación. Fue entonces cuando Pierre comenzó a ponerse nervioso.

James sacó la carta dirigida a Genevieve del bolsillo.

—Tenía esta carta en el cajón de su mesilla de noche cuando estuvo alojado en mi casa. Me tomé la libertad de leerla. Le dice que su misión va bien y que volverá a París el diecisiete. Volvió antes. Y con mi hermana.

—Como he dicho, nos enamoramos.

—Eso no era parte de la «misión».

Pierre negó con la cabeza, y le bajó una gota de sudor por la frente.

—¿Por qué dejó inconclusa su misión? ¿Encontró un premio más lucrativo?

Pierre apretó fuertemente los labios, formando una dura línea.

—Su hermana estaba impaciente, Wentworth. Prácticamente me suplicó que la trajera aquí.

—Vigile su lengua, señor. Le preguntaré a bocajarro, ¿es usted hijo de *madame* La Roux?

Una sonrisa burlona iluminó los ojos de Pierre.

—No sé qué pasa en su lastimosa familia y, a decir verdad, no me interesa. Lo que sí sé es que no soy hijo de esa puta, tengo por madre a una puta totalmente diferente. Así que si lo que le preocupa es que Lily y yo estemos emparentados, no lo estamos. Lo que ocurrió entre nosotros fue, ¿cómo decirlo?, decente y natural.

James tuvo que hacer un denodado esfuerzo para tragarse la cegadora furia.

—¿Cómo se enteró de la fiesta-cacería que tendríamos en el castillo Wentworth? A no ser que desee enfrentar toda la fuerza de mi ira, le recomiendo que diga la verdad.

Pierre se lo pensó, y se dirigió a la pequeña ventana que daba a un callejón.

—Sólo he visto a Genevieve unas pocas veces, la primera cuando vino a verme para pedirme que asistiera a su fiesta. Ella lo sabía todo y se encargó de todos los trámites para conseguirme que me alojara en una casa de lord Manderlin. Me pagó los gastos y me compró ropa. Me ordenó que no dijera nada sobre la finalidad de mi visita, y me prometió que cuando volviera recibiría quinientas libras inglesas. Además de otros «favores».

—Pero no ha ido a recoger su recompensa.

—Sólo llegamos a París anoche. No quería dejar sola a Lily.

James avanzó un amenazador paso.

—Gracias por aclararme los hechos, señor. Ahora me marcharé.

Tontamente, Pierre le cogió la manga de la chaqueta.

—Espere. Todavía queda el asunto de su hermana. ¿Y si yo quiero dar la pelea por ella?

James sintió arder los ojos mirando la mano de Pierre en su brazo.

—Dígalo, Billaud.

Pierre no le soltó la manga.

—Lily tiene una reputación en qué pensar. Si alguien descubriera dónde ha estado, estaría deshonrada.

James lo miró fijamente a los ojos.

—En primer lugar, le recomiendo que me suelte la manga. Y luego, señor, me dirá exactamente cuánto me costará tener el placer de no volver a verle nunca más la cara.

A Pierre le brillaron los ojos cuando le hubo soltado la manga.

—¿A un duque como usted con una esposa americana rica? Cincuenta mil libras deberían mantenerme callado.

—También tú, Pierre —dijo James, exhalando un largo suspiro—. ¿Es que los franceses no tenéis nada mejor que hacer que soñar interminables intrigas de chantaje?

Arreglándose orgullosamente el cuello, como si acabara de cazar a un león, Pierre sonrió:

—Eso es mejor que empujar un carretón con patatas por la ciudad, excelencia.

—Ah —dijo James sacando la pistola y apuntándole la cabeza—, pero ¿es mejor que esto? Apostaría a que empujar un carretón de patatas sería preferible a ser enterrado con ellas. ¿He hablado claro?

Pierre levantó las manos, en fingida rendición.

—Es su hermana, Wentworth. ¿Está seguro de que desea arriesgarse a que esto se sepa?

James puso el cañón de la pistola apuntándole la mojada frente.

—No habría ningún riesgo. Porque si no acepta, estará muerto.

A Pierre le temblaron las manos, mirando la pistola.

—Quiero su palabra, Billaud, y con ella, tendrá mi promesa de que no le daré caza para derramarle los sesos sobre esas poco elegantes ropas nuevas.

A Pierre se le agitó visiblemente la nuez.

—Si usted no hubiera venido aquí me habría casado con ella.

—Con la esperanza de recibir una asignación monetaria de mí, sin duda.

—Con o sin ella.

James se encogió, pero al instante alzó el mentón.

—¿Tengo su palabra, señor?

Al cabo de uno o dos tensos segundos, Pierre asintió, juiciosamente.

Un momento después, James salió de la pensión y subió al coche de alquiler que lo esperaba en la calle. En la seguridad de su interior, vio a Sophia sentada al lado de Lily, que se había recuperado del llanto y en ese momento parecía nerviosa y asustada ante la perspectiva de enfrentar su ira.

Dedicó un momento a girar el cuello y relajar los músculos de los hombros para calmarse y normalizar el pulso. Le temblaban las manos.

Pero estaba controlado.

Miró a Sophia, tan hermosa, incluso ahí en ese horrendo coche. Ay, Dios, si ella supiera todo lo que había hecho por él. Jamás podría haberse fiado de sí mismo para arreglárselas con todo eso antes que ella entrara en su vida. Ella le había dado muchísimo, le había enseñado muchísimo; era, con creces, el mayor regalo que había conocido en toda su inquietante vida.

Sintió descender lentamente la calma sobre él, como una manta.

Whitby, Sophia y Lily estaban en silencio, esperando que él les contara lo ocurrido.

Tan pronto como el coche se puso ruidosamente en marcha y dio la vuelta a la esquina, dijo:

—Pierre guardará silencio.

Lily se cubrió la boca con una mano.

—No le hiciste ningún daño, ¿verdad? Porque... porque él no se ha portado mal conmigo, James, de verdad. Como he dicho, yo me vine con él por propia voluntad. Él siempre fue muy encantador conmigo.

James observó que Whitby se ponía tenso de indignación. Sin duda estaba pensando lo mismo que estaba pensando él: ¿Pierre le habría robado la virtud a Lily?

—Yo lo quería —continuó Lily—. Sólo que, después que salimos de Inglaterra comprendí que no sabía muy bien quién era.

James se inclinó hacia ella y le apretó la mano.

—No es necesario que me lo expliques todo ahora, Lily. Después habrá tiempo para eso. Simplemente estamos contentos de tenerte de vuelta con nosotros.

Levantó la pequeña mano hasta sus cálidos labios y se la besó tiernamente. Qué difícil le resultaba no verla como una niña.

—Seguro que todos pensáis que soy una boba —dijo ella—. O igual me odiáis absolutamente. —Volvió su cohibida mirada hacia Whitby—. Y has venido.

—Pues claro que vine —repuso Whitby afablemente—. Te conozco desde que eras una niñita pequeña, Lily. Eres como una hermana para mí.

Sophia entonces atrajo a Lily hacia ella y la abrazó.

—No tienes de qué preocuparte. Ahora estás a salvo y nos vamos a casa.

—Te doy mi palabra, Lily —dijo James—, que la casa será un lugar distinto a lo que era. No he estado por ti en el pasado, y eso me pesa profundamente.

Para no dejar sola a Lily, Sophia compartió con ella un camarote durante la travesía nocturna del canal, lo que hizo necesario que James y Whitby cogieran camarotes separados en el otro lado del barco.

Sophia seguía sin saber qué había ocurrido exactamente entre Pierre y Lily, si habría habido o no una relación física íntima entre ellos. Eso era posible, incluso probable, porque Lily había estado enamorada de él.

Pero Lily no había querido hablar del tema y ella prefirió no insistir. Esperaría hasta que estuviera dispuesta.

Afortunadamente, Lily no tardó mucho en caer en un sueño profundo y reparador, porque no había dormido ninguna noche completa desde que se marchó de casa con la intención de fugarse con Pierre. Y por fin Sophia pudo sentarse en una silla a considerar con calma todo lo que había ocurrido esa semana.

No recordaba otro tiempo más angustioso en su vida. Le había ocultado un secreto a su marido y temido que él la condenara si lo descubría.

Había oscilado sobre el inestable borde de un precipicio, entre ganarse el afecto o garantizarse el odio eterno de su suegra.

Luego la desaparición de Lily y el sentimiento de culpa que la invadió. Todo esto seguido por el viaje a Francia, agotador para los tres, el enfrentamiento con esa gente tan despreciable, poner los pies en lugares viles y sucios, que jamás habrían pisado a no ser por esas circunstancias.

Sin embargo, de todo eso habían salido cosas maravillosas. Ella descubrió que su suegra sí poseía un lado más blando, aun cuando estuviera muy enterrado bajo una montaña de miedo y culpabilidad. Incluso había logrado salvar la brecha que existiera entre ellas desde el principio. Marion le había revelado sus pesares a James, y los dos ya estaban reconciliados, después de años de mala voluntad y distanciamiento.

James se estaba embarcando en una amistad fraternal con Martin y le había pedido perdón a Lily por su distanciamiento anterior. Y le había agradecido a ella su papel en todas esas reconciliaciones.

Él la valoraba. Lo había reconocido francamente durante la travesía a Francia. Cuando hicieron el amor en el camarote después, ella supo que él seguía deseando encontrar placer en su cuerpo y darle placer a cambio.

Debería sentirse satisfecha en ese momento, se dijo, agradecida y afortunada, porque había influido en cambiarle la vida a James y a todos los miembros de su familia. Pese a todos los factores en contra, habían rescatado a Lily, puesto fin a ese horrible y ruinoso chantaje a su familia y estaban de camino a casa, para comenzar un futuro juntos más luminoso y feliz.

Sintiéndose cansada y deprimida, suspiró y apoyó la cabeza en el respaldo de la silla.

Algo le faltaba todavía.

Sabía que debería sentirse alegre, satisfecha, pero no se sentía así, porque James no la amaba de verdad, no la amaba como ella lo amaba a él. Ni siquiera sabía si él sería capaz de amarla, después de haber declarado en tantas ocasiones que no era capaz de amar.

Sin embargo ella sí lo amaba, lo amaba más que a su propia vida. ¿Por qué? Eso no tenía ninguna lógica. Él había hecho todo lo que estaba en su poder por mantenerla a distancia.

Tenía que ser, supuso, porque sabía que él poseía una miríada de profundidades hermosas y ocultas, tal como el océano. ¿Por qué si no se había apartado tan decididamente de su familia después de los horribles sufrimientos de su infancia?

Estaba claro que todo lo que había sufrido le había destrozado el corazón; todo eso había aplastado las expectativas naturalmente nobles que tenía de niño.

Pero en el fondo era verdaderamente noble, pensó. Ella había visto esa nobleza en él esos días pasados, cuando dejó de lado todo, incluso ese abismo de toda la vida entre él y su madre, para proteger a su familia.

Sintió una tremenda conmoción en el corazón, una urgente necesidad de conocer a su marido tan íntimamente como conocía su propia alma. Deseaba ser su verdadera compañera todo el resto de sus vidas, y saber lo que había debajo de esa protegida superficie. Deseaba envejecer con él y verlo convertirse en el hombre que era capaz de ser.

Cómo deseaba que él se liberara de todos los demonios de su pasado y la aceptara a ella como había aceptado al resto de su familia.

Sophia, James y Lily llegaron a casa en un coche conducido por James, y explicaron a todo el mundo que habían hecho un viaje a Escocia para pasar unos días de vacaciones solos, sin doncellas ni ayudas de cámara, vacaciones muy necesitadas después del ajetreo social de la fiesta-cacería.

Era una «costumbre americana», aseguró Sophia, eso de emprender un viaje espontáneo y sin criados después de una larga reunión social. Bastante sorprendidos, descubrieron que todos los que salieron a recibirlos en los macizos peldaños de la escalinata del castillo aceptaron eso como cierto. Todos asintieron con expresiones de complicidad, diciendo «Ah» y «Claro, por supuesto, excelencia».

Sophia sintió henchido el corazón de dicha y satisfacción cuando su marido le hizo un guiño, complacido por su creativa mentirijilla. Ella le sonrió amorosa, sintiéndose rejuvenecida, como si últimamente muchísimas de sus costumbres americanas fueran siendo aceptadas y valoradas.

—Estamos en casa, Sophia —le dijo él en voz baja al oído cuando iban por el vestíbulo en dirección a la escalera—. No sé decirte lo contento que estoy por estar aquí y tenerte conmigo, a mi lado.

Su cálido aliento en el cuello le puso la carne de gallina; la lisonja le calentó el corazón y le alivió el alma.

Subieron juntos la escalera y cuando llegaron arriba él le dio un beso en la mejilla y le dijo:

—Voy a darme un largo baño y descansar un poco mis cansados huesos. ¿Nos vemos en la cena?

—Sí, claro. Un baño me parece espléndido, James. Yo también me daré uno.

Sophia se fue a su dormitorio y llamó a su doncella para que se encargara de que le subieran la bañera y la llenaran de agua. Le hacía ilusión tener un tiempo a solas para lavarse de todo el polvo y suciedad acumulados esos días.

Después, cuando estaba metida en la bañera con la cabeza apoyada en el borde inclinado, sintió el sonido de un papel pasando por debajo de la puerta. Abrió los ojos y vio la nota deslizándose por el suelo.

Salió de la bañera, chorreando de agua y, mojándolo todo a su paso, se agachó a recogerlo.

Querida mía:
Cuando hayas terminado de bañarte, ven a verme,
por favor.

James

Contempló la elegante letra de su marido sobre el papel con el timbre ducal, luego se lo llevó a los labios y lo besó.

—Acabo de terminar, mi amor —dijo en voz alta, necesitada de decirlo aunque él no la oyera.

Tiró del cordón para que volviera su doncella y la ayudara a vestirse y arreglarse el pelo. Media hora más tarde, estaba a la puerta del dormitorio de James, golpeando.

—¿Quién es? —lo oyó preguntar.

—Yo.

—Pasa.

Giró el pomo y empujó la pesada puerta. Una bocanada de calor húmedo le llegó a las mejillas cuando sus ojos se posaron en su marido metido en su enorme bañera de latón junto al fuego del hogar. Tenía los brazos fuera del agua, apoyados en los bordes, su pelo negro mojado todo echado hacia atrás. Su pecho se veía magnífico a la luz del sol de la tarde que entraba por la ventana: musculoso, dorado, robusto.

Se le quedó atascado el aire en la garganta, mirando desde el umbral de la puerta abierta a su increíblemente magnífico marido desnudo ante ella. La recorrió una oleada de lujurioso deseo.

—¿Querías que viniera? —fue lo único que logró decir con sus sentidos carnales despabilados.

Él tenía la expresión alegre y franca.

—Sí. Entra, por favor, y cierra la puerta, antes de que pase algún alma desafortunada y eche una mirada.

Recuperando torpemente el juicio, ella obedeció.

—Echa la llave también —añadió él, su voz suavizada por un asomo de seductora invitación.

Ella giró la llave.

Manteniéndose no muy lejos, ella deleitó la vista contemplando la clara visión de su miembro excitado bajo el agua, sintiendo los inicios de un ardiente y loco deseo, comprendiendo entonces la avasalladora fuerza del deseo sexual. No era de extrañar que impulsara a las personas a actuar sin juicio ni lógica, a caer en locos actos de delirio. Le hacía arder el cerebro y arrasaba con todas sus dudas emocionales e incertidumbres respecto a su matrimonio. Nada de eso importaba en ese momento, cuando, debajo de las capas de ropa, su cuerpo estaba estremecido por una repentina y tempestuosa necesidad.

James apoyó la cabeza en el borde de la bañera pero sin dejar de mirarla, observándola con total atención, dejándose mirar por ella todo lo que quisiera.

Aprovechando ese extraordinario ofrecimiento sin reservas, ella paseó la mirada desde sus impresionantes ojos a sus tersos y anchos hombros, brillantes con las limpias gotas de agua. Su musculoso pecho se elevaba y bajaba con lentas respiraciones controladas, y notó que cada vez que ella levantaba la vista hacia sus ojos, él continuaba mirándola, con los ojos entrecerrados, en una invitación que estaba justo sobre el horizonte, observando sus expresiones mientras ella se estremecía fascinada por la perfección de su cuerpo desnudo.

Su amor por él en ese momento era atroz, cegador.

Él curvó la comisura de la boca en una sonrisa. Sophia se estremeció cuando él separó las manos de los bordes y las tendió abiertas hacia ella.

—¿Te apetecería meterte aquí?

Agradeciéndole la invitación con una sonrisa y un gesto de asentimiento, Sophia se desabotonó el corpiño y lentamente se fue quitando la ropa, en silencio, mientras él la miraba. Con el corazón acelerado, fue dejando las prendas bien ordenadas sobre la cama, gozando de la mareadora e intencionada expectación de desnudarse delante de él, sabiendo que él estaba disfrutando también de cada dulce segundo.

Desnuda al fin, se metió en la bañera y deslizó el cuerpo hasta quedar sentada entre las piernas de él. Sintió firme su erección en la espalda a la altura de la cintura. Echó atrás la cabeza hasta dejarla apoyada en su ancho hombro.

James cogió el paño, lo mojó y lo estrujó sobre sus pechos, dejando caer el agua como cálidas caricias sobre sus pezones. El delicado sonido y la hormigueante sensación del agua lamiéndole la piel hizo salir un erótico gemido de sus labios.

—Eres la criatura más hermosa que he visto en toda mi vida —le susurró él apasionadamente al oído.

—Me encantan tus seducciones —repuso ella, sonriendo traviesa.

James se quedó en silencio e inmóvil unos segundos.

—Esto no es sólo seducción, Sophia. Hoy no.

Le besó un lado de la cabeza y a ella se le arrugó la frente de curiosidad.

—¿Qué es, entonces?

—Una disculpa. Y una rendición.

Sophia incorporó la espalda y cambió de posición, poniéndose de lado en la bañera para mirarle la cara. Deseó preguntarle qué quería decir, pero no se le formó ninguna palabra en el cerebro. Estaba atascada en una especie de estupor interrogante.

James le acarició la mejilla con el dorso de los dedos.

—Tengo muchos remordimientos, Sophia. No he sido un buen marido para ti.

—Has sido un marido maravilloso, James.

Claro que eso no era del todo cierto. Aun faltaban muchas cosas en su matrimonio, pero percibía su necesidad de abrirse a ella, y de ninguna manera podía desanimarlo.

—Eres muy amable y buena por mentir así —dijo él.

—No todo es mentira —contestó ella—. Se me ha tratado muy bien aquí. Me has dado muchísimo.

—Pero no suficiente. No te he dado mi corazón.

Ella tragó saliva, nerviosa.

—James...

—Por favor —la interrumpió él, levantando una mano—. Déjame decir las palabras que debería haber dicho hace siglos.

Con el corazón repentinamente retumbante y las esperanzas invadiéndole los sentidos, ella esperó pacientemente a que él continuara.

Dios, sentía miedo.

Miedo de forjarse esperanzas.

Procuró controlarlas.

—Sé que desde el comienzo has deseado más —dijo él—. Al principio traté de convencerme de que sólo deseabas mi título, pero siempre supe que en ti había mucho más que eso. Había cosas que tú me revelabas sinceramente mientras yo no te revelaba nada. No te dije lo de mi familia ni lo de mis miedos porque me daba vergüenza. No te dije la verdad sobre Florence, porque pensé que te asustaría y te alejarías de mí. Pero lo principal de todo es que no me permitía amarte, y lo siento, Sophia. Tú te merecías más, y te fallé. Mi única disculpa es que no quería ceder a mis emociones y convertirme en un hombre como mi padre. No quería hacerte daño del modo como él nos hizo daño a mi madre y a mí.

Sophia sintió dolorosamente oprimido el corazón de amor y compasión por su fuerte y noble marido.

—Nunca serás como él, James. Has sido puesto a prueba de todas las maneras posibles y no has fallado. Piénsalo. Creíste que yo le había escrito una carta de amor a otro hombre y sin embargo en ningún momento perdiste el control, cuando debías de estar ardiendo de rabia por dentro. Y piensa en tus hermanos. Has hecho todo lo que estaba en tu poder para protegerlos, porque los quieres, de verdad, profundamente. Tu padre nunca te quiso así. Nunca intentó reparar lo que estaba roto entre vosotros, nunca asumió ninguna responsabilidad ni se preocupó por ti cuando eras joven y te metías en problemas. Tú has estado siempre preocupado por tus seres queridos. Piensa en lo que has hecho por Martin. Probaste todo lo que pudiste para ayudarlo en su época difícil y finalmente lo lograste. Hay esperanzas para él ahora.

James le friccionó la espalda.

—Siempre buscas lo bueno en las personas, Sophia.

—No tengo ninguna dificultad en encontrarlo en ti. Las aguas mansas son profundas, James.

Él la miró a los ojos un largo rato.

—Encuentro increíble que nunca hayas tirado la toalla conmigo. Que siempre me hayas querido, cuando yo estaba tan resuelto a mantener las cosas superficiales.

Ella le acarició la cara.

—Me sentí cautivada por ti desde el mismo instante en que te vi entrar en ese salón de Londres con todo tu elegante garbo. Te encontré tan apuesto, James, tan alto, tan seguro de ti mismo, tan intocable. Deseé saber quién eras. Deseé saber qué había bajo esa superficie flemática y por qué parecías tan cínico al mirar el mundo que te rodeaba. No sé por qué tuve la impresión de que el mundo cambiaría para ti si alguien simplemente hablaba contigo.

—¿Deseaste rescatarme de mi reservada flema inglesa? —preguntó él en tono travieso, arqueando las cejas.

—Supongo. Pero quería que tú me rescataras a mí también, del infinito aburrimiento de mi vida perfecta en Nueva York. Jamás tuve que trabajar para tener nada, mi padre siempre me lo daba todo, y era débil. Ahora soy más fuerte.

—Siempre has sido fuerte, Sophia.

Ella sonrió.

—También me rescataste de los matrimonios que mi madre vivía arreglándome. Yo deseaba pasión y la vi en tus ojos. Vi que la poseías en abundancia, que la tenías reprimida dentro, a la espera de ser liberada. Deseé meter la mano y encontrarla.

James ahuecó la enorme mano en su mejilla.

—Y lo hiciste, Sophia. La encontraste. Metiste la mano, y aquí estoy ahora, vulnerable ante ti.

La miró a los ojos un estremecedor instante antes de devorarle la boca con la suya. El beso fue profundo, mojado y explorador, y Sophia comprendió que la barrera se estaba desmoronando.

Se entregó a la erótica seducción del beso, mientras su mano bajaba hasta su erección. Disfrutando de la gloriosa sensación de su miembro en su mano, lo acarició bajo el agua hasta que se sintió totalmente descontrolada por la desgarradora necesidad de sentirlo dentro de ella.

Se giró hasta quedar de rodillas, pasó una pierna por encima de él y quedó montada a horcajadas. Él no dejó de observarle la cara mientras ella volvía a cogerle el miembro en la mano y lo colocaba en su ansiosa abertura.

Un palpitante frenesí de deseo cayó sobre ella en cascada cuando arqueó la espalda y bajó, sintiéndolo entrar. Lenta, torturantemente, lo fue introduciendo poco a poco en su vibrante interior, dejando escapar un gritito delirante al sentir la ardiente y mojada fricción en sus sensibles tejidos femeninos.

El agua subió golpeando los lados de la bañera cuando levantó el cuerpo y volvió a bajarlo lentamente, apretándose con fuerza contra la pelvis de él para aumentar el placer. Él le cogió las caderas, levantándola y bajándola, alzando las caderas para recibir cada maravillosa y machacante bajada.

La habitación y la luz del día desaparecieron alrededor de Sophia. Cerró los ojos. Lo único que existía era la pasmosa sensación de flotar en una nebulosa oscuridad con James, mientras el puro y extravagante deseo y placer le asaltaba los sentidos.

—Sophia.

Lo sentía con ella, junto a ella, oía su suave voz en la neblina preñada de pasión; no podía dejar de moverse en un lento y vibrante ritmo sobre él, tan entregada estaba al placer.

—Sophia —repitió él.

Ella abrió los ojos y lo miró a la cara. Él la estaba mirando.

—Sí —musitó.

Él se quedó en silencio, mirándola tiernamente, amorosamente.

Tristemente.

Sophia dejó de moverse. Apretó los músculos alrededor de él.

A él le brotó una lágrima y le bajó por la mejilla. Ella miró esa lágrima con una comprensión que le elevó el corazón, le llegó al alma.

—Te amo —susurró él dulcemente.

Sophia no pudo moverse. Sólo pudo continuar mirándolo, asombrada, profundamente conmovida. Su mente y su cuerpo parecían haber dejado de funcionar.

—Mi corazón es tuyo —dijo él—. Estoy en tus manos.

En medio del rugido de dicha que pasaba por ella como una catarata, Sophia logró encontrar su voz:

—Yo también te amo, James. Siempre te amaré, hasta el día en que me muera y después de eso.

De pronto el corazón se le hinchó con ese amor irreprimible. Le echó los brazos al cuello y lloró abrazada a él.

Él la abrazó como si no quisiera soltarla jamás, envolviéndole la espalda en sus fuertes brazos, la cara hundida en su cuello.

—Nadie me ha tocado jamás como tú —dijo—. Nunca lo creí posible. Soy tuyo, Sophia. Eternamente.

Con las lágrimas cayéndole por las mejillas, ella se apartó para mirar su hermosa cara morena. Sollozaba y reía al mismo tiempo. Se limpió las lágrimas de las mejillas.

—Soy tan feliz.

—Es mi intención hacerte feliz todos los días del resto de mi vida. Eres mi único y solo amor, Sophia. Me has salvado.

Ella no pudo dejar de llorar.

—Tenía tanto miedo de permitirme esperar que algún día me amaras.

—Antes de conocerte nunca me creí capaz de amar a nadie. Estaba equivocado, Sophia. Te amo, más que a la propia vida.

—James, nunca soñé...

Él volvió a abrazarla, la besó y le acarició el pelo, y por primera vez, ella se sintió realmente en casa. Ese era su hogar, donde le correspondía estar. En Inglaterra, con James. Ahí, envuelta en sus brazos. Como su mujer, su esposa, su duquesa.

Él cambió ligerísimamente la posición del cuerpo debajo de ella, apenas un asomo de movimiento, pero bastó para transformar esa ternura compartida en una fogosa excitación, en un instante avasallador, maravilloso.

James cerró los ojos. Sophia se cogió de los bordes de la bañera y comenzó a moverse sobre él.

El fiero erotismo volvió con creces. Echó atrás la cabeza y sintió los ardientes labios de James succionándole el pecho y trabajándola expertamente con la lengua. Se le agitó la respiración hasta salir en cortos y rápidos jadeos hasta que al fin sintió el inminente ataque del orgasmo.

Pero esta vez fue diferente. Fue más intenso, más resonante, porque había amor entre ellos. James le había dicho que la amaba. ¡La amaba! El placer fue inimaginable.

Descendió sobre ella con toda la fuerza de una ola de maremoto, pasó como una tormenta por todos sus músculos, haciéndola vibrar en un potente orgasmo que finalmente la liberó. James gritó y con una fuerte embestida la penetró hasta el fondo, disparando su simiente hacia el centro mismo de su feminidad.

Sophia cerró los ojos y apoyó la frente en el hombro de él. Él le había hecho el amor. Su marido. La amaba. Casi no podía contener la tremenda dicha que inundaba su cuerpo y alma.

Feliz, eufórica, disfrutando dichosa del sonido de su respiración y la sensación de los latidos de su corazón contra el de ella, exhaló un suspiro.

Pasado un rato, salieron de la bañera, se secaron y se trasladaron a la cama, donde volvieron a hacer el amor, tiernamente, cada uno con enorme atención a las necesidades y deseos del otro. James volvió a decir las palabras mágicas, «Te amo, Sophia», mirándola a los ojos y enmarcándole la cara entre sus manos.

Después se ayudaron mutuamente a vestirse y bajaron al salón a reunirse con la familia antes de la cena. Sophia pidió que quitaran las alas de la mesa para que todos pudieran sentarse más cerca, esa noche y todas las noches en el futuro. En toda su vida, Sophia nunca se había sentido tan feliz.

Entraron Martin y Lily, y James fue a abrazar a cada uno; después entró su madre y también la abrazó, mientras ella dejaba salir años y años de angustia llorando en sus brazos, hasta que las lágrimas se convirtieron en lágrimas de dicha.

Después Marion se acercó a Sophia y la abrazó también.

—Gracias —le dijo a su nuera—. Gracias.

En un momento cercano a la aurora de la mañana siguiente, James atrajo a Sophia hacia él.

—Es un nuevo día y el mundo ya es un lugar más luminoso y alegre —dijo—, y todo gracias a ti. ¿Cómo he tenido tanta suerte al encontrarte cuando has vivido toda tu vida en otro continente?

Sophia le sonrió.

—Estábamos destinados a encontrarnos, James, y nada estuvo bien hasta que yo llegué aquí.

—¿Estás contenta? —le preguntó él, poniéndole un dedo bajo el mentón y levantándole la cara para mirarla a los ojos—. ¿Aun cuando fue difícil al comienzo?

—Por supuesto. Este es mi hogar ahora, y estoy gloriosamente feliz de estar aquí contigo. Eres el único hombre al que podría haber amado en mi vida.

—Y yo estoy gloriosamente feliz de tenerte, cariño mío. ¿Puedo demostrarte cuánto?

Sophia se tendió de espaldas y le deslizó un dedo por su pecho desnudo.

—Si eso te da placer, excelencia.

—De lo que se trata, querida mía, es de darte placer a ti.

Ella sonrió seductora.

—No permita Dios que yo ose discutirle a un duque.

Epílogo

15 de abril de 1882

Querida madre:

Saludos de la vieja Inglaterra de los buenos tiempos. Espero que esta carta os encuentre a todos felices y bien, disfrutando de la primavera de Nueva York.

James y yo nos estamos poniendo nerviosos, a la espera de la llegada de nuestro bebé. El doctor dice que llegará algún día de julio, pero yo creo que llegará antes, debido a mi enorme deseo de conocerlo. James piensa que será una niña. Yo pienso que será un niño. Sea lo que sea, los dos estaremos más que dichosos cuando llegue. Estamos superdichosos con todo lo que ocurre en nuestras vidas. Dios nos ha bendecido con muchísimos tesoros maravillosos.

¿Cómo están Clara y Adele? ¿Has pensado más acerca de su venida a Londres para la Temporada? Me encantaría presentarlas a lo más selecto de la sociedad, y Lily estará encantada con tenerlas a su lado,

porque esta será su segunda Temporada, y está un poco nerviosa con todo este asunto.

Saludos a padre, y quedo a la espera de tu respuesta.

Tu amante hija
Sophia

P.D. ¿Me permites que te tiente con la noticia de que el príncipe de Gales me informó personalmente de que se sentirá «decididamente decepcionado» si no vienen Clara y Adele?

Tu resuelta hija
Sophia

Nota de la autora

Hace años que deseaba escribir acerca de las herederas norteamericanas que llegaban a Londres en busca de maridos aristócratas, desde que leí lo de la abdicación de Eduardo VIII para casarse con la mujer que amaba, Wallis Simpson, norteamericana divorciada. Me fascinó el apasionado romance de esta pareja, las dificultades del rey para que la aceptaran y su decisión final de renunciar a todo por amor.

Después leí *The Buccaneers* [Los bucaneros] de Edith Wharton, estupenda novela sobre cuatro chicas norteamericanas que invaden la sociedad inglesa durante el último periodo de la época victoriana; también me fascinó. Me inspiró curiosidad la romántica idea de nobles ingleses enamorados de chicas norteamericanas porque eran hermosas, excitantes y distintas (además de asquerosamente ricas), como también el lado más oscuro de la historia, en que estas jóvenes trocaban sus hogares y país por una vida de soledad en el extranjero, con desconocidos que jamás las aceptaban verdaderamente y maridos que sólo se habían casado con ellas por su dinero.

En realidad, entre los años 1870 y 1914, alrededor de cien jóvenes norteamericanas se casaron con nobles británicos, y de esas cien, seis pusieron alta la mira y cautivaron a duques, el más elevado rango de la nobleza. Estas mujeres fueron la estampa de la elegancia y atractivo a finales de la época victoriana y, de modo muy similar a la princesa Diana, tenían que hurtar el cuerpo a los fotógrafos y fervientes admiradores que deseaban echar una mirada a estas «princesas» de cuento de hadas que nadaban en dólares. En el libro *In a Gilded Cage* [En una jaula dorada], de Marian Fowler, puedes leer acerca de cinco de estas herederas norteamericanas, cuyas historias son apasionantes, estimulantes y a veces trágicas.

Todos los personajes de esta novela son de ficción, a excepción de Eduardo, el príncipe de Gales (Bertie, para sus amigos y familiares), que tuvo un papel esencial en la aceptación general y éxito de las herederas norteamericanas en Gran Bretaña. Su madre, la reina Victoria, le daba muy poco que hacer en los asuntos del país, por lo que tenía que entretenerse de alguna manera, y al ser medio alemán, no compartía los prejuicios corrientes allí hacia los extranjeros. Le gustaban las mujeres hermosas y encontraba a las herederas norteamericanas más que capaces de entretenerlo. Estas podían permitirse el lujo de ofrecer frecuentes y pródigas fiestas en una época en que los aristócratas ingleses sufrían económicamente debido a una depresión agrícola y a los negativos efectos de la revolución industrial (rápidos barcos traían al país productos norteamericanos, entre otros carne y grano, que competían con los ingleses, lo que hizo necesario bajar los precios de los productos agrícolas, a la vez que, por si fuera poco, los granjeros inquilinos empezaron a abandonar sus instrumentos de labranza para entrar a trabajar en fábricas).

La señora Astor era también una persona real, la matriarca de la alta sociedad de la vieja Nueva York. Finalmente tuvo que aceptar a los «nuevos ricos», porque, entre otras cosas, muchas de las hijas de estos nuevos ricos llevaban coronas de nobleza inglesa.

Espero que hayas disfrutado leyendo la historia de Sophia y James, y busques la continuación, la historia de la hermana de Sophia, Clara. Esta será la segunda novela de mi serie sobre herederas norteamericanas en Inglaterra.

Otros títulos publicados en
books4pocket romántica